OBRA MAESTRA

Juan Tallón

大师之作

【西班牙】胡安·塔隆 著　申义兵 译

作家出版社

纪念贝伦·贝尔梅霍和何塞·路易斯·富尔特斯

邓拉文看过不少侦探小说，认为谜团的答案始终比谜团本身乏味。谜团有超自然，甚至神奇之处，而答案只是玩弄手法。

豪尔赫·路易斯·博尔赫斯，《阿莱夫》

目
录

第一部分

第一部分

你找什么？

克劳迪娅·萨尔加多

有一种思想流派认为，对于任何历史事件，即使是第一次世界大战，唯一真正可以说的就是"发生了一些事情"。

朱利安·巴恩斯，《终结的感觉》

门已经关上，太阳已经下山，彩霞也早已敛尽，只留下那亘古不变的钢一般灰色的天穹。他即便有过什么辛酸，也都留在了幻想的世界里，留在了青春的世界里，留在了生活丰富多彩、引得他大做冬天之梦的世界里。

弗朗西斯·斯科特·菲茨杰拉德，《冬天的梦》

纳蒂维达·普利多，记者。2006 年 1 月。几乎就在剧院灯光熄灭的那一刻，黑暗与寂静完美地融合在一起，形成一种独特的气氛。演出即将开场，而想着如何开场，总会令人非常兴奋。我再次坐在椅子上，但总是坐得不舒服。事实上，这个问题是非常可怕且令人绝望的。要么是因为衣服上总有一条褶皱困扰着我，要么是从胳膊到脚踝的刺痒，要么是一个尴尬的姿势，要么是前排观众左摇右晃的脑袋挡住了我的视线，要么就是其他类似的问题。我很少能完全做到保持两分钟不动。可以肯定的是，超过两分钟就意味着我已经死了。

而我旁边的同事伊内斯却恰恰相反，她就像一尊人体雕像，或是墙上的一块砖，一动不动。我觉得她没有神经系统。我很佩服她那种似乎已经忘记自己易怒且整天抱怨的性子。她可以一个小时保持一个姿势，不动腿，不甩头发，不清嗓子，不摸脸，不看时间，也不看坐在她旁边的陌生人。

就在刚刚，我们坐在座位上的时候，我收到了一条信息。有些事不会在准确或理想的时刻发生，它们只会像遮阳棚一样掉在你身上，压垮你。当我正要读信息的时候却被迫关机，因为演出即将开始。大厅瞬间一片漆黑，周围一片寂静。这时，舞台深处传来了细微的脚步声和输液架滚轮的声音。随即，罗莎·玛利亚·萨尔达扮演的薇薇安·贝林出现在了舞台上，头发被剃掉，身穿一件后面系带的绿色病号服。

看着舞台上的女演员，一想到她所扮演的角色，我便忘记了一切：冰冷的双脚，疲惫、干涩的双眼，背后衬衣上的褶皱，以及刚刚收到的信息。一条非常简短的信息："爆炸性新闻，打电话给我。"一位艺术策展的朋友不会轻易说出"爆炸性新闻"这几个字。我极不情愿地关掉手机，心里充满恐惧。谁会保持冷静开始思考其他事情？不管怎样，就好像什么都没发生过一样，没人会知道空气中弥漫着一条爆炸性新闻且替你去搞清这个谜团。伊内斯和我整整一个星期，甚至可以说是整整一个月，都沉浸在要看《机智》[1]的兴奋之中。错过这场表演甚至比错过爆炸性新闻更让我害怕。

幸运的是，我在黑暗中立刻认出了薇薇安·贝林，她是研究约翰·邓恩[2]的十四行诗的文学博士，被诊断出患有卵巢癌，为此她接受了最积极的治疗，她的第一句话是："晚

---

1 美国剧作家玛格丽特·埃德森创作的独幕剧，曾获得 1999 年普利策戏剧奖。——译者注（本书所有注释均为译者注）

2 1572—1631 年，英国玄学派诗人。

上好，我要告诉诸位这部戏的结局，两个小时后我将会死去。"我忘记了一切。那是非常紧张的一百二十分钟。有那么几次我入戏太深以至于几乎忘记了呼吸，自始至终喉咙里都有一种压迫感。

离开之后，我抽了一根半烟才回过神来。我凝视着马拉维拉斯的外观，自两个半月前重新开放以来，《机智》是我观看的第一场演出。1999 年 2 月，市政府因建筑结构有问题而关闭它的前一天，我正好观看法埃米诺和坎萨多[1]表演的作品，当时广告上也正在宣传。我想，马拉维拉斯虽保存得很好，但这已经是另外一个更加朴素的马拉维拉斯。毕竟，翻新包括拆除旧建筑、建造新建筑。

痛苦很黏，只会慢慢消散。拿着雪茄的手在颤抖，虽然我认为这也许是因为寒冷。但天气真的很冷。一对日本夫妇在我和伊内斯身旁停了下来，戴着口罩的脸上露出一副厌恶的表情，眼睛盯着我的雪茄，正如戒烟规则所规定的那样，希望我能把它掐灭。他们向我们问路，我指了指右边。他们渐渐远去的时候，我观察了几秒钟，判断他们肯定是走错路了，因为走的不是我所指的路。不久之后，我们也离开了剧院。在去某个地方喝一杯的路上，我打电话给艺术策展人。我没留意时间，他也没有接电话，也许他还在忙演出的事情，谁知道呢。已经是夜里十一点一刻了。想知道他要告诉

1　西班牙的喜剧二人组。

我什么样的爆炸性新闻的好奇心让我回到了现实。就像是那些你不知不觉哼了一整天的歌曲，朋友的"爆炸性新闻，打电话给我"一直在我脑海里盘旋。刚好在《机智》要开始表演的时候收到他的信息，我觉得这真的是一个绝妙的巧合。据说，玛格丽特·埃德森正是因为这部作品获得了普利策奖，得到消息时她正在任教的小学教室里打扫卫生。无论是好消息还是坏消息，往往都会在不经意的时刻到来。

虽然几杯啤酒下肚，但我们喝得不怎么开心。由于第二天还要上班，和伊内斯道别之后，我便回家了。总之，我度过了一个糟糕的夜晚。睡着，醒来；醒来，睡着，这种感觉就像是打乒乓球，来来回回。就在失眠的某一刻，我听见隔壁邻居打开电脑，传来 Windows 98 欢迎用户的旋律。与此形成反差的是，来和我住几天的哥哥却从隔壁房间传来鼾声。

哥哥有晚起的习惯，所以早上我想悄悄出门，却适得其反。为了避免吵醒他，我蹑手蹑脚地摸黑走着，结果不小心撞到了灯，钥匙也掉到了地上。终于出门了，关门时又"砰"的一声。而这一切都是无意的。我去耶尔莫餐吧吃过早餐之后，给艺术策展人打了电话，但还是没人接。新闻已不再是爆炸性新闻。几个小时之后，他回电话给我。"纳蒂[1]，我在医院。"他用略带痛苦的语气说道。在人行横道上走着

1　纳蒂维达的昵称。

时，一位七十七岁的老太太驾驶着福特福克斯撞上了他，导致臀部、两根肋骨和一条腿骨折。"顺便说一下，我被撞倒一分钟后才给你发的信息。"他说。

我知道，看了医疗报告之后再次询问与爆炸性新闻相关的事情是不合适的。但我还是问了。我别无选择。就像蝎子蜇人是它的天性，这也是我工作上的天性。而且，我也已经问了。"你真没良心。"他说。即便如此，他还是告诉我：因为丢失了一件雕塑，索菲亚王后博物馆的工作人员忙得四脚朝天。你们可能会想，每个人都会丢东西啊。"当然，但那是一件很重的雕塑啊，重达三十八吨。这么大一件理查德·塞拉的雕塑怎么能丢失呢？我想不通。要是想通的话，想法也得重三十八吨。"他开玩笑说。

自从新馆长上任、让·努维尔[1]负责的扩建工程动工以来，博物馆在筹备过程中曾经响过几次警报。没有人知道雕塑会在哪里，也不知道它是如何丢失或者在什么时候丢失的。有可能在几个月前、几年前甚至十年前就丢失了。更不用说它有可能是被偷了。"无论如何，这都将是一个巨大的全球性丑闻。"说完他笑了。

挂断电话时我想，没有好消息的时候，你应该对坏消息感到高兴。因为有总比没有好，于是我便立刻投入了工作。毋庸置疑，报纸很喜欢这个话题。在文化部的报纸上发表丑

---

1 1945 年生，法国建筑师。

闻永远是个很好的选择。我找出了去年在毕尔巴鄂古根海姆美术馆展览开幕之前对塞拉的采访。他是一位很特别的人，讲话也非常有趣。我觉得他的雕塑的丢失是某种神秘的暗示。从某种程度上来说，雕塑的丢失好像是一个令人愉快又悲伤的消息。

我在档案室中没有找到任何一张与所丢失雕塑相关的像样的照片。简单来说，是根本没有。而这无疑又给这个事件增添了更多的神秘感和吸引力。这件雕塑展出时间太短，以至于我们在报纸上能找到的只是 1986 年拍摄的一张很模糊的照片。当时，我还是个十几岁的孩子，博物馆也只是一个新建的艺术中心。除了照片很模糊以外，整个那一周都令人兴奋。令人难以置信的是，这件重达三十八吨的雕塑丢失了。独家报道这件事仿佛会让我心动过速，光是一个讲述它的想法就让我心跳加速。在文化部的网站上，尤其是在艺术板块，极少有机会讲述类似的事件。

我从三个方面确认了这件雕塑的丢失，这也帮助我理清了这件作品的来龙去脉。神奇的是，理查德·塞拉的这件作品很长时间都被遗弃在仓库里，直到最后完全消失。这就像是个毫无技巧的变戏法。

新闻发布的前一天，我一大早就去了博物馆，想看看馆长有什么意见。这属于礼貌性的询问，以免有人说我缺乏新闻职业道德。那一天刚好召开了董事会议。结束之后，我走向安娜·马丁内兹·德·阿吉拉尔[1]。她看上去心情不错，开心地说了句"我们去办公室吧"。一看到她的情绪来了个一百八十度的大转弯，我再次心动过速。一百八十度的大转弯有点动作片、剧情片和喜剧片场景的味道。正如我所想到的那样，当我说出理查德·塞拉的名字时，她的脸色瞬间变了。也许"变脸"对她来说才是最好的。"你们不能发布这则新闻，这会给博物馆造成不可挽回的损失。"她说。她的反应有点直接，但我听了却感到恶心。我心里的冷笑同时表现在了脸上，鼻子也"哼"了一声，像是在说"你给我说的什么蠢话"。我们会给博物馆造成损失？"是因为《阿贝赛报》[2]搞丢了雕塑吗？"我问。

理查德·塞拉，雕塑家。1976 年 6 月。十五岁的时候，我在一家轴承厂工作；十七岁在一家炼钢厂工作；十八岁时，除了炼钢厂的工作，还在一家市场工作；十九到二十岁时，在另一家炼钢厂工作；二十二岁又换了一家炼钢厂；二十七八岁的时候我又回到了炼钢厂。之前所有的这些年都一直在旧金山。对我来说，这些地方从小就像是我的家，我亲眼看着工人师傅们如何对钢材进行钻孔、切割、轧制、堆

1　1965 年生，西班牙艺术史学家。2004—2007 年任索菲亚王后博物馆馆长。

2　也称 ABC 报，西班牙的一家综合性日报，也是马德里最古老的报纸之一，创刊于 1903 年。

叠、起吊、调整、拉伸、铆接和使用。

在旧金山，有时我会去正在建造的泽勒巴赫皇冠大楼的工地上捡铆钉。我先是在伯利恒，之后是在太平洋贾德森和墨菲，最后还在瑞尔森、凯撒等炼钢厂工作过。非常幸运的是我家附近有那么多的炼钢厂，帮助我实现了最美妙的幻想。它们就像是从事炼金术的面包店，散发着魅力、光芒、幻想、历史、重量、光泽，以及一种我们可能永远也不会再看到的工业革命的魔力。

我之所以去那里工作，仅仅只是因为那里的工资比其他地方高。我需要支付学费，而这是赚大钱最快的方式，而且这份工作实际上……嗯……非常有趣。我觉得我们这一代人最有趣的是，因为美国是工业强国，我们年轻时干的都是重活。卡尔·安德烈 [1] 在铁路工作过，菲利普·格拉斯 [2] 也在炼钢厂工作过。几乎我们这一代的艺术家都来自工人阶级。

我还记得一件事情，在去加州大学圣巴巴拉分校之前，我还是加州大学伯克利分校英语系的学生。当时，另外一名同学和我同时在申请伯利恒的一个职位。当第一天被问到想去冲压车间还是铆接设备车间工作时，我回答说更喜欢后者，而我同学则更喜欢冲压车间。离开的时候，同学问我："你为什么想做这份工作？"我回答道："因为我只是想从底

1　1935 年生，美国极简主义艺术的代表人物之一，重新定义了当代雕塑。

2　1937 年生，美国作曲家。

层做起。"

当时，我并没有寻求任何有用的东西，也没有意识到有一天我可能会将这些知识应用到我的艺术创作中。我一生目睹了钢铁是如何生产和构造的，所以我对它的潜力充满了敬意和尊重。我认为，当你选择一种材料时，你强调的是对这种材料的敏感性而非其他。有些人喜欢用黏土，有人喜欢用石膏，还有一些人喜欢用青铜。

你所使用的材料将成为你是谁的延伸。选择这一个而非另一个也是基于你对它的了解。在我很小的时候，我从未想过要用钢来做雕塑。因为钢是一种传统材料，虽然我不想接触它，但我了解它。我发现，在此之前，我从未从艺术的角度对它加以理解和运用。我意识到自己可以用它来做一些其他雕塑家没有做过的事情。钢能够让我发挥自己的各种想象。这是我使用它创作时的感受。

特蕾莎·庞斯，索菲亚王后博物馆保安。1986 年 5 月。
那天是星期一。闹钟响的时候我一把关掉了它。由于每天准时关闭闹钟，我瘦骨嶙峋的手指上几乎都有了印迹。当我翻身转向另一边的时候，脑子里响起一个可怜哀求的声音："闹钟先生，别叫醒我。让我再睡五分钟。"在与闹钟的持久战中，死去的总是我们自己。那是何等的正义。我认为这是人类最有名的失败，日复一日的、不致命的失败。但这并不意味着你要停止战斗，万一有一天你赢了呢。我很固执。我完全不同意奥尔德斯·赫胥黎[1]的观点，他说固执与自然、与生命背道而驰，唯一完全固执的人只有死人。

五分钟后，闹铃再次响起。于是我便起床，生活也随之进入新的篇章。

那天是落成典礼日。对工人们来说，博物馆的新生日也是他们生活中的新生日。他们已经习惯了搬迁、完工、离开，以及通常情况下各种突然或意想不到的变化。马德里综合医院旧址所在地现在将成为一个当代艺术空间，所以这又相当于是另一次搬迁，甚至是一次逃离。目前只开放了地下室和主楼，其余部分将在今后几年分阶段陆续投入使用。

我们都很紧张。出于礼貌，我说了"我们"，把自己也包括在内。但实际上我很冷漠，几乎没有什么事能干扰到我，这对于我的工作来说再好不过了。作为保安，好几个小时的时间里，不能轻易分神，不能坐在那里或是踱来踱去，也不能坐在艺术品中间安静地看书，而是应该一直看着那些参观者们。他们可能会突然脱掉鞋子，或者突然走过去触摸一幅画，甚至闻闻它，或者干脆在闭馆时拒绝离开。这时，你必须坚定而谨慎地做出反应。

虽然今天是个特殊的日子，但还是像往常一样，我关了闹钟就出了门。我没吃早饭，老时间在特图安站上地铁，认真读着《玛丽·特里布恩的伟大的时刻》。读了二百页之后，

---

1 1894—1963 年，英格兰作家。

我感觉自己已被这本小说深深吸引。自从做了这份工作，我从未如此热衷于阅读。在地铁上的半个小时，手里拿着加西亚·奥特拉诺[1]的小说和随身听，是我一天中最美好的时光。我爱我的工作。

如我喜欢的一样，我提前到了博物馆。在早到这一点上，我一直都很坚持。我是时钟的独裁者，是精确时间的希特勒。没有人敢说他们见过我迟到，说的话那就是混蛋。我需要早到，这样我就会觉得自己拥有足够的时间和生命。等待的时候我会看三四次表。我无法想象一个没有表的世界，这太诗意了。我需要一些东西来提醒我有事情要做，或计划或期望。在这种行为方式之外，我不是我自己。坦率地说，我赞同埃米尔·齐奥朗[2]的观点，他主张对不守时的人执行死刑。我会采用注射死刑（硫喷妥钠、泮库溴铵和氯化钾）。齐奥朗说："为了准时到达，我有能力去犯罪。"我几乎也一样。

现场的气氛被白炽灯的灯光点燃。互不相识的各种职业的人都紧绷神经。有些负责人差点儿跑丢鞋子，有些负责人则差点儿失去理智。文化部部长在插座旁边的地上看到一把电工们落下的螺丝刀，仿佛他看到的是一条蟒蛇，差点晕过去。更糟糕的是星期六，距离落成典礼还有不到四十八小

1　1928—1992 年，西班牙作家，"50 年代"的代表人物。

2　1911—1995 年，罗马尼亚旅法哲人，20 世纪怀疑论、虚无主义重要思想家。

时，索拉纳部长向记者介绍艺术中心的时候，工人们还在处理最后的细节：在地板上铺设水泥，粉刷墙角，电气布线，清除外墙上抗议者们的涂鸦。因为有传言说，有人消灭了过去几年在医院栖息的猫。还有人抱怨说，在参观展览时，人们不得不避开建筑材料，同时因为机器的噪音还要捂住耳朵。所以，星期一如果发现一把螺丝刀被遗忘在地板上，肯定会让人神经紧张。

落成典礼将由索菲亚王后主持，我们这些保安奉命要不时地保护她的安全。我想，也许她打喷嚏时突然需要纸巾，或者想喝杯温水。我的目光一直没有离开她，而这也让我注意到了很多细节：半开的拉链、沾着口红的牙齿、每根头发都能让人感到清醒的发型。我完全可以想象这些头发在清晨的痛苦，因为它们会在惯常的时间互相警告："小心，发胶来了。"

如果你持续观察一个人，而且不被发现，你就很难保持冷漠。看她手上的动作，看她如何梳头，看她如何整理衣服，看她脚踝的形状，看她反过来看别人的眼神，这难免让人觉得可笑。因为很显然，任何人，即使是最端庄、最正直或最有权势的人，都经不起这样的审视。但我已经习惯了这样看这个世界，像用显微镜一样仔细观察这个世界，以一种近乎病态的方式深入细节。我曾这样在海军博物馆工作了两年，之后在普拉多博物馆工作了三年，现在在索菲亚王后博物馆工作。

到场的人很多，据说有一千多名来宾。困难比我们预想的要多。要么太拥挤，要么无法观察周围的一切。甚至连王后也被挤在人群中，陪伴她的始终是卡门·罗梅罗和索拉纳，偶尔还有卡门·希梅内斯，我见过的最有个性的女人，我很喜欢她。她与安东尼·塔皮埃斯[1]、安东尼奥·绍拉[2]、理查德·塞拉以及一些我不知道是谁的人谈笑风生。

在主展"参照与身份"单元的艺术家中，唯独巴塞利兹[3]缺席。据说他在前一天晚上突然收拾好行李，情绪低落地去了机场。塞拉与王后进行了简短的对话后，站在自己的雕塑前，声情并茂地讲述了雕塑的起源。他说，他非常自豪能够参加那次展览，"佛朗哥恐怖之后"，西班牙艺术正在崛起。他还提起了被他称为"老朋友迪尔诺·加尔万[4]"的前市长和卡亚俄广场[5]的项目。现场响起了掌声，他谦虚地接受了，但身体姿势没有任何致谢的意思。这让我想起了伊凡·屠格涅夫《父与子》中关于其中一个人物的描写，一个人的"雅致容貌还保留着年轻时的健美和超凡脱俗的气派，一般说来，人过三十，这种风度和气派便大半消失了"。

1　1923—2012 年，西班牙画家、雕塑家和艺术理论家。

2　1930—1998 年，西班牙画家和作家。

3　1938 年生，德国画家、雕塑家。

4　1918—1986 年，西班牙政治家、社会学家、律师和评论家。1979—1986 年担任马德里市市长。

5　位于西班牙马德里。

在我看来，落成典礼还是很顺利的，而且顺利得有点神奇，因为所有的问题在落成典礼之前都已被解决。当博物馆里空无一人时，我和几位同事一起去喝点东西。"也许事情在顺利进展之前都会出现各种问题。"有人说。我们记起，一周前，毕加索展厅的大理石因无法承受塞拉的雕塑和奇利达[1]十四件作品的重量而不得不更换的事情。大约有二十块瓷砖裂开了。"奇利达很值得一看。他就像幽灵一样在主庭院周围的走廊和地下室的砖砌拱顶区域走来走去。"一位同事笑着说道，"他一言不发，只是把手插在兜里，似乎想默数一下身上有多少钱。有时，他从你身边走过，你会听到叮当声。现在想来，塞拉也时不时把手放进兜里。这一定是雕塑家的一种习惯。"同时，工人们对破碎的瓷砖进行了淡化处理。"大理石无法承受如此大的重量这很正常，但如果把成吨成吨的雕塑放在一个绘画展厅这就不正常了。"一位负责重建的建筑师说。

奇利达走来走去，从他的一件雕塑走到另一件雕塑，然后又走到下一件雕塑，就像《战争与和平》中的人物一样，不停地骑着马走很远的路。我不知道他在想什么，也许什么也没想。他的内心活动，就像我同事说的那样，全都浓缩在了裤兜里。"这会让我想到，他们花了十五亿比塞塔[2]进行扩

1　1924—2002 年，西班牙雕塑家。

2　西班牙在 1869 年至 2002 年期间使用的法定货币。2002 年欧元替代比塞塔时的汇率为：1 欧元约等于 166 比塞塔。

建，结果地板还三天两头地烂。"另一位同事说。奇利达的一些雕塑重量超过了九吨。理查德·塞拉的雕塑重达三十八吨。就这还不够，木质底座可以分散雕塑的重量，但这两人却坚决不用。

回家的地铁上，我继续读着加西亚·奥特拉诺的小说，书中有一个同样把手插在兜里的人物，就像奇利达和塞拉那样。我觉得把手插在兜里的人很有风格。仿佛他们认为，世界可以用目光来感知，而无须用手触摸。

卡尔文·汤姆金斯，艺术评论家。2002 年 2 月。那年秋天，戴维·雷姆尼克[1]陪我参观了塞拉在西 24 街高古轩画廊[2]举办的作品展。临走时，他请我为《纽约客》[3]撰写一篇关于这位雕塑家的简介。"不是写我们熟知的理查德·塞拉，现在的钢铁之王，而是追溯他的轨迹，写成名之前的那个他。"我同意了。塞拉的成名史值得在杂志上讲一讲。我花了几个月时间完成了手头上的一些工作。终于在某个星期的一天，在说服他给我几个小时的时间后，我出现在了他位于翠贝卡[4]的公寓里。

1　1958 年生，《纽约客》主编。

2　1980 年，美国人拉里·高古轩在洛杉矶创立的画廊。

3　1925 年在美国创办的内容涵盖新闻、社评、小说、文章、文学批评、讽刺作品、漫画及诗歌等纽约文化生活动向的杂志。

4　美国纽约市曼哈顿下城的街区。

出租车司机让我的旅途变得很愉快。他告诉我，前一天，有位乘客在36街上车，他从镜子往后看时发现是汤姆·塞立克[1]。"《夏威夷神探》[2]一直以来是我最喜欢的电视剧。"他解释说。"看。"他一边说，一边向我展示他向塞立克求到的签名的帽子。他告诉我塞立克还给了他很多小费。我不知道这是否是他的本意，但让我左右为难，不得不也慷慨解囊。出租车走出五十几米后停了下来，司机摇下车窗喊道："先生，您的帽子。"然后下车把帽子递给我，我这才觉得自己的钱没有白给。你永远不知道，慷慨的举动何时会成为一种投资。我激动地向他道谢，因为我很喜欢那顶帽子，那是父亲留给我的。

我来到雕塑家的门前。敲门之前，我快速地抽了一支烟，然后往嘴里塞了一块薄荷糖。按响门铃的时候，心里想着一定要写一篇好的人物简介。为此，我一进门就要敞开心扉，认真倾听。我定能从塞拉的一言一行、一举一动或他周围的事物中发现细节，这将是我这篇简介的标新立异之处。

我的计划是对他进行三到四个小时的采访。理查德·塞拉和他的妻子克拉拉刚从加拿大大西洋沿岸布雷顿角岛的一个小镇回来。他们平均每年在那里居住五个月。他在因弗内斯[3]

1　1945年生，美国演员和制片人。

2　由塞立克主演的美国犯罪片与侦探情节电视剧，8季162集，1980年至1988年进行了首播。

3　加拿大新斯科舍省下属的一个县。

规划着自己的雕塑作品。因弗内斯是一个古老的矿业小镇，因当地人的失业和喜爱酗酒而变得荒凉，人们也越来越感叹今不如昔。我一直关注的朋友，《纽约时报》的黛博拉·所罗门[1]最近回忆说，在那个小镇，买六瓶啤酒非常容易，而去图书馆或看电影则几乎是不可能的。20世纪90年代初，塞拉曾向所罗门坦言，在布雷顿角岛，远离大城市生活方式的疯狂，他真正感受到了家的温暖。"在这里，我有一种生活的感觉，而曼哈顿只是一个交易站，一个交换服务和商品的地方。"

我注意到这对夫妇在纽约的家已经空了好几个月了。或许这只是我的先入之见，因为我明知他们这几个月确实一直住在国外。但房子里真的散发着一股空着的味道，一种打开暖气并开到最大也消除不掉的寒意的味道。至少，这种情况是真实存在的。

理查德打开门，我觉得他比上次更加健壮。我依然记得他那双炯炯有神的黑眼睛，炽热的目光总让我想起毕加索。我注意到他穿着连帽运动衫、牛仔裤、工作靴（看上去似乎很舒服）。牛仔裤的后兜露着笔记本的活页环。我觉得第一印象很重要，但也只有第一印象，作家可以借此迅速地捕捉到故事主角的外貌。事实上，我很钦佩一些小说家，在创作虚构人物的时候，会把精力首先用在对人物穿着和所从事工

1　1957年生，美国艺术评论家和记者。

作的细节描写上面。他们能够谋生，而且穿着打扮完全符合读者的想象，这就使得这些人物更加可信。

在问候并交换了那天上午需要讨论的想法之后，他邀请我去楼下的工作室看看他的新作品。这些作品对圆形图案进行了抽象化，尺幅较大。他向我解释了如何创作这些作品，以及这些作品在多大程度上会做成钢铁雕塑。很久以来，塞拉就通过扭曲一种看似坚硬的材料来开辟新的创作道路，他赋予这种材料弹性和轻盈感，并把它做成椭圆形，让人联想到艺术体操运动员优美的丝带。

我们回到楼上的客厅。客厅大约有五十英尺长，三十英尺宽。塞拉夫妇还养了三只猎犬，它们似乎很高兴家里来了陌生人。

我提到了几个月前塞拉参与的查理·罗斯[1]的那期电视节目，这在艺术界引起了很大反响。"无论从听觉还是视觉来说都是一种享受。"我说。但我们一致认为，他对弗兰克·盖里[2]的评说被一些人严重曲解，认为是对盖里的贬低。"查理·罗斯试图把盖里变成一个艺术家。他问我是否认为自己画得比盖里好。我说：'我想是的。我确信他自己也会承认这一点。'这么说有什么问题吗？我曾说过，深思熟虑之后会发现，艺术其实是无用的。艺术的意义是象征性的、

---

1 1942 年生，美国脱口秀主持人与新闻记者。

2 1929 年生于加拿大，美国后现代主义及解构主义建筑师，曾获普利兹克奖。

内在的、诗意的。面对客户，建筑师必须就与方案及建筑的实用功能相关的一切做出回应。我们不能混淆二者。现在我们有建筑师自称：'我是艺术家。'我不认为弗兰克是一位艺术家。"他用他一贯的语气冷静地说道。

理查德·塞拉并不容易相处。虽然目前他和盖里的关系还不错。他们已经合作多年，而且在某些方面取得了巨大的成功，比如毕尔巴鄂的古根海姆美术馆。盖里试图将塞拉的雕塑放在他的建筑内部或周围，因为这些雕塑会自动提升他的建筑的档次，并为其增光添彩。然而，在20世纪70年代末，盖里说服收藏家玛西娅·韦斯曼[1]用塞拉的雕塑装饰她比弗利山庄的花园后，两人发生了激烈的争吵。雕塑在被起重机吊下时，韦斯曼和塞拉就雕塑的朝向发生了争执。之后，当韦斯曼宣布要举办一场盛大的揭幕派对，并将一瓶香槟砸向雕塑时，塞拉大发雷霆，说道："我的雕塑不是一艘破船。"并警告说他不会容忍"这种愚蠢的行为"。他们互相谩骂。韦斯曼威胁要移走雕塑，塞拉一怒之下离开了山庄。盖里当时也在场，他晚上打电话给塞拉，建议他送一束玫瑰花给韦斯曼来挽回局面。盖里有一天向我说道："两小时后，我收到了一个装着两打玫瑰花的盒子和塞拉的小纸条：'把花儿插进你的屁眼里。'自此，我们俩很多年再没联系过。"

我仔细观察了一下客厅高高的天花板，上面有两个巨大

1　1918—1991年，美国收藏家。

的天窗。客厅摆放有早期传教士风格的桌椅、非洲木雕、柬埔寨陶罐，壁炉和堆放着的木柴遮住了其中的一面墙。与此同时，我让理查德跟我讲讲他的经历。他告诉我，他从小就喜欢画画。不过上了大学之后，他选择了学习英语。似乎做自己太喜欢的事情会让他有某种负罪感。从十几岁开始，他每年夏天都在炼钢厂工作。"如果你是搞艺术的，你不知道自己属于哪个阶级，但如果你在炼钢厂工作，你就是工人阶级的一员。"指导老师建议他申请耶鲁大学艺术学院，并寄去自己的十二幅画作。没过多久，学院就给他提供了奖学金。"'我们认为我们可以教你一些东西'，他们告诉我。"三年后，他完成学业，前往巴黎定居。那是1964年。当时他认为自己是一名画家。在那里，他结识了菲利普·格拉斯，格拉斯带他去看巴斯特·基顿[1]主演的电影。作为回报，塞拉带他去了巴黎现代艺术博物馆，那里是康斯坦丁·布朗库西[2]工作室的重现。"我在那里待了四个月，每天都在画画。"他似乎终于完成了自己的使命。"那是我第一次在布朗库西的作品前真正审视雕塑。"他告诉我说，他们晚上会去圆顶餐厅[3]偷窥贾科梅蒂[4]。他们会坐在桌边盯着他看。很多时

1　1895—1966年，美国演员、电影导演、制片人和编剧。

2　1876—1957年，罗马尼亚、法国雕塑家和现代摄影家。

3　法国巴黎的一个餐厅，开业于1927年，艺术家和知识分子的聚居地，著名主顾有毕加索、海明威、萨特等。

4　1901—1966年，瑞士雕塑家。

候，这位雕塑家的头发上都粘着石膏。一天晚上，贾科梅蒂注意到了这些偷窥者，不但没有责备他们，反而和他们说了话。塞拉问他们是否可以在某一天去他的工作室看看。他答应了。但当他们去了之后，工作室却没人。

第二年，他周游欧洲，最后来到西班牙普拉多博物馆。"我作为画家从耶鲁大学毕业，但仍然不知道如何使画作具有生动性。当我看到《宫娥》[1]时，我才意识到我根本做不到这一点。观画者和空间的关系，画家和画作的关系，抽象片段转到人或狗的熟练技巧，这些都让我觉得自己很无用。塞尚[2]没有让我觉得自己无用，德库宁[3]和波洛克[4]也没有让我觉得自己无用，但委拉斯开兹似乎是个大问题，很难应对。这直接把我送入了绘画的坟墓。回到佛罗伦萨后，我把所有的东西都扔进了阿尔诺河。"他告诉我说。他知道自己无法挑战委拉斯开兹，但在学习了贾科梅蒂和布朗库西之后，他认为自己也许有机会利用其他艺术语言。他放弃了绘画转而研究动物标本。"老实说，我根本不知道自己在做什么。我把活的动物和动物标本并列放在一起。我收集了二十几只各种各样的动物，活着的，死了的，但更多的是被遗弃的。广

1　西班牙画家迭戈·委拉斯开兹 1656 年创作的画作，现收藏于西班牙马德里普拉多博物馆。

2　1839—1906 年，法国画家。

3　1904—1997 年，美国抽象表现主义艺术家。

4　1912—1956 年，美国画家。

义上来说，这是一种拼装，是劳森伯格[1]和其他许多当代艺术家所从事工作的延展，我将其简称为动物超现实主义，它帮助我熟悉了非艺术材料的使用。"

1966年，他回到纽约，赶上了第二波极简主义浪潮。罗伯特·史密森[2]、布鲁斯·瑙曼[3]、迈克尔·海泽[4]、伊娃·海瑟[5]和他都是这一浪潮中的一员。他开始使用从家附近的仓库收集来的废橡胶进行创作。"我打电话给老板，把几百吨橡胶搬回了公寓。也许只有一百吨。我得到了邻居们的帮助。那段时间，就像收到了一笔补助金似的，橡胶成了我的艺术材料。"在一次创作中，他将橡胶折叠、悬挂之后与霓虹灯管相结合。一位嗅觉敏锐的年轻商人看中了这幅作品，并在诺亚·戈多夫斯基画廊举办的群展上进行了展出。他开始名声渐起。

不久后，当时还担任水管工的菲利普·格拉斯为他发现了铅。"我把铅熔化，然后泼到墙上。虽然很危险，但是令人兴奋。"其中一件作品被选中参加利奥·卡斯泰利[6]画廊举

---

1 1925—2008年，美国画家、图形艺术家。

2 1938—1973年，美国艺术家。

3 1941年生，美国艺术家。

4 1944年生，美国艺术家和雕塑家。

5 1936—1970年，美国雕塑家。

6 1907—1999年，意大利裔美国艺术品经销商，当代艺术画廊体系的创始人。

办的群展。这件作品受到广泛关注，塞拉也因此开始在美国和欧洲各地举办群展。

当时，他仍然不愿意使用钢材，虽然他承认毕加索、胡里奥·冈萨雷斯[1]和亚历山大·考尔德[2]使用钢材都获得了伟大的成就。"但后来我又想：好吧，我为什么不按照工业的方式（重压、载荷、摩擦、配重）来使用钢材呢？"这是他职业生涯的最大转折。1971年，他为贾斯珀·琼斯[3]制作了一件名为《罢工》的钢制作品，长七米，高二点五米。"我必须聘用工业技术人员来安装。也就是从那时起，我把工作室的想法抛到了脑后。这对我来说是一次真正的改变。我开始思考如何划分房间的空间，如何让参观者在作品中穿行，而不仅仅是为了观赏一件物品。与之前不一样的是，参观者在那一刻也成了作品的一部分。《罢工》之后，我的工作室变成了炼钢厂。"我们差不多聊到他开始成为钢铁之王就结束了。

我们在他家吃了午饭。三个人喝了两瓶酒。我们想起了之前有争议的雕塑作品《倾斜的弧》，作品将曼哈顿的弗利联邦广场一分为二。经过与联邦政府长达八年的激烈争论后，该雕塑于1989年被拆除。虽然他举世闻名，但也因此声名狼藉。全世界的媒体都报道了这场争论。很多年过去了，他依然愤怒不已。在我看来，他似乎更愿意谈论其他事

1　1876—1942年，西班牙雕塑家和画家。

2　1898—1976年，美国雕塑家、艺术家、动态雕塑发明者。

3　1930年生，美国当代艺术家。

情。到了下午，我已经收集到了足够的信息，于是便告别离开。我拦下了我看到的第一辆出租车。出租车司机一直开到我家门前才开口说话。

安娜·马丁内兹·德·阿吉拉尔，索菲亚王后博物馆馆长。2006 年 1 月。我原以为夏天在努维尔展馆展出时，水漏在胡安·格里斯[1]的油画《水果盘与报纸》上的事件应该是发生在我们身上最糟糕的事情，但事实上远不止这些。我们战胜一切渡过了难关。我们甚至解决了动物保护组织对乔迪·贝尼托[2]虐待动物行为的指控，因为他在展览上播放了一段道歉视频，而没有造成太大的损失。绿色和平组织封堵了努维尔的新入口，谴责扩建工程使用了来自亚马孙的非法采伐的南美李叶豆木，但事实并非如此。这一切之后，我欣慰的一点是，接下来的一年应该会风平浪静。人有时会因为绝望而变得迷信。

事实是，我想错了。最糟糕的还在后面。早上第一件事就是召开董事会。会议进行得还算顺利。我总是说"还好"，因为我觉得一切都可能比结果更糟。除了其他事项外，我们还对文化部最近刚刚任命的董事会副主席卡洛斯·索尔查加[3]表示了欢迎。会议持续了一个半小时。会后，《阿贝赛

1　1887—1927 年，西班牙画家、雕塑家。

2　1951—2008 年，西班牙艺术家。

3　1944 年生，西班牙经济学家、企业家、政治家。

报》的一名记者来到我的办公室，她知道理查德·塞拉的雕塑出了问题。当时是十点半。我愣住了，尽管我尽力掩饰，以免让人觉得她在告诉我一些我不知道的事情。她的消息怎么会如此灵通。我感觉有点头晕。事实上，我很想一下子跌坐在椅子上装死，直到她离开我的办公室。老实说，我希望丢失的消息在流出去之前雕塑能够出现。我有点天真了。也许需要更长的时间，但我相信它迟早会出现，也许不完整，也许在你意想不到的地方。雕塑太大了。你不可能把这么大的东西藏起来或让它消失而不留下任何线索。

我从十月初就知道雕塑已经下落不明了。博物馆艺术品登记处的负责人口头告知我"很难找回存放在马卡隆股份公司的作品"。副馆长三次打电话给公司老板，对方都声称不知道雕塑的下落。副馆长于是下令对公司在阿尔甘达·德尔·雷伊[1]的仓库旧址进行实地考察。艺术品登记处负责人、雕塑部策展人和修复部负责人参加了这次考察。通过考察，他们发现仓库已经消失，原址上取而代之的是劳动和社会保障部综合档案馆[2]。

丢了三十八吨钢铁，这真的匪夷所思。我到底做错了什么？让我在几个月内遭遇了如此糟糕的一切。事实上，几周

1　西班牙马德里自治区的一个市镇。

2　现名为劳动和社会经济部（2020—　）。文中所涉及时间段的名称为劳动和社会保障部（1981—1996）。因作者在文中使用劳动部和社会保障部两个表达，为避免混淆，故统一译为"劳动和社会保障部"。

前，塞拉就来过马德里，想在毕尔巴鄂古根海姆美术馆展出一大批作品。我们在博物馆见了面，我向他表达了在萨巴蒂尼大楼 A1 展厅放置《平等－平行／格尔尼卡－班加西》这一雕塑的想法。我后来也公开表达过这一想法。事实上，他对此也很赞成。1990 年，博物馆扩建完工，当时的馆长托马斯·洛伦斯[1]将此雕塑展出一个月之后又放回仓库。在我看来，把塞拉的雕塑放在仓库里就是一种罪行。但艺术史及其推广本就是一系列的罪行，我未发现有何不对之处。展出结束后，马卡隆股份公司，一家专门从事艺术品组装和存放的公司，将此雕塑运到了其位于阿尔甘达·德尔·雷伊的仓库。

20 世纪七八十年代，马卡隆几乎是唯一一家提供此项服务的公司。虽然之后名誉尽失，公司为此也付出了代价，但当时威望仍在。因为当时想着雕塑应该还在阿尔甘达的仓库里。但等到了十月份，我们在研究所有资金和存放事宜的时候，却没人能告诉我雕塑到底在哪里。事实上，这就是痴心妄想。因为马卡隆股份公司已经不复存在，仓库也不复存在。当时的仓库所在地取而代之的是一栋属于劳动和社会保障部的大楼。对这些事实的描述让我想起了那位巴斯克市长。多年以来，在城市整修期间，他一直支持在预算中列入一个项目，用于保护和修复小镇教堂的钟表。钟表最终并不存在，市长却巧舌如簧地为自己辩解道："如果教堂里没有

1　1936—2021 年，西班牙美术史学家。

钟楼，诸位让我把钟表放在哪里呢？诸位为何不抗议部长？抗议他不多投入一些资金来修建钟楼呢？如果只是照看钟表，我已经做得够好了。"他说。

紧张之余，我们赶快检查了博物馆存放在西特商业集团和欧洲贸易与运输公司的其他十二件作品是否安全无虞，是否妥善投保。

那天，我和卡门·卡尔沃[1]在她的办公室开了个会。当我回到博物馆时，经理满脸沮丧地走过来对我说："雕塑丢了。"什么叫丢了？丢了一件雕塑？丢了的意思是你把十欧元从口袋里掏出来掉在地上那种丢吗？还是像你把一串钥匙忘在某个地方而想不起来的那种丢？"是丢了。"他这样说，"就这样丢了。没人知道它在哪里。"这还不是最糟糕的。毫无疑问，这是最糟糕的，但还有更糟糕的，那就是不知道它是什么时候丢失的。时间过得如此之快，现在都已经快 2006年了。根据搜集到的数据，1995 年，马卡隆股份公司宣布暂停付款，1998 年，在公司宣布破产并解散的情况下，劳动和社会保障部财政局扣押了仓库。四五年后，仓库被拆除，取而代之的是劳动和社会保障部总档案馆大楼。时间一天天过去，没有人再问起这件雕塑。我不得不对其他人所做的事感到愧疚。我在想，前任馆长中，怎么可能没有一位敲响警钟呢？难道都没有进行盘点吗？难道没有人知道一件重达三十

1　1950 年生，西班牙造型艺术家。

八吨、由世界最负盛名的在世雕塑家之一签名的雕塑被存放在阿尔甘达·德尔·雷伊吗？难道他们做了见不得人的事吗？所有人都睁一只眼闭一只眼。

鉴于事实，10 月 14 日，我们向赫苏斯·马卡隆发出了法律请求，请他说明雕塑的下落，或者提供有助于我们找到雕塑的信息。但毫无结果。什么都没有，甚至都没有回复。真的太无耻了。我觉得他的态度令人难以置信。他似乎根本不在乎。我确信他知道雕塑到底怎么了。也许他把雕塑藏在某个地方，所以，我认为雕塑会出现的。到那时，大家就会发现线索指向马卡隆。很明显，他是出于怨恨才这么做的，他不想和文化部合作。因为他认为文化部在某种程度上应该为雕塑的丢失负责。我们别无选择，只好将此事提交司法警察局历史文物大队。

几个星期过去了，圣诞节假期也过去了。周二第一时间便召开了董事会。我向董事会成员通报了最新情况。离开时，正如我所说的，我碰到了《阿贝赛报》的记者纳蒂维达·普利多。老实说，我更愿意碰到杀我的凶手。因为我不知道该说什么才不会让情况变得更糟，所以我选择沉默。

当然，我们不能让理查德·塞拉通过媒体得知他的雕塑丢失的消息。记者一离开我的办公室，我就试图联系他。但这是不可能的。我和他的朋友，纽约古根海姆美术馆馆长卡门·希梅内斯进行了交谈。我没注意到纽约要晚六个小时，那会儿她正在睡觉。我告诉她发生的事情，并要求她立刻转告塞拉。

第二天上午，一场大风暴袭来。七点半，文化部第一个打来电话。第二个电话来自蒙克洛亚宫[1]。《国家报》在第二个版面刊登了这则新闻，据说是从《阿贝赛报》转载的。之后，消息立即通过电视、广播和各大报纸的电子版传遍了全世界。《法兰克福汇报》《泰晤士报》《卫报》《世界报》《华盛顿邮报》《纽约时报》、英国广播公司、美国有线电视新闻网……我们不得不发表声明，宣布我们要采取的措施，首先从马卡隆股份公司收回雕塑，然后将案件移交警方以调查是否存在违法行为或构成犯罪。

我不知道那天是如何度过的。能在这样的"轰炸"中幸存下来，对我来说就是一种胜利。离开博物馆的时候已经很晚了，我甚至都不知道是几点。我没有直接回家。我的身体也不想回家。我走了很久，累了之后便上了一辆出租车。"请关掉广播。"当我从广播中听到关于雕塑的新闻时，我对司机说道。司机从后视镜看了我一眼，嘟囔了几句。我不想争辩，更不想听他的声音，于是便要求停车让我下车。走了一段路之后，我走进努涅斯·德·巴尔沃亚的超市买了一块巧克力。手机响了几声，但我没有接听。我甚至都没有把它从包里拿出来。去收银台结账的时候，有三个人在排队。排在最后的是一位老妇人，提着两个装满杂货的篮子。因为我

1　西班牙首相官邸。

只有一件东西，我问她是否可以让我先付。她慢慢地把我上下打量一番之后说道："可以。"

奥里奥尔·博希加斯，建筑师。1986 年 10 月。有人请我在设计与艺术学校[1]的课程开始前做一次演讲，我很高兴地答应了，现在只差成行了。我从来不摆架子，摆架子的感觉很不好受，光是想想我就觉得痛苦。摆架子是道德的悲哀。假如你四次拒绝做一件事，但当别人第五次求你时，你却突然愿意了，你以为你是什么人？你就是个混蛋。总之，与通常的抒情性标题大相径庭的是，我为这次演讲拟了一个暗示性的标题：《比埃斯科里亚尔修道院更丑陋》。标题很有力度，或许缺乏文学抱负和美感，但的确很有力度。事实上，我很想就马德里综合医院改建为索菲亚王后博物馆一事发表自己的看法。有时我觉得，如果我不说出自己的想法，我就会神经，这些想法就会在身体内爆炸。不把自己的想法说清楚，就会像某些疾病或事故一样，直接导致死亡。当然，随着时间的推移，我们终会学会坦诚。"他一大早就死了，因为他知道老板的真相，而他也从未被告知老板是个卑鄙的小人"，对于演讲来说，这将是一个漂亮的开场白。

---

1 Escuela de Diseño y Arte（设计与艺术学校），简称 EINA，成立于 1967 年，西班牙最早的设计学校之一，后更名为巴塞罗那设计与艺术大学中心，自 1994 年起，隶属于巴塞罗那自治大学。

落成典礼结束几周后，为了证实我的猜测，我去参观了索菲亚王后博物馆。因为这并不妨碍我欣赏奇利达和理查德·塞拉的作品，他们是我最喜欢的两位雕塑家。还有奥泰萨[1]，不管人们承认与否，他都是这两位雕塑家的大师。

面对全神贯注的听众，我说索菲亚王后博物馆是西班牙最丑陋的建筑。我想我是对的。我不喜欢出错。我坚持认为它确实非常丑陋。它是建筑的废弃物，是一座仍然散发着医院气味的最糟糕的建筑。我说它比埃斯科里亚尔修道院更丑陋，是因为两个世纪后，它与埃斯科里亚尔修道院的概念如出一辙，重复了西班牙历史上独裁时期的专制、独裁、中央集权的建筑模式。我从大家的脸上看到了惊愕，也看到了喜悦。此外，这还是一座质量极差的建筑，与当时欧洲大多数高质量的纪念性建筑形成了鲜明对比。当然，还是会有很多人喜欢它的。

就在我说了索菲亚王后博物馆比埃斯科里亚尔修道院更丑陋，后者是西班牙反动主义象征的两天后，《阿贝赛报》的一位记者写道："我不知道博希加斯先生还能活多久，但埃斯科里亚尔修道院永远都在那里，除非一场地震将其摧毁。奥特加[2]将其称为'我们伟大的抒情之石'，但人们更愿意称它为'伟大的史诗之石'，因为这座巨大的修道院散发

1　1908—2003 年，西班牙文学家、雕塑家和理论家。
2　1883—1955 年，西班牙哲学家、报业从业人员及评论家。

着史诗气息而非抒情气息。像乌纳穆诺[1]那样谈论埃斯科里亚尔修道院的'冷酷和秩序'是一回事，而将政治带入一座世界性建筑的宁静领域，以便在埃斯科里亚尔修道院找到反动主义又是另一回事。对于埃斯科里亚尔修道院，我们必须从学识的角度来谈论它，而不是像博希加斯先生那样带着敌意的小情绪。"这只是个例子。还有更多的评论，其中有些还不那么友好。

索菲亚王后博物馆的诞生源于试图做一些类似于巴黎蓬皮杜艺术中心的事情，这也解释了为什么有人将其称之为索菲杜艺术中心。但对我来说，马德里综合医院历史上最辉煌的时刻是1969年，当时有人提议拆除它。由于最终未做出决定，医院最后也没被拆除。我说过，拆除一座建筑总比糟糕地重建它要好。欧洲城市的未来在于老建筑的重建，但即便如此，拆除有时也是必要的。假定一切旧的都是好的，就意味着要挫伤今天的创造力。

医院的工程始于卡洛斯三世统治时期[2]，由工程师何塞·德·埃尔莫西利亚[3]和建筑师萨巴蒂尼[4]负责，1788年工程中断。因此，旨在展出当代艺术大师作品的索菲亚王后博物馆，只建在原工程三分之一的基础上。这是萨巴蒂尼中途

1　1864—1936年，西班牙作家、哲学家。

2　卡洛斯三世，生于1716年，死于1788年。1759—1788年在位。

3　1715—1776年，西班牙建筑师和工程师。

4　1721—1797年，意大利建筑师。

离开时留下的埃斯科里亚尔式建筑。后来几经拆除，1928年和1948年分别又加盖了一层，当时正值现代主义风格建筑的鼎盛时期。1977年，马德里的保护主义者成功宣布它为国家古迹，虽然的确是国家的，但它肯定不是古迹。1980年，重建工作开始。我对建筑师费尔南德斯·阿尔巴[1]先生表示敬意。重建没有目标，其工作的唯一标准是为了打造"美丽"的东西。重建就是一个错误，因为这是一座不能作为艺术中心的建筑，更不必说这个决定还是文化中心主义的新典范。在马德里，没有人喜欢我说的话，但我很高兴留在这里，因为我的健康状况有了很大的改善。

玛尔塔·贝尔杜，预审法官。2005年11月。 在一家快餐店走廊尽头的咖啡机旁边，环境检察官向我介绍了她的周末生活。她觉得奇怪的是自己居然没有带着两个孩子，因为除了去街角的中国店买报纸和面包外，她足不出户。"我征服了一切。"她一边说，一边把一只胳膊举过头顶，以示压倒性胜利。听起来不错，但实际这个手势看上去却表示什么都没有。在我看来，她的周末变得比我感觉到的还要惨。

大概是周五的时候，我告诉她我已经和丈夫协议离婚了。我这么说是为了让她嫉妒。我在酒吧只点了一杯可乐。酒吧里有很多吵闹的孩子，特别烦人，以至于当一个孩子摔

1　1927年生，西班牙建筑师。

倒，磕到椅子角上，开始流血时，我笑了。"我们将永远断绝关系。这是征服一切的另一种方式，不那么热烈，但微妙，而且效果难以预料。"我这样评论我的前夫。我们一起生活的四年已经结束。"有一天，离婚应该成为婚姻的开始，而不是结束。"我建议道。比如说，两个人相遇、交谈、互相吸引，几天后，其中一个热恋的人提议：亲爱的，让我们永远离婚吧！直到有什么东西让我们走到一起。检察官似乎明白了我的意思，说道："有时候，必须把犯错放在第一位。"

中间休息了一会儿，仿佛是广告时间，我俩趁机喝了一口非常难喝的咖啡（我们已经习惯了这种咖啡，感觉如果有一天换了一种好咖啡，我们还会怀念它）。然后，我们开起了省法院院长的玩笑，他的新奔驰的两个轮胎在附近的停车场被刺破了。我后来想，别人的小不幸会鼓励大家的团结。由于没有时间聊其他事情，也没有时间继续嘲笑其他白痴，我们就分开了。我回到办公室，准备签发一份进入许可和搜查令，用于搜查位于巴列卡斯[1]的一所房屋。

五分钟后，书记员敲了敲办公室门。"我今天让你开心吗？"他没好气地问道。他的快乐理念包含所有东西。他几乎总是用同一个表情来表达一切。我懒洋洋地点了点头，但为时已晚。他就站在五英尺之外，桌子的另一边，两条腿靠在桌子上。他的肚子就像是一件办公用品，几乎放在了桌面

1　西班牙马德里的一个辖区。

上。他扔给我一个文件夹。我过了几秒钟才拿起它，因为我手里正忙着处理另一个文件夹。我拿着书记员坚持称之为"快乐"的东西，把椅子往后一推，瘫靠在椅背上。

我读了几行之后便停了下来，惊讶地问道："三十八吨重的雕塑真的丢失了吗？"他使劲不停地点头说是。"四十五分钟之前已经移交给了历史文物大队。"他确认道。我抿了抿嘴，仿佛这是发生的好事。"我有个表弟是卡车司机，他有一辆五轴半挂车，满载可以达到四十吨。一个和满载的五轴半挂车一样重的但没有轮子的雕塑，是这个东西丢失了吗？"我一边问，一边抬头看了看书记员。他两条腿抵在桌子边上，不停地前后摇晃。这让我特别紧张，但如果我给他说什么，他就会认为我是一个疯子，一个神经病。"请不要晃了！"我最后说。他停止了摇晃，摆手示意我继续看文件。

突然间，我内心感到些许高兴。因为我们很少遇到像入室盗窃、袭击或危害公共健康这样有趣且粗俗的案件。这些数据，在我看来，就像是一堆错综复杂的象形文字，预示着有悖逻辑的难题。

"好吧，好吧。"最后我脱口而出。我把椅子往前拖了拖，胳膊肘撑在桌子上。"怎么样？"书记员问道。他现在不再站在那里摇晃，而是坐下来跷着二郎腿。"这是个时机，我们可以好好调查一下。但不幸的是，我们什么都做不了。因为有迹象表明这很不幸。你可能注意到了，雕塑丢失的仓库就在阿尔甘达·德尔·雷伊。我们别无选择，只能下达限制令，并将案件提交主管法院。"当我听到自己大声说出自己的想法时，我的失望倍增。短短几分钟内，我从认为今天是美好的一天，或者至少体面的一天，变成了感到有点沮丧的一天。

签发完进入许可和搜查令之后，我决定将有关调查丢失雕塑的程序移交给阿尔甘达·德尔·雷伊法院。一天就这么过去了。在此期间，雕塑丢失的事情在我脑子里挥之不去，它的魅力远超我收到的任何坏消息。但我又能做什么呢。

我去参加了法院为即将退休的书记员举行的宴请。其实我并不想去。尽快道别之后，我便走进耶尔莫电影院去看《言语的秘密生活》。影院人不多，我把外套和帽子放在旁边的座位上。我实在受不了电影的情节，半个小时后，我起身离开。回到家后，我发现帽子没戴。我意识到我把它落在电影院了。我打电话问接电话的女人是否有人看到过它。"哦，"她说，"一顶费多拉帽[1]，就像弗兰克·辛纳特拉[2]戴的那样？""是的！"我兴奋地说道。"对不起，我没看到。"说完，她就挂断了电话。我感觉像有千斤重物压在我身上似的。她为什么会问我是不是费多拉帽呢？然后我想起了那件

1　一种顶部有凹陷的帽子，多为毡制。这一名称来源于 1882 年剧作家维克托里安·萨尔杜为莎拉·伯恩哈特所写的剧本中一个名为 Fédora（费多拉）的角色。这个角色喜好女扮男装，因在剧中常戴这种帽子，因而得名。

2　1915—1998 年，美国歌手和演员。

重达三十八吨的雕塑，以及它是如何像我的帽子一样轻而易举地丢失的。

何塞·曼努埃尔·布萨斯，艺术家。1986 年 6 月。年初，也就是我们的儿子丹尼尔出生几个月后，我们在马德里定居了。我们住在雷耶斯马戈斯街的一栋大楼里，门卫和我们一样，都来自奥伦塞[1]。他曾在劳动大学学习，碰巧认识我的战友何塞·路易斯·富尔特斯。这些巧合，对你来说没有任何意义，但却总是让我很开心。

由于索菲亚王后博物馆离我们很近，我和妻子经常会推着婴儿车去博物馆的花园，在那里给孩子吃点零食。我会在位于桑切斯布斯蒂略街和多克托尔马塔街交叉口的阿根索拉书店待半个下午。照看书店的是一位非常能干的女孩，个子很高，很友善，也很有魅力。我的眼睛和心都被这一切勾走了。她名叫玛利亚·马萨拉萨·莫温克尔。我保留了一张她的名片，因为我不知道是更喜欢她，还是更喜欢她的名字。多么好的姓氏，多么好的品位，一切都好。我在那家书店逛了好几个小时。那并不是玛利亚·马萨拉萨的书店，但我不得不说，她的姓氏让书店看起来更像是她的。有时候，外表决定一切，或者至少它们很漂亮。由于大部分书都很贵，离开时我只买了几本。

那时候我的空闲时间很多，我就尽可能多地去画廊、古

1　西班牙加利西亚自治区的一个省。

籍书店和博物馆参观。当时我正在努力学习，很多个下午都是在欧亨尼奥·格拉内尔[1]家度过的，他当时刚刚结束流亡归来，有几个晚上我还留下来和他共进晚餐。索菲亚王后博物馆落成典礼三天后，我去看了第一次展览。那次参观真的需要勇气。博物馆里弥漫着油漆味，甚至可以在地板上看到几滴油漆。看得出来，清洁工作做得很匆忙。油漆还很新鲜。我在展厅里闲逛，认为这个博物馆缺乏大教堂般神秘的价值，展出的作品也没有像其他作品那样自带场景光环。我预估不会有很多人来参观，因为这个博物馆原本是个医院，房间又高又窄。在我看来，很不适合举办当代展览，可能时不时地还需要推倒一面墙来放置大型作品。

第一次参观后，《科学之树》[2]中描写马德里综合医院和建筑学院的一段话浮现在了我的脑海。我查了一下："让他不安的是把尸体从医院的太平间运来的推车上搬走的过程。这些学生有的拽着尸体的胳膊，有的拽着尸体的脚，把它们抬起来扔在地上。这些尸体就像木乃伊一样，枯瘦如柴，全身发黄。被扔到地上的那一刻，就像是没有什么弹性的东西掉到地上一样，发出一种奇怪的、令人很不舒服的声音。然后，学生们一个个拽着尸体的脚，拖着它们在地上走。当他们经过通往停尸房所在院子的台阶时，尸体的头在石阶上悲

1　1912—2001 年，西班牙画家、作家、超现实主义诗人。

2　西班牙作家皮奥·巴罗哈（1872—1956）在 1911 年发表的自传体小说。

惨地磕来磕去。"

在抵达建筑学院时，如果在圣伊西多罗学院的一个旧小教堂发生了这种情况，那么在医院里也会发生同样的甚至更糟的情况。我想知道，现在被用作其他功能的太平间是哪个，巴罗哈小说中的年轻人把尸体装在推车上之前，是从哪个楼梯上拖过去的。

我正在接受全面培训。我认为自己是从奥伦塞来的探索前卫艺术的先驱。我们这一代人，或者说我个人，很难向前迈出一步，很难从艺术品鉴者变成艺术家。这与所受的教育、不安全感和创伤有关，对某些人来说，这些创伤甚至比其他人还要更重要。在我的城市，人们很难接触到展览会、音乐会、朗诵会和综合文化展览。哪怕只是为了日后对其不屑一顾，或者说选择属于自己的潮流，你会逐渐从自主学习、缺乏学习对象、被边缘化，甚至苦难中逐渐学会发现、抛弃、同化和净化。

我就是这样来到了汇集塔皮埃斯、绍拉、巴塞利兹、托姆布雷[1]、奇利达和塞拉的展览的。我的结论是，策展人卡门·希梅内斯首先希望打开这个封闭太久的国家，而当时未遂政变[2]也才刚刚过去五年。这是一次兼收并蓄的展览，有

1　1928—2011 年，美国画家、雕塑家、摄影家。

2　1981 年 2 月 23 日下午，西班牙国民警卫队中校安东尼奥·特赫罗带
　　领约 150 名军人，冲进众议院，武力劫持正在开会的众议员和内阁
　　成员，企图推翻政府。在胡安·卡洛斯国王的指挥下，政府军在政
　　变发生 18 小时后和平解放众议院。

些艺术家与其他艺术家之间几乎没有什么关系。策展人在当代艺术中的地位日益重要，他的建议开始被认为是一种更具艺术性的方法。

我对绍拉情有独钟。相反的是，比如说，我几乎没有注意到理查德·塞拉的作品。塞拉，对我来说，不好也不差。我发现，他以后很难再给我留下比我在索菲亚王后博物馆看到他的作品时更深刻的印象了。那些几何形状似乎就是垃圾，就像德奥尔斯赋予这个概念的意义一样，他坚持认为"雕塑，如果不是上帝，那就是垃圾"。此外，值得注意的是，对于塞拉来说，尽管他的作品规模超乎寻常，但没有影响性，也与任何卓越的理念无关。塞拉的作品被单独摆放在高高的、铺着白色大理石地板的展厅里。对称摆放的自氧化铁件并没有给我留下特别深刻的印象。对我来说，这一切都显得过于平淡，不知不觉我就忘记了它。

安娜·苏克斯，艺术品经销商。2003 年 5 月。就如同塞拉对危险有着奇怪的嗜好，吨数和规模也是他的雕塑作品特有的组成部分。从某种意义上来说，因为存在潜在的危险，他的作品至少在组装的时候就会令人恐惧。当他从 20 世纪 60 年代末开始尝试金属时，这种危险确实存在过一段时间。

1968 年的一天晚上，他在为利奥·卡斯泰利画廊的展览做准备时，将很大的几块铅放在仓库里。为了让铅变得坚硬，出于安全，他当时还没将铅与锑混合。由于临近周末，仓库关门了。半夜时分，铅块因为固定不牢而滑落。幸运的是，当时没有人在场，也没有造成任何不幸的事故。塞拉总说，危险不是他审美的一部分，也不认为危险是一种元素，因此，与危险一起工作就无法避免。

今天可能没有多少人记得，1971年11月，他的一座由重达五吨的两块钢板组成的雕塑在明尼阿波利斯[1]的沃克艺术中心[2]被拆除时，砸在了一名工人身上。这名工人名叫雷蒙德·约翰逊，在送往医院的途中死亡。他的妻子以过失致人死亡为由，将塞拉、艺术中心和钢板制造商告上法庭。庭审结束后，事故责任归咎于制造商和拆装团队，因为制造商没有遵守设计规范，拆装团队工头不识字，忽视了塞拉写的说明。工业事故时有发生。不乏有人利用塞拉傲慢甚至咄咄逼人的性格，对他进行谴责。1988年，一名工人在卡斯泰利画廊拆除塞拉的一座重达十六吨的雕塑时失去了一条腿。

恩里克·莫拉尔，马德里文化议员。1981年7月。早上十点左右，在前往市政厅的路上，迪尔诺·加尔万市长在理查德·塞拉前面两步远的地方走着，我则走在塞拉后面。即便这样，经过一辆停在市政广场附近的橄榄绿的西亚特127[3]时，我还是注意到有人摇下驾驶室的车窗扔了一块香

---

1 美国明尼苏达州最大的城市。

2 位于美国明尼苏达州明尼阿波利斯市，1927年创建。

3 1950年成立的西班牙旅行汽车公司（SEAT）生产的汽车。该公司2002年被改组到大众汽车集团旗下。

蕉皮出来。我心想该死。离我不到一米远的地方，市长突然停了下来，弯下腰，用两根手指小心地捡起香蕉皮。看得出来，触碰它对他来说都特别恶心。"请问，这是什么？"他问车里唯一的一个人，并把香蕉皮提溜到这个人的鼻子前面。很显然，这人对自己被抓了现行表现得很惊讶，结结巴巴地说道："什么？""您知道吗？您刚刚把香蕉皮扔在了我的客厅里，麻烦您把它处理好。"市长一边说，一边把胳膊伸进车里，强迫他接过香蕉皮。

随后，塞拉开始说起了关于香蕉的故事。"直到我二十五岁踏上欧洲的土地之后，我才开始尝试吃香蕉。当我在普拉多博物馆研究委拉斯开兹的作品时，我每天吃四根香蕉。"他告诉我们，在美国，香蕉是一种完全不为人知的水果，直到它从巴拿马运来，并在 1876 年的费城世博会期间引起轰动。"从那时起，香蕉变得异常受欢迎，所以人们在街上吃完香蕉后会肆无忌惮地把香蕉皮扔在地上，而香蕉皮腐烂后会变得非常滑。"到了 20 世纪初，由于果皮会引发事故，这已经成了一个非常严重的问题，以至于一些地方决定将把果皮扔在地上这一行为视为犯罪。"香蕉皮很快就被搬上了银幕。查理·卓别林是第一个踩在香蕉皮上的演员。之后还有哈罗德·劳埃德[1]、巴斯特·基顿……甚至还有伍迪·艾伦[2]!

1　1893—1971 年，美国电影演员和制片人。

2　1935 年生，美国电影导演、编剧、演员、作家、剧作家和音乐家。

你们看过《傻瓜大闹科学城》[1]吗？画面中出现了一个巨大的香蕉皮，艾伦在上面不断地滑倒，爬起来，再滑倒。你们应该去看看。"迪尔诺·加尔万也认为，如果没有香蕉皮和蛋糕抹脸这些滑稽场面，喜剧电影就会变得完全不同。

我们兴致勃勃地来到市政厅。卡门·希梅内斯正在那里等着我们。说实话，如果没有她，塞拉不可能出现在马德里。在这个国家，没人有她那样的人脉和能力。她知道如何激发塞拉在西班牙工作的兴趣。塞拉的父亲原籍马略卡岛[2]，他也希望找回自己的根。"市长，如果马德里能有一座塞拉的雕塑，那真是太棒了。我可以说服他。"有一天，她对迪尔诺说。迪尔诺也接受了她的提议。

记者到达后，我们走进放置雕塑模型的大厅。这是一个重达二百公斤的模型，由五块钢板组成。雕塑完成后，长四米，高十二米，重三十多吨。这些钢板会形成两个内部空间，参观者可以在内部穿行，仿佛置身于具有不同形状和亮度的迷宫之中：一个是三角形，颜色较暗；另一个是平行六面体，颜色较亮。

塞拉谈到了1970年日本之行时京都禅宗花园对自己创作的影响。"西方古典空间概念是建立在文艺复兴的透视法基础之上的，而它们却向我展示了一个与西方古典空间概念

1　1973年上映的一部由伍迪·艾伦自编自导自演的科幻喜剧电影。
2　西班牙巴利阿里群岛的最大岛屿，位于西地中海。

截然相反的充满感知可能性的世界。禅宗园林崇尚逍遥学派的视角，也就是说，由于道路是圆形或曲线形，人们在园林中穿行参观时，景观会随着视角而变化。这种对世界的时空感知，让人们可以像古典哲学家或中世纪的修道士一样，在回廊中边走边冥想。人不是在观景，而是在景中。这种体验中，时间、空间和体验感受是不可分割的。"

在塞拉看来，卡亚俄广场是放置雕塑的理想地点，因为无论是从西班牙广场还是从格兰大道的起点来看，都会有好几个视角。坦率地说，市政厅内部意见存在分歧。但卡门·希梅内斯和塞拉一样，说服了我们。"卡亚俄广场规模太小，"她说，"虽然有一个鸟儿来喝水的破喷泉，有一栋费杜奇的建筑[1]，但也需要塞拉的雕塑。"她开始搬运组件，为的是十月份让塞拉来西班牙与市长会面。结果，一次会面就让他们俩就都爱上了这个项目。他们一起走过了这座城市的许多街道。到了卡亚俄广场后，塞拉认真察看了一番。"就是这儿了。无论最终我做什么，都会选在这里。"他说，"这是一个建筑密集的空间，建筑风格很棒，好几条街在这里交会。然而，广场却缺乏不同视角。更糟糕的是，这里不断有人来来往往，但却没能留住他们。"在他看来，这里就是一个十字路口，一个不断变换的舞台，一个辐射中心，一个交

1　西班牙建筑师路易斯·马丁内兹·费杜奇（1901—1975）和文森特·艾瑟德·伊·艾瑟德设计，1931—1933年修建的位于马德里卡亚俄广场的卡里翁大厦。

通堵塞、迷失方向和不断旋转的地方，一个一天内不同时间段，被密集的交通覆盖了的地方。"广场留不住人，是因为没有理由让人们停留和驻足思考。市中心是一个被持续拥堵的交通所包围的空地，是一个不能指定为一个地方的十字路口。"他说。

作品将会略微倾斜，与垂直墙面形成鲜明对比，但无论多么轻微的倾斜，从任何一个点去看，都只能是这个地方。"雕塑将邀请人们聚在一起，思考、关联、讨论雕塑的大环境，也将提供一个吸引人们进入广场而不是穿过广场的理由。"他评论道。

在协商会议上，我们清楚地意识到，在不改造或破坏某些广场的情况下，赋予它们新的意义是很方便的。就卡亚俄广场而言，塞拉的雕塑完全有可能使广场恢复与周边建筑物相协调的比例（如果之前存在过比例的话）。由于广场现在缺乏社会意义，我们也对给广场赋予这一意义感兴趣。我们承认，纽约的巨型钢制雕塑《倾斜的弧》虽然存在争议，但也产生了非凡的影响。我们梦想着马德里也能有类似的雕塑。联邦当局、艺术家们、成千上万的工人和市民在曼哈顿的广场上争论着雕塑的造型，我们很羡慕这一点。除了美国，京都、多伦多、阿姆斯特丹和柏林也都已经有了一些环境雕塑。马德里几乎已经落后了。

胡安·赫诺维斯，画家。2006 年 1 月。很难相信会发生这样的事情。人类的思维会形成一个框架，将想法和信念融入其中。因此，当一座重达三十八吨的艺术品丢失时，这就超出了你自己的思维框架。如果这么重的东西都丢了，你难免会问，还有什么东西丢了呢？那我的又如何？这是一个令人印象深刻的新闻，一个非常重磅的新闻。当一位画廊的朋友打电话告诉我这件事时，我下巴都惊掉了。我曾与马卡隆股份公司合作过，而且关系一直很好。该公司声誉很好。这种事情只有在第三世界国家发生。而在西班牙，第三世界主义正从我们身边悄悄溜走。这种事情将我们置于非常可耻的境地。如果这件作品找不到，这个国家就完蛋了。它一定在某个地方，肯定还很完整。也许被我们最不怀疑的人藏起来了。

菲利普·格拉斯，作曲家。2015 年 7 月。我喜欢在非常规场所进行表演，而且已经这样做了三十多年。最初是出于义务，现在则是因为我想这么做，而且我也喜欢这么做。所以，一听到有机会与兹维尔纳画廊合作，而且还能被理查德的八块钢板（每块重达四十吨）围着，我就无须考虑太多。能与理查德合作，对我来说是件很开心的事。我感觉就像回到了过去，当时我在纽约市中心的阁楼和艺术画廊进行小型私享表演。之所以被迫在这些非常规场所演出，部分原因是我的朋友们和我所创作的音乐在音乐厅并不受欢迎，而在博物馆和画廊则不同，在那里，我们可以肆无忌惮地创作自己喜欢的音乐。

理查德和我的关系可以追溯到1964年。我们在巴黎相识，那次相识也近乎神奇。三年后，我从欧洲游历归来，我们的关系仍在继续。下午有些时候，我完成自己的工作后会去他的工作室帮忙。那时，我以搬家为生，而他还请不起助手，只能用橡胶、霓虹灯或在街头捡到的其他废弃材料进行创作。于是，他准备找一份教师的工作，并开始与利奥·卡斯泰利画廊合作。看到他这样做，我也转行做了管道工，学会了如何处理铅，如何熔化铅。这一切更加深了我和理查德的合作。

另一方面，我对音乐也很感兴趣。因为音乐与绘画、戏剧、舞蹈相关联，而且很容易概念化。我不知道自己是出于有意还是无意，一直在寻求将我的音乐融入我所认识的艺术家的作品中。我与这些艺术家们关系融洽，他们几乎都是极简主义雕塑家，这不仅包括理查德，还包括唐纳德·贾德、索尔·勒维特、罗伯特·莫里斯或卡尔·安德烈。极简主义的概念指的就是他们，而不是像我、特里·莱利或拉蒙特·扬这样的音乐家。"极简主义音乐"的概念是后来才出现的，是我与艺术家们个人联系的结果，他们一直是我职业生涯中不可或缺的一部分。也就是这样我才会记得，当有机会在电影资料馆表演时，雕塑家和画家朋友们会帮助我们把所有的设备搬到卡车上。如果不是他们，我们甚至都无法举办音乐会。就这样，我的音乐开始成为艺术界的一部分，以至于艺术家朋友们会去画廊说："你必须组织一场菲利普·格拉斯的音乐会。"

然而，这些艺术家，我指的是理查德、劳森伯格、勒维特，除了听摇滚乐以外其他什么音乐都不听。他们对先锋音乐不感兴趣，而我却要以此为生。奇怪的是他们还读过先锋作家的作品，比如巴勒斯或金斯堡，但他们为什么不喜欢先锋音乐呢？这个我很纳闷。我去过当时流行的摇滚乐现场，那里充满了噪音。我对音响系统里发出的雷鸣般带有节奏感的音乐非常着迷。我喜欢它们，因为那是我从小到大都在听的音乐。虽然我知道古典音乐爱好者们很讨厌这些，他们不喜欢我当时在古典音乐中加入超重低音，但我还是坚持了下来。

有一天，卡斯泰利画廊给理查德发了薪水，并建议他举办一场个展。于是，理查德便打电话给我。我告诉他我现在做管道工，周薪二百美元。他说可以给我更高的工资，于是我为他工作了三年。与此同时，我也在为我的乐队作曲。因为时间安排很灵活，我还可以去巡演。因此，你可以想象我们的生活是多么凌乱，我们永远不知道每天要做什么，我们只知道在翠贝卡的一家咖啡馆吃早餐，因为那里有很多艺术家。当时，理查德非常努力地对我进行艺术教育，因为我作为当代艺术爱好者的知识有待提高。他给了我很多书，我们经常参观博物馆和画廊，一去就是一整天。

正是在为卡斯泰利画廊准备展览的过程中，我建议他尝试用铅制作作品。铅是管道工艺发展过程中的一种重要材料，也即将进入雕塑领域。有一天，我们一起去了一家商店，他买了工具、成卷成卷的铅、切割和熔化铅所需的设备以及数百公斤的材料。感觉他不是一个艺术家，而是一个完成订单的承包商。第二天，我向他演示了如何剪切和使用铅条，而他却想出了把热乎乎的铅条扔到墙上的点子。这确实是个新点子，而且非常成功。因为在那些年，他工作的重心都放在了创作过程上，同样，我在音乐方面也是如此。

当有人开始要求理查德去欧洲时，他邀请我陪他去阿姆斯特丹、伯尔尼和科隆。由于我不想放下音乐太久，于是我向他提议利用这次旅行举办几场音乐会。他很高兴，并提出在参展的每个展厅或博物馆都举办一场音乐会。然而，在阿姆斯特丹市立博物馆的音乐会上却传来了口哨声和嘘声。当我的演出还没进行到一半时，我注意到有人跑上台开始敲打我的键盘，我没有多想就给了他一拳。那是第一次有人试图抵制我的音乐，但毫无疑问不是最后一次。因为多年来，我一直在设法激怒我的一部分听众，对他们来说，我的音乐与他们认为的现代音乐不一样。

和理查德一起工作让我们都受益匪浅。因为我不是雕塑家，而且来自完全不同的艺术领域，我可以自由地参与其中并说出自己的想法。我想，正因为如此，我有时能帮到他很多，但同时，我认为他的艺术发展也让我提升了自己的音乐语言：材料和过程这两个对他起决定性作用的东西，对我的音乐也起了决定性作用。

1971年底，在我即将年满三十五岁的时候，我的乐队录制了第一张唱片。虽然我很喜欢为理查德工作，但我觉得是时候把更多的时间投入到家庭、作曲和演奏中去了。为此我需要一份要求不高、能让我更加独立的工作，于是我成了一名出租车司机。而这也并没有打破我与艺术家的关系，尤其是我的音乐与艺术的关系。但多年以后我才再有机会站在理查德的雕塑中演奏，因此，我无法拒绝兹维尔纳画廊的邀请。当你把音乐放在雕塑环境中时，就会产生一种真正的相遇，一种共鸣，所以当理查德打电话给我说："看在过去的情分上，菲利普。"我无法拒绝。

罗西娜·戈麦斯·巴埃萨，马德里国际艺术博览会负责人。1987年2月。我当时非常紧张，当然，开幕式结束之后我就平静了下来。组委会在看到这不是一场灾难之后，也松了一口气。我是这样的一个人，把自己喜欢预测灾难的习惯传染给了他们，但这些灾难并未发生。那是第六届博览会，我刚刚接任博览会负责人一职，所有的期望和压力是不是都给到了自己？诚然，我们是做过一些过激的决定，但这也引起了更多的关注。我的嘴似乎就像是一把利刃，随时准备砍掉些什么。比如，我们"唰唰唰"地砍掉了参展画廊的数量。我很清楚，委员会也很清楚：不是每个人都能来参加马德里国际艺术博览会。到头来，总有人会被拒之门外，不是吗？

我们遵循非常严格的标准。这次减量主要影响的是西班牙画廊，对外国画廊影响则较小。我们总共拒绝了一百份申请。作为一项新举措，我们还吸纳了与艺术市场相关的公司、出版社和机构，即使它们的贡献不具备艺术性，但也是至关重要的。我们把它们集中在博览会会场的 12 号馆，离画廊很近，就是想看看会发生什么。在这些公司中，有两家专门从事艺术品包装和运输的公司：戈尔戈里托特别包装运输公司和马卡隆股份有限公司。这两家公司都有着悠久的传统，并都能为艺术品的运输提供专业的服务和保障。安东尼奥·布兰科，三十四岁，经营着戈尔戈里托公司。公司名字实际上是一个家族昵称，源自他的父亲以及他对古董的热爱。赫苏斯·马卡隆，五十五岁，作为一名参加过多场战役的老兵，正在续写一段重要的传奇。他经营着一家由其祖父安赫尔·马卡隆创建的公司，这家公司早在 1895 年就开始营业了，当时他祖父还在霍维拉诺斯街上开了一家艺术品商店。

为他们在马德里国际艺术博览会留有一席之地难道不是一种正义之举吗？他们也以自己的方式推动着先锋派的发展。我们组织了一场有趣的座谈会，或者说在我看来是有趣的。会上，布兰科和马卡隆分别介绍了他们的产品。例如，布兰科称他们使用了一种"自装恒温运输"的卡车，坦白地说，这听起来非常夸张。他把这辆车比作是"科尔多瓦夏季排名第二的酒店"，并向我们保证，这辆车也可以供民防部门使用。这真是个笑话。他还说这是一种"未来交通工具"，开创了艺术品运输的新纪元，而这还不是他们公司唯一的创新点。他们公司已经开始探索将箱子用作画作和雕塑装载容器的可能性。这一点大家要关注一下。布兰科说："我们将取消包装，尽可能减少搬运。至于存放问题，西班牙的博物馆仓库准备不足，那些不适合放在展厅里、必须存放起来的作品与展出的作品同样重要。我们的员工都接受过艺术培训，一个人如果都不欣赏自己包装出来的东西，那就不是好的包装工。"

我发现他的夸大其词说出来会令人兴奋。赫苏斯·马卡隆也有这个特点。他宣称自己的公司"在世界上是独一无二的"，因为它涵盖了与艺术相关的各种活动：美术材料、画框、包装和运输、布展，甚至还有画廊。艺术品在博物馆之间的流通日益频繁，相互借用作品举办临时展览，这也给他的公司带来了新的发展机遇，迫使公司不断改进其安保系统。前一年，埃尔·格列柯[1]的一些作品被选中在日本国立西洋美术馆展出，他负责将其从普拉多博物馆运往东京。他说："我们使用带有阻尼元件的双重保护箱来减震。"他说自己曾经差点儿为克里斯托工作时，我并没有觉得有多了

1　1541—1614年，西班牙文艺复兴时期画家、雕塑家与建筑家。

不起。克里斯托是一位非常特别的艺术家，他的主要作品是用织物来包裹建造物等人造设施，或者岛屿等自然景观。"1981 年，我们打算把阿尔卡拉门[1]包裹起来，但没有给我们许可证。小气的市政厅！"他对在场的观众说道。

安娜·瓦尔，文物大队探长。2005 年 11 月。10 月 6 日，索菲亚王后博物馆通知文化部副部长说理查德·塞拉的雕塑下落不明。第二天，文化部要求博物馆馆长开展初步调查。10 月 26 日，副部长收到馆长的报告。27 日，副部长来找我们。文化部在大楼里成立了一个小型文物大队代表团，这个非常实际。事实上，代表团只有一个人，待在一间狭小的办公室里。我的意思是，办公室真的很小很小。一个警察永远不知道舒服是什么滋味。这可能就是最适合我们的工作。当你感到舒服时，你就想一直舒服下去。也就是这样，从那一刻起，当你一直舒服的时候，你就会有很多说辞，最终导致你无法做好工作。要适应这么小的一间办公室，在必须具备某些技能的同时，还要缺乏某些技能。

每当文化部的工作人员发现艺术品、文物或者任何其他历史财产，因为受到破坏、掠夺、失踪或其他意外事件而出现问题的时候，没有人需要穿上外套，或打着雨伞，或坐上出租车、地铁或公交车，不情愿地去当值警局报案。在我们

1　位于西班牙马德里的一座新古典主义建筑，修建于 1769—1778 年。

这里，您只需在楼内步行几米，就能到达我们的办公室，开始办理相关手续。正如我所说，正是通过文化部代表团，我们第一次收到了雕塑失踪的通知。这件事恰好发生在 10 月 27 日上午 11 时 27 分。行政生活中充满了这样的细节，这些细节虽然没有什么作用，也不具备装饰性，但却能让我们确定，有些事情发生在第二十七分钟而不是第三十分钟。

副部长向我们提供了他所掌握的所有信息，包括索菲亚王后博物馆馆长寄来的初步调查报告。代表团自动向总部发出了通知。当时，我正在处理法国文化部部长的一封贺信，祝贺我在加泰罗尼亚找回了四十年前被盗的 18 世纪画家亨利·安托万·德·法瓦纳的一幅画作。我收到了一封有他亲笔签名的信，当时我纠结的是：要不要把信装裱起来？然而，一个更现实的问题取代了这封信，我只好把它放进了抽屉。我们启动程序，向值班警局报案，以确保尽快开始调查失踪案。

大队由两个工作组组成。每个工作组不但警察人数不尽相同，而且人员配备也不充足。一名警察永远不可能安于现状，也永远不可能拥有他所希望的资源和同事。但是，如果假设一切顺利，每个小组有七八名警察，拥有两个完全独立工作的团队，这就为我们的工作提供了很大的灵活性。

雕塑失踪案交由我的小组负责，调查工作由位于卡斯蒂利亚广场的三号法院负责。在那儿我们遇到了第一个难题。法官立即退出此案件，并将其诉讼程序移交给阿尔甘达·德尔·雷伊法院。这一程序有些耗时，导致我们浪费了几个星期的时间。在此期间，我们对埃尔吉哈尔工业区进行了第一次实地考察，同时还做了走访。那天是星期二，我带着卡耶塔娜·布斯克茨警官。她年轻、聪明、做事果断。我厌倦了那些喜欢沉思的同事，感觉自己就像夏洛克·福尔摩斯似的，脑子灵光一闪就会找到案件的解决方案。布斯克茨并不是先行动后思考，而是将两者结合起来，这一点我非常欣赏。唯一让我不舒服的就是她的音乐品位过高。和她一起开车，让她播放音乐有时会成为一种折磨。"我们还是听会儿发动机的声音吧。"我一边说，一边关掉了听了十秒钟的收音机。"这让我想起了一支优秀的管弦乐队，你呢？"我问道。

我们在早上九点之前就到了阿尔甘达，因此，我们腾出时间在工业区的一家餐吧喝了杯咖啡。随着远离马德里，你喝的咖啡会让你想起，在马德里，人们一般不喝咖啡，而是喝其他东西，一种不可名状的东西，而且还没有名字。喝完咖啡后，我们前往马卡隆股份公司仓库的所在地，希望能从监控录像中找到一些蛛丝马迹或证据。根据博物馆提供的消息，雕塑被存放在仓库外面入口处的一个大花园里。我们注意到，这个区域看起来与当时并无太大区别，只是，原来的仓库已经不复存在，取而代之的是一座更大的建筑，现在是劳动和社会保障部总档案馆。

我们进到围栏里面。我让布斯克茨拍照。首先引起我们注意的是，如果雕塑真的被存放在花园里，那么从公路上就可以完全看到它，而这肯定会引起小偷的注意。还有一个事实就是，马卡隆股份公司还在的时候，这块场地被一种简单扭曲的金属网围着，这种网被称为旋风铁丝网，是最传统的金属网，由镀锌铁丝制成，呈菱形。由于它经久耐用、成本低廉，因此被广泛应用于各种环境。最受赞赏的特性之一是易于切割、接合和交错。换句话说，这又是一个坏消息。

我和布斯克茨一致认为，盗窃假说有几个有利因素。首先，旋风铁丝网一剪就断。更何况，在任何人看来，四十吨钢材摆在那里太引人注目。看到这些东西被遗弃在那里，即使不是小偷，可能也会对自己说：如果我把它全部拿走，会怎么样呢？绝对没有人想要它。但是这种推测与马卡隆股份公司从解散到档案馆开工中间经历的五年时间相冲突，因为在这五年中，这座仓库完全被废弃。这对查案非常不利。因此，断定这是一起盗窃案的难易程度与证明盗窃是如何发生的以及责任人是谁的难度是一样的。但我们不会退缩。我见过很多巨大的障碍就像咖啡中的方糖一样，最后都化为乌有。你只需要找到它的薄弱点。所有的事情、人物、故事、罪行，都有一个关键的漏洞，很少能一眼看穿。我们需要找到这个漏洞。

在那里，我们和档案馆的几名保安和员工进行了交谈。没人知道那座雕塑，也没人见过它。"我们来的时候，这里没有任何东西。"一位服务主管说。他还说，他非常熟悉劳动和社会保障部财政局代表团的工作，该代表团是被派来就 1998 年扣押马卡隆股份公司资产一事起草报告的。他承认，当时他不在场，但他知道这份报告，而且报告没有记录任何有关大型雕塑存在的内容。"我向你保证我记得很清楚，因为我过目不忘。"他吹嘘道。当然，这并不意味着雕塑实际上不存在，我心想。完全有一种可能就是，代表团中没有人会想到，那些被遗弃的、露天堆放的巨大铁块会是一座雕塑。更何况，我敢肯定的是，如果我是在其他情况下看到它们，在不了解的前提下，我肯定会认为它们只是废铁。老实说，在这种情况下，布斯克茨和我都想在扣押报告中提到这堆废铁，这样，我们就有兴趣证明被扣押的仓库里到底存放着什么。

有人评论说，马卡隆股份公司的几名前雇员被附近的几家公司聘用了，其中包括尼维拉特公司。显然，该公司还继承了马卡隆股份公司的一些设备和家具。我看了看时间，还不算太晚，于是向布斯克茨提议去那里看看。还真成了。我们询问的第一个人是 1996 年底最后一批下岗工人之一。他用烟嗓死气沉沉地向我们保证道："我走的时候，雕塑就在原处，而且还很安全。1990 年运来之后就一直放在那里，也就是在仓库的后院露天堆放着，每个部件之间都有木横梁隔着。"他的胳膊晃来晃去，就像潜水艇的螺旋桨一样。晃的过程中，我发现他有九根手指。他解释说，作为木匠，他在公司工作了十五年之多。他对赫苏斯·马卡隆评价很高，几乎可以用亲切来形容，而这与接下来几天索菲亚王后博物馆的一些员工对我们所说的相当难听的言辞形成了鲜明对比。

我们离开阿尔甘达时，笔记本上满满的笔记表明，这条路充满艰辛。但我对此却没有留下深刻的印象。那些断断续续的叙述有一种非理性的成分，它悄悄地告诉我，我们可能距离查明到底在这座雕塑身上发生了什么又近了一步。如果你知道发生了什么，你很快就会知道是谁干的。我不喜欢当一个乐观主义者，但乐观的情绪依然占据了我的内心。

毫无疑问，在我们必须立即录口供的人员名单上，赫苏斯·马卡隆的名字很靠前。我们做的第一件事就是立即传唤他。

何塞·路易斯·桑切斯·塞斯，退休人员。2006 年 8 月。
《国家报》报社社长先生：我非常理解诸位对索菲亚王后博物馆塞拉雕塑事件的感受，因为我的妻子和我也经过非常相似的情况。我们结婚时，我的姨妈尤拉莉亚送给我们一个大青铜花瓶。由于家具占据了客厅太多空间，我们就把它放在柜子里，之后放在储藏室，最后放在了车库的一角。只有姨妈来看我们时，我们才把它拿出来。在此期间，我们有了两个孩子，换了更大的房子。搬家时，装花瓶的箱子丢了。当我们发现花瓶丢了之后便如释重负。

姨妈来看新房子时问起了花瓶的事。我们假惺惺地告诉她，花瓶弄丢了，我们非常难过。一个月后，姨妈打电话告诉我们，她在一家商店看到了一个花瓶，和丢失的那个一模一样。她劝我们买下它。我们别无选择，只好把新花瓶摆在新房客厅最显眼的位置。花瓶现在还在那里。我们意识到，它将永远被放在那里。我妻子说，邀请姨妈参加婚礼是我的错。

理查德·塞拉，雕塑家。1998年9月。也许我是从四五岁开始成为一名艺术家的，那时我还不知道什么是艺术。如果回看我的人生，回到我能够猜测自己将成为什么样的人的那一刻，我会想到有一天我在旧金山大约三公里长的海滩上散步。往回走时，我在沙滩上踩着自己来时的脚印玩耍。当我沿着自己的脚印行走时，刚刚走过的海岸有了一个新的方向，当然，是一个反方向。原来在右边的东西现在都跑到了左边。我突然意识到，我现在看到的与刚才看到的是如此不同。这让我大吃一惊，并一直无法释怀。有些事情永远伴随着你的记忆和想象。你的右边和左边是什么，绕着曲线走意味着什么，看看凸面再看看凹面，对不理解的东西提出问题，这些都是我一直感兴趣的事情。

好奇心促使我以这种方式观察自己的脚印，很快我就开始画画了。四岁时，我每天都画画。我这样做是为了引起父母的注意，因为我哥哥更高、更大、更强壮。我想捕捉到他们的爱和崇拜。画画成了我的另一种语言，它能帮助我判断现实。我真的很擅长画画。记得我上二年级时，那会儿我才七岁，老师叫我妈来学校看我的画。老师把画贴在了墙上，为的是让全校师生都能看到。从那时起，我妈便开始带着我去博物馆，并介绍我是"艺术家理查德"，这让我感到非常尴尬。

我的童年还有一个重要时刻，也许是最重要的时刻。有一天，太阳升起的时候，我和父亲开车穿过旧金山吊桥，去他当水管工的造船厂看一艘油轮下水。那是1943年秋天的一天，那天是我四岁生日。当我们到达时，黑色、蓝色和橙色相间的钢制油轮船体已经稳稳地停在坡道上。对我这个年龄的孩子来说，它就像一栋侧躺的摩天大楼那么大，横在那里不成比例。我记得我绕着船身走了一圈，凝视着巨大的青铜螺旋桨。突然，一阵骚动，顶杆、支柱、木楔、桅杆、龙骨楔……所有的束缚材料都被移开，缆绳和船头的卸扣也松开了。

如此大吨位油轮的移动与施工的速度和技巧之间完全没有逻辑可言。脚手架一拆，油轮就沿着坡道滑向大海，伴随着的是越来越多的庆祝声、尖叫声、汽笛声、掌声和口哨声。就在大家焦急万分的时候，油轮震动着、摇晃着，船身向前一倾坠入水中，先是往下一沉，随即又浮出水面，就这样浮浮沉沉几次之后，恢复了平衡。不仅油轮成功地恢复了平衡，所有观看的人也从震惊中恢复了过来，因为他们看到，这艘巨大的油轮从刚才的一动不动变成了自由漂浮，任由海水摆布。

我当时感受到的恐惧和敬畏现在依然存在。我需要的所有原材料都包含在那段记忆中。我面对的是一个可以变得非常轻盈的重物，那几吨重的重物可以变成抒情的东西。对我来说，重量是一种基本价值。并不是说重量比轻盈更有吸引力，只是我对重量的了解多于对轻盈的了解。因此，对于重量，我会有更多的话题，比如重量的平衡、重量的减少、重量的增加、重量的集中、重量的索具、重量的支撑、重量的放置、重量的锁定、重量的心理效应、重量的迷失、重量的不平衡、重量的旋转、重量的移动、重量的方向性和重量的形状等。我想说的还有，对重量不断地进行细微调整，从万有引力定律的精确性中获得乐趣。关于钢材的重量加工，关于炼钢厂、轧钢厂和高炉，我有更多的话要说。所以可以说，我是一位重量艺术家，渴望化笨重为轻盈。

拉克尔·贝内特，索菲亚王后博物馆服务主管。2005 年11 月。 高烧三十九度，我在床上躺了两天，可以说是一动不动。毫不夸张地说，我感觉自己就像是被动画片里那种从九楼飞出来的大钢琴砸中了似的，变成一张纸被压在人行道上。直到第三天，我才开始感觉好了一些，但也不是很好。这种感觉您懂吧。我勉强读了几页《五只蓝蝇》[1]，但中间最多只能停顿十五分钟，时间长了我就不知道读到了哪里，于

---

1 乌拉圭作家卡门·德·波萨达斯·马内（1953 年生）的小说。

是不得不一直从第一页开始。这样的话，还不如不读。也许我太着急了，肯定是着急了，星期四我就去上班了。我头也不疼，背也不疼，也不发烧，但就是很虚弱。我想，也许今天会是风平浪静的一天，不会有任何意外，因为第二天就是星期五了。"星期五"这个词本身就能让你兴奋起来，也就是说，它会给你那些你没有的力量。

但这天并不平静。我被急召去和管理层开会。完了，完了，完了，我想。到了之后张嘴也只能说出这些。我感觉到一种忧心忡忡、非常不安的紧张气氛。起初，我不太明白这种紧张是怎么回事。当他们向我解释之后，我也被传染了，开始紧张地走来走去。完美！博物馆没有哪个部门能逃脱因一件艺术品的丢失而带来的一定程度的影响。事情就这样发生了。理查德·塞拉的雕塑丢了。它可能不像他在毕尔巴鄂古根海姆美术馆的作品那样更具有艺术价值、创新力和普遍影响力，但雕塑的作者是塞拉，是理 – 查 – 德 – 塞 – 拉。因此，它现在的价值比博物馆二十年前为它支付的价格高出许多倍。

作品的丢失会影响一切。这就像你把满满的一杯咖啡掉在地上，咖啡会向所有的方向溅出，甚至会溅到天花板上。即使乍一看干干净净，但污渍也不可能完全被清除掉。几个月后，你移动沙发或家具时，就会发现下面还有咖啡的残留物。

他们告诉我，我必须找到博物馆最近支付给马卡隆股份公司的款项记录。我们需要尽可能缩小作品丢失的时间范围。大家都知道在管理层知道作品丢失之前，它一直由马卡隆股份公司保管，但事实上马卡隆股份公司已经消失多年。从财务的角度来看，我们必须追溯到我们最后一次向该公司支付服务费的时间，但几乎一无所获。于是我把单据转给了登记处。最初的结果并不令人乐观，但这并不意味着什么。我的意思是还不意味着什么。周末过后的星期一，我们继续努力工作。我已经完全退烧，身体也恢复得差不多了。现在，我就像一架大钢琴，掉在其他人身上，压扁了他们。我已经读完了《五只蓝蝇》，并开始读希梅内斯·洛桑托斯[1]的一本书。这就是我说的一切。

第二个结果证实了第一个结果。所以我们说："好吧，伙计们，让我们再试最后一次。也许我们漏掉了什么。生命在于重复，或者说，在于坚持。"我发誓，我是个乐观的人，但不是轻率的乐观，那样太愚蠢了。你必须学会辨别乐观何时枯竭，何时会越过悲观的底线，要不然你就会变得无能、愚蠢。

周中我见了安娜·马丁内兹·德·阿吉拉尔。真了不起。"我们找遍了所有的资料，"我说，"但你必须追溯到1992年，才能找到最后一张付款发票。"并不是说后来的发票丢了，实际情况是，1992年是我们向马卡隆股份公司支付服务费的

---

1 1951年生，西班牙电台主持人、评论家、作家。

最后一年。在那之后不可能再有发票，因为那是违法的。

我们既无法向马卡隆股份公司付款，也无法和它签订合同，因为该公司欠有劳动和社会保障部的债务。如果你不再履行对劳动和社会保障部的还款义务，你与任何其他公共机构的关系都会中断。公共机构欠你钱并不重要，而且你也要不到钱。马卡隆股份公司和索菲亚王后博物馆就是这种情况。我们欠他钱吗？是的，我们欠他钱。我们愿意还他钱吗？我想我们愿意。我们能还他钱吗？我们不可能还。我们应该把雕塑从它的仓库中搬走吗？本来就应该这样。无论出于什么原因，如果你无法支付所提供服务的费用，就不要再享受这种服务，去找另一家供应商，与它保持平衡的业务关系。但我们没有这么做，而是停止向马卡隆股份公司付款，并将我们的雕塑交由他们保管。

从财务的角度来看，雕塑、马卡隆股份公司和索菲亚王后博物馆的故事非常简短，又丑又短。1990年11月，马卡隆股份公司和索菲亚王后博物馆签订了为期一个月的展览合同，负责雕塑的组装、拆卸和存储。针对这项服务和最初几个月对作品的保管，公司给我们寄来一张发票，金额一千多万比塞塔。发票是1991年寄给我们的。其中包括将四件展品运到博物馆并组装的费用，展览结束后又将其运到马卡隆股份公司仓库的费用，租用起重机和卡车的费用，福克斯公司在索菲亚王后博物馆搬运展品的费用，所有工人的人工费等等。1992年，马卡隆股份公司又开了另一张发票，实际也是最后一张发票，金额为 332,925 比塞塔，名目是存放雕塑六个月。然而，截至 1994 年，我们再也没收到过一张发票。事实上，当年三月，文化部仍在向部长理事会提议批准 1990 年展览中组装该作品的一千多万比塞塔的开支。由于博物馆重新开放的时间紧迫，程序复杂，费用文件无法在适当的程序时间内送交审计部门进行事前审计，同时，由于承包商没有及时履行对劳动和社会保障部的纳税义务，文件处理就被延迟了。根据我们所收集到的所有资料，可以肯定的是，1990 年 11 月的《平等 – 平行 / 格尔尼卡 – 班加西》展览，博物馆欠赫苏斯·马卡隆一千多万比塞塔，但他没有收到一分钱。换句话说，完美。

伊西多罗·瓦尔卡塞尔·梅迪纳，艺术家。2007 年 6 月。
真正的大师之作在于如何巧妙地偷窃理查德·塞拉的雕塑，而非制作雕塑。

克拉拉·维耶格拉夫·塞拉，历史学家。2006 年 1 月。
我接通了电话，是卡门打来的，我瞥了眼手表，已是早上九点半了。我们至少有一个月没有联系了，她在准备一个古根海姆美术馆的展览，而我俩则回了一趟在布雷顿角岛的住所。卡门的声音沙哑，听起来很疲倦，她问我们过得怎么样，身体如何，她还提到理查德，想要知道他的情况。他膝盖手术之后正在慢慢恢复。能看出来，这番电话应该另有他意，先前的嘘寒问暖是她对我们的关切，也是她精英教育的成果。果不其然，一番试探客套之后，她开始告诉我，凌晨四点的时候她的电话响了，和往常一样酣睡的她被吓了一大跳。她本想要收到什么噩耗了，比如，好朋友去世了，或者亲人发生了可怕的事情，但事实并非如此。电话是索菲亚王后博物馆馆长从马德里打来的。"那肯定是什么重要的事情吧，亲爱的。"我打断她的话。"非常重要。理查德的雕塑不见了。"我们都沉默了，那种错愕感好似一位你永远想象不到的人无缘无故给了你一记耳光。几秒钟后，我问她是否在开玩笑，怎么会发生这种事情。接下来她讲的事情那么离奇，我甚至都羞于复述。

卡门气愤至极，带着她在巴黎多年以来继承到的法国式的歇斯底里，恼火上身的她就会这般。我把电话递给理查德，他几乎没怎么说话，聊了几句就把电话还给了我。不过，在这之前，他死死地攥住电话，手都变白了才松开。接着我和卡门又聊了一会儿。我们大概讲了讲筹备当中的、要在十一月进行的名为"从格列柯到毕加索的西班牙绘画：时间、真相与历史"的展览。这次展览将首次汇集16世纪至20世纪西班牙绘画大师的作品，除了格列柯和毕加索的名作外，还有苏尔巴兰、委拉斯开兹、穆里略、戈雅、格里斯、达利、米罗等人的作品。卡门做了一个大胆的决定，不按时间顺序，而是根据绘画主题来展示他们的作品，这样便能突出旧时代大师的艺术与现代艺术之间的关联性，从而打破试图将二者割裂的传统说法。

过了一个小时后，理查德才开始接受这个消息，讲出他的想法：发生这样的事情是一种耻辱，这会让博物馆在未来很多年里声名狼藉。能注意到他一直忍着不说，直到最后忍无可忍，称自己确信雕塑永远找不到了。"雕塑已经不存在了。我敢肯定。它可能已经被熔化，然后变成百万件杂七杂八的生活用品，不过这倒也是新奇，"他头戴大都会博物馆的帽子挖苦道，"或许西班牙的高速公路就会混着熔化的雕塑翻修呢，下次我们回西班牙，坐的出租车估计就会在上面飞驰，想想就他娘的有意思。对了，回国的时候得买个好点儿的铁制床头，兴许里面就融着雕塑上的笛子，那得多浪漫。"

我有不同的看法。那些伟大的作品之所以伟大有很多原因，它们不会就此结束，而是迟早重现并永存于世。"或许雕塑就藏在日内瓦自由港，过着平静、沉闷、秘密的生活呢。"我打趣着说道，想要他振作起来。这个位于瑞士首都的法语区港口藏有世界上大多数不见天日的艺术品，亿万富翁们通过投资艺术品来实现资产的多样化，他们的藏品就在这里等待升值。还有一些未知出处的藏品也在自由港这样一个安全森严的完美流放地的庇护之下。"你那个朋友叫什么？维奥莱塔·施瓦茨？她的一些收藏估计就存在那里，下次见到她，我让她留个心眼，看看能不能知道你那雕塑的下落。"

电话一连几天都响个不停，大部分都是记者打来想要知道理查德关于马德里一事的反应，不过他连电话都不接。"告诉他们，就说我不在。"他带着他那仍未消去的讥讽口吻跟我说。

一周之后，卡门前来拜访，我们在家吃了晚饭。我跟她说就在那天早上我们接到了一通奇怪的电话，是一名西班牙警察打来的，她非常好奇在艺术界是否有人会不惜一切代价，出于，也许是纯粹的收藏之由，得到一件理查德的雕塑作品。我觉得这事惊到了她。"我的雕塑作品不像花瓶或者油画一样易于运输，并且可以在，比方说，任意一个私密狭小的房间展示，除此之外我不能想象当代雕塑的追随者中竟有人能明智地将艺术感知力和进行一次完美的偷盗所需的堕落感集于一身。"理查德回答说。我听到他的回答，心想从来没有哪位受害者能为警察提供这般微乎其微的帮助。卡门大笑起来，我感到这一笑完全出乎了她的预料，就好像她身下的椅子腿突然断了一般让她手足无措。"警方调查着那些大名鼎鼎的无良收藏家们，当局却试图把盗窃之名安在马卡隆身上，他们大概是商量好了谁来做这场闹剧的主角。"

卡门的怨气在我看来未减反增，这让我感到诧异，先前的怨气就已经无法忍受了。据她从西班牙听到的消息，博物馆正试图把作品失踪的责任推卸给过去几年保管作品的公司。"这是一种耻辱，因为塞维利亚博览会，国家本身就欠马卡隆股份公司几百万的债务，而西班牙的劳动和社会保障部却选择逮捕他，这太不光彩了。我跟你们说，国家的任何敬意都配不上赫苏斯·马卡隆，他值得更多更多。没有他，我就不可能为索菲亚王后博物馆揭幕，也不可能举办后来的任何一次展览。没有他的公司，理查德在西班牙的展览也不可能举办。这一切都得自于他，但他却没有得到任何报酬，他怎么可能不欠钱呢！"

卡门非常明确地表示，作品的丢失应该归咎于索菲亚王后博物馆对其藏品的疏忽和冷漠，尤其应该归罪于"那个有名的博物馆馆长，得问问她为博物馆做了什么，凭什么给她发钱。她有20世纪最伟大的雕塑家之一理查德·塞拉的作品，她又拿它干了什么呢？"卡门说得没错，要是在美国，这位馆长早就被赶到了大街上，而且肯定逃不过被解雇的命运。但西班牙这个国家却偏偏相信童话。

"要我告诉你一件事吗？"卡门反问道，"马卡隆股份公司的仓库中也有我的一幅画。也许你们还记得，它在我家二楼挂了很多年，那是唐纳德·哈伯德的一幅巨画，就是那个和十五号集团合作的石版画家。这幅画足足有五米长，占了房子很大的空间，那时我要放一些书架，所以马卡隆股份公司便替我保管了。我把画给了马卡隆股份公司后，从此再没操心过它。这绝对是我的错。等我想起来的时候，公司已经被收回了。这都是再正常不过的事情，我想不出该怪谁，只能怪我自己。"她说。

理查德在我们身旁就像幽灵一般，忽然冒出来说："雕塑在仓库里存放了那么久，从某种程度上说，它早已消失没有意义了。我认为，对于博物馆的一些管理者和那些本应保管雕塑完好无损的人来说，我的雕塑只是四块铁块，毫无意义，大家可以将其遗忘。"

第二部分

要我帮你找吗，爸爸？

艾琳娜·塔隆

我尤其怀疑历史学家，他们用精确的数据和冰冷的脚注，对读者施加阴险的制约。他们告诉你："事情就是这样。"在我人生的这个阶段，我却欣赏优雅，我更喜欢别人对我说："让我们假设事情是这样发生的。"

玛利亚·盖恩萨，《黑光》

艺术是我们接触自身疯狂的一种方式。

苏珊·桑塔格，《日记》

爱丽丝·海史密斯，联邦官员。1989 年 3 月。当我在弗利联邦广场中央看到那座雕塑时，感到有些沮丧。那是一堵黝黑的、略微倾斜的弧形钢墙，长四十米，高近四米。我觉得这个可能是厄运的征兆，就像是一只黑猫或者其他东西。"这个城市难道就没有开朗的艺术家吗？"我听一位部门同事感叹道。我对她的感叹深有同感。我承认，整个雕塑事件从一开始，也就是它落成的时候，远比结束时更让我感到沮丧。与雕塑擦肩而过那么多次之后，我最终对它产生了好感。我知道这很奇怪，但我就是个奇怪的人。这就是为什么那天早上，我看到工人们辛苦地把雕塑拆掉运走时，我对他们的所作所为恨之入骨。一旦注意到他们的存在，我就知道我永远不会忘记那一天。我想，这就是犯罪，而威廉·戴蒙德就是罪犯。

如果有些早晨我觉得这座雕塑让我的生活苦不堪言，那是因为我必须绕过它才能到雅各布·科佩尔·贾维茨大楼上班，那里是总务管理局的所在地，那又怎么样呢？我对所有事情都有一种难以忍受的倾向，这一点上你不必太在意我。无论是绕一小段路去广场，还是等红绿灯，或是必须喝汤，或是熨一堆衣服，在我看来，一切我不喜欢的事情都会让我的生活变得痛苦。但这丝毫不重要。我无法接受的是，美国政府，也就是我的政府，竟然下令拆除我十年前委托制作的雕塑，仅仅因为那是国家财产，认为它就可以被随意处置。我想说，当不公正的事情摆在我面前时，我就知道它是不公正的，这就是我的行事方式。

我们都知道，拆除就意味着破坏。在拆除只是个威胁的年代，理查德·塞拉始终认为，特定场地的雕塑是由场地的地形决定的。它们不能从一个地方移到另一个地方，因为作品会成为场地结构的一部分，在其他场地就失去了意义，不再是艺术。面对哥伦比亚广播公司的镜头塞拉说道："我的雕塑从来不是对一块场地的装饰、说明或描述。"他的雕塑就属于那个地方。

当我在办公室看着工人们撬开混凝土寻找地基时，我记得几周前有人在报刊上说过，《倾斜的弧》的问题在于它不是一个向某个事件、某个人或某个团体致敬的纪念碑。文章中写道："除了它自身存在的这个事实，这是一个没有任何纪念意义的时刻。"这是考验我们对奇怪事物的容忍度。我真诚地相信，情况的确如此。

在我看来，这真是一项浪费了一个上午的工作。我无法集中精力做我该做的事。每隔几分钟，我就会放下手头的工作，透过窗户窥视这支由二十五名工人组成的队伍，他们被十几名警察围着，仅仅因为有几个有权有势的人不喜欢这件艺术作品，就对它大动干戈。我已经慢慢习惯了这一切，而且几乎是乐此不疲。不过，我是出于反感。

八年前，我曾见过塞拉亲自监督雕塑的安装。因为我们是邻居，所以这座雕塑的传记与我自己的传记融为一体。1979 年，也就是我在总务管理局工作一年后，该局要求国家艺术团成立一个委员会，推荐一位艺术家为弗利联邦广场创作一座雕塑。因为法律规定，政府大楼造价的百分之五必须用于公共艺术。

委员会推荐了塞拉。塞拉接受了，因为他被告知雕塑将是永久性的。艺术项目主任向他保证说："在纽约，为联邦大楼建造永久性作品的机会千载难逢。纽约有一个永久的欧登伯格[1]，一个永久的西格尔[2]，一个永久的特斯拉[3]，一个永久的考尔德[4]，而这是你为联邦机构建造永久性作品的唯一机会。"雕塑于 1981 年安装完成。揭幕当天，我在雕塑前拍了张照片，至今还保存着。之后塞拉去了白宫，吉米·卡

1　克拉斯·欧登伯格，1929—2022 年，瑞典公共艺术大师。

2　乔治·西格尔，1924—2000 年，美国画家和雕塑家。

3　弗兰克·菲利普·特斯拉，1936 生，美国画家、版画家和雕塑家。

4　亚历山大·考尔德，1898—1976 年，美国雕塑家和艺术家。

特[1]在白宫祝贺他为美国文化遗产做出的贡献。

《倾斜的弧》将广场一分为二，尽管艺术家的初衷是让公众参与到对话中来，从而增强他们对这个地方的感知。坦率地说，最终的结果却并非如此。从安装的那一刻起，就出现了争议。好几天我去吃午饭的时候，都会坐在位于弗利联邦广场的国际贸易法院法官爱德华·多梅尼克·雷[2]的桌旁，听他发泄对雕塑的不满。他写信给总务管理局，要求不要将雕塑永久性地安放在广场上。也许他的恼怒传染了我。一些在附近工作的人开始抱怨，说他们的工作繁重而压抑。我记得《纽约时报》的艺术评论家格蕾丝·格鲁克称《倾斜的弧》是"整个城市最丑陋的户外艺术作品"。既然我们谈论的是纽约，那这座雕塑就让人厌恶到了极点。

批评声逐渐消失，三年来没有抗议，或者说没有相关的抗议。1984年底，雷法官旧事重提。他开始写信给华盛顿，指责雕塑是广场上涂鸦和垃圾堆积的罪魁祸首。不仅如此，他还声称，雕塑是市中心鼠患的主要根源。"我们在这个地区从未遇到过如此严重的鼠患。我们经常要请灭鼠专家。"当然，这一切都是谎言。法官遇到了一位值得尊敬的盟友威廉·戴蒙德。1985年，罗纳德·里根[3]任命他为总务管理局地区行政长官之后，他便立即提出了搬迁的想法，并开展了

1　原名詹姆斯·厄尔·卡特，1924年生，曾任美国第39任总统。

2　1920—2006年，曾任美国国际贸易法院法官。

3　罗纳德·威尔逊·里根，1911—2004年，曾任美国第40任总统。

一场声势浩大的公共宣传活动。哥伦比亚广播公司和《纽约时报》等媒体也充当了帮凶。戴蒙德宣布举行一场决定雕塑命运的公开辩论，并任命自己为辩论会主席。艺术界的反应是支持《倾斜的弧》。

在为期三天的辩论中，有 122 人支持将作品留在原地，58 人赞成将其迁移。在此之前，戴蒙德曾在联邦大楼的走廊上摆了张桌子，开展了一场让官员们在名为"赞成搬迁"的请愿书上签名的活动，并宣称"塞拉的艺术作品没有任何艺术价值"。这种操作很有成效，辩论中出现了反对雕塑的尖刻证词。他们称其为"柏林墙""铁幕""伤疤"。一些人抱怨说，有人在它旁边小便，建议把它搬到垃圾场，甚至说是扔进哈德逊河。最离谱的莫过于一位安全专家的证词，他说这座雕塑是一个恐怖装置，很可能被人很好地利用，将爆炸的冲击波引向雅各布·科佩尔·贾维茨大楼。最后在总务管理局提交的签名中，3791 票赞成，3762 票反对。这些票数基于每天进出总部工作的 12000 人中的部分工人。

塞拉打出了他的底牌。他以违反合同、侵犯版权以及违反宪法第一和第五修正案为由将总务管理局起诉至美国联邦上诉法院。地方检察官鲁道夫·朱利安尼代表被告提交了一份辩护状，并获得了胜诉。上诉法院认为，决定性的因素在于塞拉已将其艺术表现形式出售给了政府……因此，艺术家在 1981 年收到作品款项时，其艺术表现形式就已成为政府的财产。所有者对实物的所有权被定义为拥有、使用和处置该实物的权利。最后一天，塞拉试图执行《伯尔尼公约》[1]，因为该公约保护作者对其艺术作品的权利，而且美国也于 1989 年 3 月 1 日加入此公约。但他却没有成功。

我多待了一天时间来跟踪工人们的进展。雕塑已经被拆，但周围的警察依然坚守岗位。虽然对塞拉来说这很不幸，但纽约人还是漠不关心地从旁边走过。天色渐暗，开始下起了毛毛细雨。

胡利亚娜·马卡隆，企业家。2006 年 5 月。所有的媒体记者连续给我打了一周的电话。整整一周！从早到晚！一周时间，说起来过得很快，但对我来说相当恐怖。我无法忍受这种骚扰，最终还是爆发了。我甚至对《世界报》的记者这样回应道："我该怎么跟你说呢，没有关系，马丁内兹·马卡隆联营公司和马卡隆股份公司没有任何关系。别再来烦我。去死吧！"对于《阿贝赛报》，作为马丁内兹·马卡隆联营公司的唯一股东，我被迫在 1 月 18 和 19 日的文化娱乐版块发表了两篇声明，提到了马丁内兹·马卡隆联营公司、理查德·塞拉的雕塑和索菲亚王后博物馆三者之间的关系。声明中指出："无论是在股权方面还是在行政机构方面，我所代表的公司与马卡隆股份公司没有任何关系。"同时，我还

1　全称《伯尔尼保护文学和艺术作品公约》，1886 年 9 月 9 日制定于瑞士伯尔尼，目的是为了保护作者对其文学和艺术作品的权利。

必须指出的是，赫苏斯·马卡隆·哈伊麦"在我公司中既未持有任何股份也未担任任何职务"。我的公司致力于文具、文件柜、颜料、绘画、艺术、涂料和香料等商品的销售和营销，同时还生产、组装和销售相框及类似产品。

我是赫苏斯·马卡隆·哈伊麦的女儿吗？是的，当然是，他是我父亲，还有啥说的。这样我就属于马卡隆股份公司了吗？我只是在那里工作了几个月，那又怎样？当家族企业已经陷入严重困难，商业模式难以为继时，我决定自己创业，我觉得这是一个恢复马卡隆传奇精髓的好主意。当年，我的高祖父安赫尔曾在普拉多博物馆、美术会馆和圣费尔南多皇家学院附近开过一家店铺。他不仅学会了拉抻和印制油画、研磨和调制颜料（装颜料的容器不是管子而是膀胱），而且还学会了给画作加衬和包装。他给自己的店铺取名为"艺术西班牙"，致力于生产和销售美术材料：油画布、画框、画架、清漆、油彩、各种粘合剂、颜料、备色和水彩。他还知道如何研磨油彩、如何从赭石土中提取赭色、如何从核桃中榨油，而这些方法现在都已消失。他用来制作颜料的泥土都是西班牙的，只有高级颜料是从法国、德国和英国运来的。他还制作油画布，提供现成的油画布、纸箱和接合板。店里还用松节油精油调制清漆、乳香清漆和达玛清漆。画笔，尤其是内战之后的画笔，都是用猫鼬毛（野猫毛）和貂毛（尾巴或背部的毛）制成的。

我的高祖父在开业三年后便去世了，我的高祖母埃拉迪娅·德斯皮埃托带着四个孩子和一些孙辈接管了店铺，并将服务扩展到为新艺术家举办展览。位于霍维拉诺斯街的这家店铺的意义远不止于此。许多艺术家和评论家在这里聚会。门口有一张长椅。维多利亚·欧亨尼亚女王[1]去买水彩笔时就坐在那里。鲁西诺尔[2]、达利、希尔古[3]、罗梅罗·德·托雷斯[4]、苏洛阿加[5]、赛尔特[6]、索罗拉[7]、绍纽也曾来过这里。有一次，罗伯特·肯尼迪也来过这里，他想把在拉斯特罗买的几幅画装裱起来。就连毕加索也是这里的顾客。没有人记得他曾光顾过这家店铺，但在他捐赠给巴塞罗那的许多画作的画框上都有马卡隆股份公司的印章。

内战后，我的祖父和叔辈们加入了这个行业，他们开设了自己的展览室，并将业务扩展到艺术品的包装和运输。1936 年，当受到轰炸威胁的画作瑰宝必须被运走时，普拉多博物馆就找到了马卡隆股份公司。情况最好的时候，作品的包装是先用马尼拉纸将画作包裹，然后铺上一层棉絮，之后再盖上一块硬纸板，最后用防水纸全部包裹起来，固定在带

---

1 1887—1969 年，西班牙国王阿方索十三世（1886—1931）的妻子。

2 圣地亚哥·鲁西诺尔，1861—1931 年，西班牙现代主义画家、作家和剧作家。

3 玛格丽塔·希尔古，1888—1969 年，西班牙演员和导演。

4 胡里奥·罗梅罗·德·托雷斯，1874—1930 年，西班牙画家。

5 伊格纳西奥·苏洛阿加，1870—1945 年，西班牙画家。

6 何塞·玛利亚·赛尔特·巴迪亚，1874—1945 年，西班牙画家。

7 华金·索罗拉，1863—1923 年，西班牙画家。

有纸垫并装满软木屑的箱子内。为了避免震动，箱盖从不用钉子，而是用螺丝。没有软木屑的情况下，有时也用稻草代替。《宫娥》《5月3日的枪杀》[1]《纺织女》[2]《查理四世一家》[3]《裸体的玛哈》[4]和《着衣的玛哈》[5]等画作被装在四十辆卡车上，以时速十五公里的速度运往瓦伦西亚，之后经巴塞罗那，最终被运到了日内瓦。由于马德里没有足够的木材、木屑、螺钉、绳索和防水纸，许多画作只能用帆布盖着进行运输。不幸的是，《马穆鲁克的冲锋》[6]和《奥利瓦雷斯伯爵公爵》[7]在运输途中受损。

1939年，佛朗哥已经掌权。这一年，我的祖父安赫尔参加了收复瑞士宝藏的行动，当时他只有十八岁，是共和国

1　西班牙画家弗朗西斯科·戈雅1814年创作的画作，现收藏于西班牙马德里普拉多博物馆。

2　西班牙画家迭戈·委拉斯开兹1657年创作的画作，现收藏于西班牙马德里普拉多博物馆。

3　西班牙画家弗朗西斯科·戈雅1800年创作的画作，现收藏于西班牙马德里普拉多博物馆。

4　西班牙画家弗朗西斯科·戈雅于1797—1800年间创作的画作，现收藏于西班牙马德里普拉多博物馆。

5　西班牙画家弗朗西斯科·戈雅于1798—1805年间创作的画作，现收藏于西班牙马德里普拉多博物馆。

6　西班牙画家弗朗西斯科·戈雅和卢森特斯1814年创作的画作，现收藏于西班牙马德里普拉多博物馆。

7　西班牙画家迭戈·委拉斯开兹1636年创作的画作，现收藏于西班牙马德里普拉多博物馆。

的一名士兵。当时,第二次世界大战迫在眉睫。战争爆发前夕,马卡隆股份公司将画作装上火车,包装方式与之前运输时相同。在法国关闭边境之前,最后一趟通过海关的列车是艺术馆的列车。列车行驶途中,德国对法国本土的轰炸已经开始。整个博物馆都被装在火车上穿越欧洲,直至抵达昂达伊[1]。由于铁轨轨距改变,画作在这里被转上了另一列火车。我的祖父曾说,到马德里北站时,成千上万的人正在等待迎接这批画作。

在很短的时间内,马卡隆股份公司不仅是西班牙包装、运输和装配方面的伟大专家,而且还走出了国门。战后,我们从巴黎运来了《埃尔切夫人》[2]、瓜拉扎尔宝藏[3]和其他作品。1964年,我们将苏巴朗[4]的画作从瓜达卢佩[5]运到马德里,在布恩·丽池宫[6]展出。我们还至少三次运送过戈雅的《裸体的玛哈》和《着衣的玛哈》。第一次是运往伦敦皇家学院,第二次是运往纽约的世界博览会,最后一次是运往东京。这

1　法国西南部城市。

2　公元前5世纪至公元前4世纪之间用石灰石制成的半身像,现收藏于西班牙马德里国家考古博物馆。

3　1858年至1861年在瓜拉扎尔考古遗址中发现的西哥特金匠的宝藏,主要由王冠和十字架组成。现分别收藏于法国巴黎克鲁尼博物馆、西班牙马德里皇家军械库、皇家收藏画廊和国家考古博物馆。

4　弗朗西斯科·德·苏巴朗,1598—1664年,西班牙画家。

5　西班牙埃斯特雷马杜拉自治区卡塞雷斯省一个市镇。

6　马德里普拉多博物馆建筑群的附属建筑,修建于17世纪。

三次的包装都由马卡隆股份公司负责。1961年，我们把委拉斯开兹的《镜前的维纳斯》带到了马德里。随着时间的推移，公司的另一个特色是为博物馆进行作品安放。这些博物馆不胜枚举：西班牙当代艺术博物馆、国家考古博物馆、索罗拉博物馆、布恩·丽池宫……

我们的覆盖面太广了，我们做了伟大的事情，但却没人感谢我们。我们能忍的都忍了，不能忍的也忍了。文化部却把我们干掉了，因为它从未向我们支付欠我们的几百万、几千万比塞塔。就这还不算，最惨的是，之后我们就再也没能恢复过来。我们怎么能不欠劳动和社会保障部的钱呢？当然，这也意味着，我们最好的客户，也就是国家博物馆，无法向马卡隆股份公司继续提供的服务支付费用。但由于我们工作出色，他们经常来找我们，我们也不能放弃，总希望在某个时候能够付款给我们。这是一场完美的灾难。

我创办马丁内兹·马卡隆联营公司纯粹是为了生存。这也是一种回归本源。我无法神奇地重塑自我，做一些以前我从未做过的事情，而且也不认为可以靠自己的无知生活。我必须谨慎行事。我不再从事装配、分销和仓储的业务。马卡隆股份公司倒闭了，令人难过，但我必须向前看。我最终重新站了起来。

但随后的十一月，两名警察来公司询问我父亲的情况。我父亲已经离开马德里几天了。警察给我留下一张传票，让他去卡尼利亚斯[1]的警察局。我父亲去了警察局，也澄清了一切，或者说是我们认为的一切。新年到了，几天后，假期结束，雕塑失踪的消息见诸报端。不久之后，阿尔甘达法院起诉了我父亲。与此同时，索菲亚王后博物馆的那些负责人，以馆长为首的一群无能之辈，却致力于将一件只有他们才会弄丢的艺术品的失责行为归咎于我父亲。也许是博物馆自己让它消失了，好让人们有谈资，而几个月后它又会重新出现，好让人们继续谈论。伟大的博物馆一直努力将自己置于艺术话题的风口浪尖。他们需要被谈论，需要出现在报纸上，需要在电视上有那么几分钟时间，哪怕结果不尽如人意。然而，屋漏偏逢连阴雨。几天前，我被法院传唤出庭作证。真的令人无法忍受。这件事永远不会结束。

珍妮特·德怀尔，国际刑警组织特工。2007年7月。我们的被盗艺术品数据库汇集了五万多件艺术品的信息和图像。这是唯一一个经警方认证的被盗和失踪艺术品信息的国际数据库吗？是的。各个国家向我们提供这些物品的信息，然后由我们的专家进行汇总。当我们被告知塞拉的雕塑失踪时，我们感到非常震惊。这似乎是一个毫无道理的事件。这样特色鲜明的东西如何会失踪？难道这座雕塑的命运与2005年底被盗的亨利·摩尔[2]的《斜倚的人形》一样？没有证据

1　马德里的一个区。

2　1898—1986年，英国雕塑家。

086

证明这一点。这是一种可能性。《斜倚的人形》是一件青铜作品，位于赫特福德郡[1]马奇哈德姆的摩尔基金会花园，价值四百五十万欧元，长三点五米，重两吨多。虽然不是三十八吨，但重量也相当可观。盗贼用一辆带有起重机的卡车将雕塑吊起，然后运走。

晚上 10 点 15 分的"审判日"[2]时间，基金会的监控摄像头记录到一辆轿车和一辆卡车驶入别墅花园，三名男子下车实施偷盗，他们的脸被连帽衣的帽子遮住。两天后，警方在与赫特福德郡毗邻的埃塞克斯郡发现了一辆奔驰车，后面拖着一台起重机。是被盗车辆吗？是的。就在案发前一小时，这辆车在罗伊登被盗。基金会被盗半小时后，一名市民报告称，他在晚上 10 点 45 分的时候，在哈洛看到了这辆拖着雕塑的卡车。

尽管苏格兰场[3]已经警告说，由于这座雕塑体积巨大，很难在艺术品黑市上出售，但苏格兰场还是保留着对这个案件调查的动机。几乎所有迹象都表明，偷盗者的意图是将雕塑熔化掉，然后将铜作为废品出售。随着时间的推移，调查终于取得了进展，案件被认为已经被彻底侦破，但雕塑也永远消失了。最终的说法是，铜最终被用于满足中国日益增长

1　英国英格兰东部的郡。

2　西班牙伊沃克斯（iVoox）播客和广播平台的一档从法医学、警方调查、犯罪学、刑事学、刑法等角度探讨犯罪的节目。

3　英国人对首都伦敦警务处总部所在地的一个转喻式称呼。

的电子元件的需求。调查表明，雕塑被一个废品商运到一个仓库，在那里连夜完成切割，然后被转移到另一个地方，最后被运往国外，可能是鹿特丹。从那里，雕塑最终被运到了中国，躲避了国际刑警组织对所有港口进行监控以寻找这件作品的命令。据估计，该雕塑被熔化之后，大约会以一千七百欧元的价格出售。在我看来，塞拉的雕塑不可能走那么长的路。我认为，它如果没有被熔化，那就在西班牙，如果被熔化了，那也是在西班牙完成的，迟早会出现一些提供线索的证据。我们还在努力寻找它吗？是的。国际刑警组织不会善罢甘休。

洪卡尔·萨特鲁斯特吉，文化服务主管。1987 年 9 月。在结束与美术总局局长的每周例会后，我被告知索菲亚王后博物馆打来了电话。我问秘书："电话很重要吗？"她"嗯"了一声，头也没抬，戴着眼镜瞥了我一眼："看起来比较急，但感觉不是特别重要。他们说一小时后再打过来。"我在心里记下了，虽然我知道心里记下也是忘记的一种方式，然后我向办公室走去。

那通电话可能有多种原因，甚至有些我想不到的，但我认为我知道是什么原因。我没猜错。一个小时后，经理打来电话。我们彼此都很熟悉，所以不用废话也能聊得来。我曾经和他的一个朋友交往过一段时间。"理查德·塞拉的报酬怎么办？你有什么想法吗？因为部长刚刚问我，说是有人去找他投诉了。这个问题不是已经解决了吗？"他问。他们多次内部讨论之后，索菲亚王后博物馆甚至违背了艺术总监卡门·希梅内斯的原则，决定购买这座雕塑。无论如何，他告诉我的事情让我感到惊讶。我原以为雕塑家会在一周前收到钱。我小心翼翼地放下手中的所有东西：一支笔、一杯咖啡、一副老花镜，专心致志地交谈起来。在过去几周里，我曾多次说过这件事很快就会解决，很快、立即、下周、这周，现在又是上周，但事情仍未解决，这让我有点不舒服。

但是，政府机构办事都有自己的流程，或者说办事网。有时，即使它们并不想这样，但这些流程也会让人难以理解。它们本身效率就很慢，比任何不熟悉它们的人能够容忍的都要慢。它知道如何消耗你的耐心；如果它欠你钱，就更是如此。每个提供服务的人都希望尽快收到报酬，这是很合理的。冲突恰恰在于双方对"尽快"这个概念的理解。

我说："好的，好的。"我向他保证会在当天上午查明上周未付款的原因。一旦有消息，我就会给他打电话。

文化部通过美术总局已经购买了《平等 – 平行 / 格尔尼卡 – 班加西》。根据管理部门的提议，4 月 22 日签订了买卖合同。与艺术家代表达成的协议价格为四十五万德国马克，约合三千万比塞塔，需在收到艺术品后三个月内支付。交货地点在西特商业集团位于科斯拉达工业园区的仓库。

就我个人而言，我不知道五十万马克是多还是少，因为我不了解艺术市场。但我知道的是，这件作品已经不再展出，而是存放在中心的仓库里。

临近中午的时候，我得知付款的银行出了点问题。但是现在已经解决。我向经理保证："付款即刻生效，也就是时间问题。也许现在已经生效了。"这也正是预算管理服务部门向我传达的信息。我们都松了一口气。听到我使用"即刻生效"这样的词，就像是播下了威胁的种子，意味着某事现在、马上、很快就会发生。

伊格纳西奥·穆吉卡，画廊主。2010 年 2 月。我们先是拿到了模型，然后逐渐发现了它背后的故事。这一切都要从我与合伙人佩德罗·卡雷拉斯接到的一通纽约打来的电话讲起。来电的是一位美国收藏家，拥有理查德·塞拉的两个模型，并将其暂时转让给了纽约北部的汉密尔顿大学。他对出售这两件作品非常感兴趣，并让我们 12 月 28 日前往美国。那时纽约的气温是零下 10 摄氏度，而汉密尔顿是零下 20 摄氏度。这也太冷了吧！但是，作为一个画廊，找到这些作品才至关重要，管它冷与不冷。况且我们还是毕尔巴鄂人。于是，我们前往参观了陈列在大学图书馆的作品。我们很喜欢，立即达成协议并买下了它们。两件模型都是 80 年代的作品。当时我还不知道其中一件作品是塞拉想要安装在马德里卡亚俄广场的模型。

带着两个模型回到毕尔巴鄂后，我联系了塞拉的工作室，他们向我讲述了作品的故事。两个模型中，其中一个在马德里，另一个在匹兹堡。奇怪的是，马德里那个有两个略有不同的版本。丹尼斯·朗是塞拉前往马德里会见迪尔诺·加尔万时的翻译，他认为这个模型是雕塑家在纽约完成的，因为他总是先制作一个模型，然后通过各种变化为创作提供思路。当塞拉前往马德里会见市长并介绍项目时，他没有带模型而是在西班牙重新制作了一个。这样做会节省很多费用。两个版本中，其中一个的顶板是水平的，而另一个却不是。我们手中的是美国版本。我们之所以知道这一点，是因为它曾被拍卖过，而且拍卖记录也确实如此。

不久前我得知，卡亚俄那件作品的另一个模型在纽约古根海姆美术馆策展人卡门·希梅内斯家中。毫无疑问，她是最合适的拥有者。是她说服迪尔诺·加尔万委托塞拉制作这件雕塑。迪尔诺很喜欢这个项目，但市政府的技术人员认为，不可能像塞拉通常的做法那样，安装由五块钢板焊接而成的十二米高的雕塑，而且还要人们在钢板之间穿行。他们给出的理由是安全问题。他们要求艺术家提供一个不同的项目，或者选择其他地点，就这样，这个计划便胎死腹中，不了了之。

这件事成为塞拉与西班牙之间富有成果的关系的开端。1981年，卡门·希梅内斯邀请他参加在马德里拉斯阿拉哈斯宫举办的名为"融通：五位建筑师与五位雕塑家"的群展。群展后来移至毕尔巴鄂艺术博物馆。塞拉为马德里展览贡献了两件作品，其中一件是拉斯阿拉哈斯宫庭院设计的，名为

《台阶》。这件作品后来最终落到了马里奥·孔德的合作伙伴雅克·哈丘尔手中，当时他是巴内斯托公司的董事长。但没过多久，由于资金问题，哈丘尔被迫变现部分资产以偿还债务。他不得不处理掉《台阶》，于是我们便买下了它。今天，我把它放在家里，为此我特意复制了拉斯阿拉哈斯宫庭院的台阶来安装这件作品。这是塞拉带到西班牙的第一件雕塑作品。1983年，当"融通"群展移至美术博物馆时，他展出了一件名为《毕尔巴鄂》的作品。这件作品最终成为普拉西多·阿兰戈[1]的艺术藏品。

当时，塞拉在这座城市待了很长一段时间，爱上了航运事业。他与大学建立了富有成效的关系，并与特克索明·巴迪奥拉成了朋友。之后发生的一切众所周知：古根海姆美术馆落成，他受邀制作雕塑，后来他的作品摆满了一个巨大的展厅，这就是理查德·塞拉在博物馆中最辉煌的时刻。在展厅开放当天，他激动地说："我的一生快乐的时刻不多，但这是其中之一。"任何了解他的人都会相信这句话，因为他是一个闷闷不乐、面恶易怒之人。争吵是他的常态。他可以与任何人吵起来，与朋友、客户、画廊主、妻子。每当看到他们在一起时，他们总是在争吵。

2005年，奇利达去世三年后，他的艺术家朋友们在古根海姆美术馆举办了一场纪念展，塞拉也参与其中。他创作

1　1931—2020年，西班牙裔墨西哥商人。

了一件两支角钢相互支撑的作品，分别象征着他和奇利达，如果一位死去，另一位也将倒下。

就在那天，我和我的伙伴决定就我们的项目与塞拉进行接触。我们告诉他，我们很愿意在未来与他合作。我认为塞拉是想通过与毕尔巴鄂的一家画廊合作来表达他对这座城市的感情。就这样，我们和纽约的高古轩一起成为唯一一家代理塞拉作品的画廊。2007 年，他送给我们一件非常特别的作品，即 1991 年制成的《芬克尔八角形》。三十六吨重的锻钢比轧钢密度更大、重量更重，这是因为在相同的空间里有更多的分子被压缩，从而影响了雕塑的表层结构。作品由最耐水蚀的耐候钢制成，其氧化是一个受控的化学过程，六到七年的氧化过后便不再继续。在此期间，钢材表面会从深褐色逐渐转成琥珀色，最后近乎变成黑色。尽管其外观已经腐蚀老化，却仍显得非常精致，这在塞拉的作品中十分常见。在亮相马德里国际艺术博览会前，《芬克尔八角形》几乎已经与一位私人收藏家达成了销售协议。但我们还是决定把它带到博览会上。这一点很重要，因为很多收藏家都会来博览会，而我们画廊经营者也喜欢炫耀。作品经海运从纽约出发，后用特制卡车运到马德里，加上起重机和保险费用，我们花了大约五万美元。

也就是在那一年，我们带来了为卡亚俄广场设计的雕塑模型。当时我们没有卖掉它，但三年后，它被芝加哥的一位收藏家买走了。

拉斐尔·卡诺卡尔，画家。2006 年 1 月。马卡隆股份公司因为文化部欠款而破产。文化部委托了他一些事情，但却不付款，仔细想想真是可笑，所以，顺理成章地，马卡隆股份公司破产了。常在河边走，哪有不湿鞋……我相信马卡隆股份公司已经卖掉了理查德·塞拉的作品以弥补他的损失。要么是这样，要么他就是在隐瞒。在我看来，所发生的一切是匪夷所思的、超现实的。我仍然不敢相信。但我可以相信。我完全相信。他妈的！在这个国家，任何你能想到的事情都有可能发生。马卡隆股份公司为我在文化部举办了几场展览，让我意识到他们在经济上存在问题，因为公司接受了委托，却没有得到付款。虽然我为马卡隆股份公司感到烦恼，但却不能为所发生的事情做任何辩解。法律会将责任人绳之以法，我们必须找到他们。人们现在不能对此事置之不理。如果作为部长没有能力解决这个问题，那他就应该辞职。这个国家看起来真的就像是个香蕉共和国¹。

维多利亚·普拉多，审计法院律师。1995 年 6 月。首先，我们花了三个月时间对博物馆不同区域的负责人进行了深入访谈。其次，我们逐一审查了艺术品的记录，对于馆内艺术

---

1 某一种政治级经济体系的贬称，特别指那些拥有广泛贪污和有强大外国势力介入及间接支配的傀儡国家，通常指中美洲和加勒比海的小国家。

品，我们要核实它们实际存在与否；对于馆外艺术品，我们要求保管人进行逐一确认。那是工作异常紧张的几个星期。四个月前，我们终于在全体会议上通过了这份审查报告，并提交给了议会。

我还记得，索菲亚王后博物馆馆长玛利亚·科拉尔[1]当时非常恼火。当我们最后完成工作时，她抱怨说，我们让博物馆停了三个月。我们肯定什么都不懂，因为我们不知道如何区分当代艺术博物馆和塔巴卡莱拉[2]。这就是审计法院的操作引发的反应。一年后，卡门·阿尔沃奇[3]罢免了科拉尔，科拉尔的反应是很羡慕阿尔沃奇的职业，而阿尔沃奇则觉得自己的"国际声望"在某种程度上"黯然失色"。

这是审计法院首次对索菲亚王后博物馆进行审计，结论是 1992 年存在一定程度的混乱。我们的任务是检查年度账目，尤其是控制系统、维护和作品安全的账目。审计时我们发现，首先，资金账户非常混乱，存款机构要么已更名，要么已不复存在；其次，作品记录重复；第三，作品丢失或下

1　1940 年生，西班牙艺术评论家和展览策展人，1990—1994 年任索菲亚王后博物馆馆长。

2　佛朗哥政权于 1945 年创建的商业公司，旨在管理西班牙烟草和邮票生产的垄断，1999 年被私有化，之后与法国烟草公司清太（Seita）合并，成立了阿塔迪斯（Altadis）烟草公司。2008 年，被英国帝国烟草收购。

3　1947—2018 年，西班牙人，曾任西班牙文化部部长。

落不明，或存放在所列机构以外的机构。

索菲亚王后博物馆作为一个自治机构成立时，并没有经过认证的作品移交清单，这些作品主要来自已不复存在的西班牙当代艺术博物馆。因此，1992年存在的记录是西班牙当代艺术博物馆的记录，其中还增加了索菲亚王后博物馆在其作为艺术中心时期、国家博物馆时期和自治机构时期的收购记录。这些纸质记录由隶属于管理部的艺术品登记处保存。此外，还有一个机械化数据库，其中的数据是电子版的。

对数据库和纸质登记册进行对比之后得出的结论是：1992年，有二百八十二件作品被列入数据库，但纸质登记册中却没有记录；有六百七十九件作品被列入纸质登记册，而数据库中却没有记录；纸质登记册中有一百九十四个条目被修改过，主要是删除了作者和作品，被数据库中出现的其他条目所取代，但这些修改没有提供任何证明文件。在许多情况下，数据库不包含技术、作品支架和尺寸、如何购置和购置日期的相关信息。一般说来，绘画类作品的相应记录不包括其序列号，数据库只能提供它们的具体位置，其余作品的位置则需要使用存储或收藏的辅助记录。在许多情况下，纸质登记册中的记录都是用铅笔写的。

必须指出，这是我们第一次对索菲亚王后博物馆进行实物盘点。没有记录表明，以前或至少在某些情况下进行过定期盘点。绝对没有。我们在博物馆工作人员的配合下进行了检查，使用了照片、照片复印件、标有作品登记号、尺寸和其他特征的贴纸，检查它们与展出作品在形式上的对应关系。发现博物馆有许多无法解释清楚的情况。例如，我们无法找到十二件艺术品，其中包括三幅画作、两件雕塑、四幅版画和三件建筑作品。博物馆辩称，三幅画作实际存放在西班牙当代艺术博物馆。四幅版画中，一幅存放在文化部，两幅存放在索菲亚王后博物馆，但位置与预估的不同，最后一幅下落不明。三件建筑作品也存放在西班牙当代艺术博物馆。辩驳结束之后，那两座雕塑仍然下落不明。

截至1993年12月，博物馆共有一千八百二十四件作品存放在一百四十个博物馆和非博物馆机构中。这些藏品的状况必须得到部级命令的批准。遗憾的是，我们能够核实的是，要么构成存放证明文件的行政文件不存在，要么不完整。博物馆没有适当的作品存放登记册，只是在总登记册中注明作品在该机构，并在数据库中为其分配一个特定的代码。从1992年3月开始，博物馆开始编制《藏品登记册》。

就登记而言，当相关部令获得批准时，无论作品移交是否已经进行，即被视为已存放。这就意味着，一些作品由于某种原因最终并没有移交，但在登记册中却被记录为已存放。同样，还有一些被送回索菲亚王后博物馆的作品仍被登记为已存放。至少有一百四十九件作品属于这两种情况。

我们在最终报告的建议部分中指出，有必要加快清理艺术藏品的核查，特别是那些转交给第三方保管的藏品，以便了解它们的实物存量、位置和保存状况。如果做不到这一点，随着时间的推移，一些作品就会丢失。

理查德·塞拉，雕塑家。1986 年 5 月。《平等 – 平行 / 格尔尼卡 – 班加西》的灵感源于人在周围空间中的移动。我运用了两个长而低的矩形钢块和两个较小的正方形钢块来创作。观众可以感受到每个钢块表面与下一个钢块表面的关系。如果把较小的正方形钢块放在长方形钢块前面，即使高度完全相同，看上去小的要更低。如果把较小的正方形钢块放在长方形钢块后面，情况则恰好相反，小的反而显得更高。虽然所有东西的高度都相同，但它们似乎会随着观众在展厅里行走的方式而产生上下起伏的效果。自 70 年代中期以来，我的大部分作品表现的都是时间之下的人类移动和空间之间的关系。

克劳迪亚·拉赫，地理学家。2006 年 8 月。我在帕尔梅拉广场住了近四十年。当街区争斗使这里成为公共空间时，我就已经在这里了。这里曾是一片工业区，有许多化工厂和纺织厂。工厂废弃后，房地产投资商将其买下用来建造住宅，但随后人们希望保留自由空间，我们最终如愿以偿。那是 1977 年，我们迫使市政府买下这块土地，于是就有了这个广场。当时，棕榈树和大烟囱仍然矗立着，时刻让人想起这个地区的工业历史。

我们先是经历了艰难时期，然后是较好的时期，今天则是稍差的时期。生活兜兜转转，似乎迟早要回到起点。现在，我们不得不再次经历被忽视。周围的一切都在恶化：路灯、长椅、花园、人行道、石板路、喷泉。狗把地面刨出一个个坑，却没人去修补。邻居即使被碎裂的石板绊倒，也没人去更换石板。我们甚至不再拥有最初的那棵棕榈树，那是广场名字的由来，它曾矗立在毕东萨巴莱斯特工厂的庭院里。两年前的夏天，它死了。它活了一百三十年，最终枯死了。我目睹了他们把树砍倒，锯成小截，然后装上卡车运走。六个月后，他们在原地栽种了另一棵原产于巴西的树，很适应这里的气候。种树并不重要，重要的是依然没人浇水，这棵树也开始慢慢枯死。

白色混凝土墙呢？那才令人惋惜。它被遗弃了，而且墙角已经长满了杂草。真可惜！朝向孔西利德特伦托大街那一端已经破败不堪。已经没有人知道它是一件艺术品了。我想这可能是最糟糕的。也许我们应该说，即使在过去的美好时光里，也几乎没有人知道它是一件艺术品。我们称它为墙，其实它是理查德·塞拉的雕塑。它如此巨大，而且隐藏了如此多的艺术价值，以至于想要理解它，我们必须从空中俯瞰。它由两面墙组成，每面长五十三米，高三米，同时组成了一个同心圆。两面墙将广场分成氛围不同的两块区域：一边是石头铺砌的地面，一个带有长椅的休息区，一个音乐亭，周围种满了松树和皂角树，为广场提供了阴凉。另一边是开阔而干旱的平地，上面铺了一层沙子，棕榈树在这里格外显眼。塞拉曾经说过，在景观中穿行和观赏之间的辩证关系是他雕塑体验的基础。

偶尔会有游客出现，神情迷茫地从各个角度给它拍照。有时，那些从未在这里生活过的人，那些来自日本、乌拉圭、苏格兰、埃及、中国或加拿大的人，似乎更了解我们的历史。我认为，虽然这里的居民来来去去，不断更新、消亡、诞生，但我们中的一些人还在反抗。我们可以说，在帕斯夸尔·马拉加尔[1]、加西亚·埃斯帕尼亚议员和理查德·塞拉一起为雕塑揭幕的那一天，我们就在这里。由于巴塞罗那市政府推迟了广场附近门内德斯·皮达尔学校的供暖系统改善工程，附近居民举行了抗议活动。

那是 1984 年 11 月 11 日。他们选择这一天，是因为这一天是圣马丁节，而圣马丁是拉维尔内达街区的守护神。当时，巴塞罗那正在进行城市现代化改造，以使得公共空间适应新的民主制度。奥里奥尔·博希加斯当时是市政府的城市规划代表。那时我在他的手下工作。我欣赏他雷厉风行的性格。他喜欢硬质广场，几乎总是铺设石板，并种上几棵树。他的理论是，要让一个街区有街区的感觉，就必须有一个具有代表性的元素，将其凝聚在一起。于是，他们从纽约请来了一位雕塑家。但这是一个值得商榷的理论。因为对于拉维

---

1 1941 年生，西班牙政治家，曾任第 114 任巴塞罗那市长（1982—1997）。

尔内达街区来说，那里有一棵百年棕榈树和老化工厂的一根烟囱。

那天，马拉加尔发表了简短演讲。理查德·塞拉也用英语发了言。没有人听得懂他的话。然后，马拉加尔再次成为焦点：他走进一栋建筑，爬上楼梯，从阳台探出身子。他想从上面看看雕塑。第二天，报纸上都是市长在阳台挥手致意的照片。

墙是理查德·塞拉在西班牙的第一件公共作品。之前有很多传言说，他将在马德里的卡亚俄广场安装一件作品，结果虚晃一枪，最终却被我们捷足先登了。说到底，这并不是马拉加尔的功劳，而是前市长纳尔西斯·塞拉的功劳。他让哈维尔·科尔贝罗向自己推荐国际知名艺术家，委托他们为城市公共空间创作雕塑。1981年，市长前往纽约。科尔贝罗认识画廊老板约瑟夫·赫尔曼和策展人卡门·希梅内斯，他们都是塞拉的朋友。会面之后，市长一行向他们解释说，巴塞罗那正在寻找艺术家，这也是让某些街区焕然一新的计划的一部分。赫尔曼同意参与该项目，并与他所代表的一些雕塑家进行了交谈。双方商定，每人将获得两万美元的报酬。回去之前，科尔贝罗用出租车把纳尔西斯·塞拉带去了弗利联邦广场，那里有一座拱形的钢制雕塑，占据了整个广场，名为《倾斜的弧》。这是理查德·塞拉的作品。

雕塑家来到巴塞罗那，他很喜欢拉维尔内达街区的广场，但没有详细说明他打算做什么便离开了。项目最初计划使用钢结构，但由于预算不足，只能更换材料，最终改为使用白色混凝土和大理石粉，这样可以保证墙面质地柔和，难以被涂鸦。塞拉放弃了像纽约那样的单面弧形墙，而是设计了两面平行弧形墙，为行人提供不同的空间体验。这两面墙迫使行人沿着不同的路线穿过广场，成为雕塑的一部分，而雕塑则摆脱了任何装饰功能。

雕塑的命运有点儿坎坷。一开始，居民们不仅不理解它（现在也不理解），而且还反对它。有时候，你反对某些事情，但却不知道为什么反对。有一次，警方接到一个匿名电话，说有些居民当晚要试图推倒那两面墙，但这个计划最后被警方挫败了。这并不是一个瞎编的说法。在 1983 年的市政竞选中，这两堵墙当时正在施工建设，加泰罗尼亚统一社会党的市长候选人乔迪·索莱·图拉说："如果我当选市长，我保证不会修建这两面墙，这里也不会有纪念碑。"这本该是理查德·塞拉作品集中消失的另一个作品。根据我最近在媒体上看到的消息，我们本应该比马德里和索菲亚王后博物馆更早实现这个目标。

莉迪亚·苏亚雷斯，文化部新闻主管。2006 年 1 月。 我简直不敢相信我所读到的内容。虽然我习惯戴着眼镜阅读，但我还是摘掉了眼镜，因为我觉得头痛欲裂。这就像你觉得自己闻到煤气味时，你就会打开窗户。我感到焦虑或紧张的时候，总是会暂时摘掉眼镜，因为在我看来，这样就会远离危险。我把眼镜暂时放在桌上，然后揉了揉眼睛。眼睛其实并不痒，我这样做只是为了表示惊讶。报纸的字迹变得模糊不清，我又重新戴上眼镜。"这他妈是什么？"我脱口而出。我独自一人在办公室里，门是开着的。因为我不喜欢关着门，除非迫不得已。我有一种感觉，我正在和某人说话。

"索菲亚王后博物馆丢失了一件理查德·塞拉创作的三十八吨重的雕塑"，我大声读着《阿贝赛报》的新闻标题。真的假的？我又读了好几遍，但一次比一次听上去都更糟。好像雕塑一开始重三十八吨，然后是四十八吨，然后是五十八吨。那是早上八点差一刻，我刚到部里。桌子上有一杯咖啡，因为忽然之间我不想喝了，便放在那里任它变凉。我从来不会有不想喝咖啡的想法，但今天却例外了。

我的表情定是很奇怪，因为走进办公室的一位同事问我发生了什么，是不是见到鬼了。我没有马上回答，而是两只手捏着《阿贝赛报》最上面的两个角把报纸提起来给他看。仿佛那张报纸就是一张床单，你正要拿去晾晒却发现那块大大的黄色污渍仍未消去。"你来看看发生什么了。"我说。他嘴巴张得老大，像是要吞下苍蝇、铅笔、大门、大树、整栋大楼，甚至马德里。

最后我喝了那杯凉了的咖啡。我甚至都没有意识到它是凉的。我非常喜欢咖啡，也喜欢喝咖啡的行为，即使咖啡令人作呕也阻挡不了我对它的热爱。这么说吧，我懂得享受日常生活中的小确幸。然后，我做了一些不算是决定的决定，一些能让我振奋起来的行动。首先是去部长办公室。部长当时刚到办公室，她脱下外套，然后用衣架把它挂在衣帽架上。她告诉我说，前一天下午，她从索菲亚王后博物馆馆长的电话中就知道了《阿贝赛报》要发表的内容。她还说博物馆那边的通告也应该在路上了。"就让我们看看他们如何自救吧。"她用平静的语气提议道。然而这却没能让我平静下来，我便大步流星地走回办公室。当我认为自己朝着一个目标前进时，我自然会迈出最大的步伐。

我给索菲亚王后博物馆的新闻主管孔恰·伊格莱西亚斯打去了电话。"我昨天才知道，莉迪亚。"她叹了口气，沮丧地说。我好像听到她直接瘫坐在椅子上，垂头丧气，但又没有完全丧失希望。显然，安娜·马丁内兹·德·阿吉拉尔四个月前就知道了这件事，却一直瞒着她。"真是匪夷所思。我简直不敢相信。这就像朝着自己开枪。我怎么会这么蠢？"事实上，索菲亚王后博物馆的整个管理层都知道这件事，但偏就除了那个必须第一个知道这件事的人，那个能在这件丑闻进入公众视线后控制其影响的人，对此却一无所知。"这将困扰我们很多年。"她说。那些夸大的预兆让我感到非常紧张。我有点儿心虚地说道："别夸大其词。"然后又讽刺地补充道，"新的丑闻总是会盖掉旧的丑闻。"

当我冷静思考过后，我明白了孔恰的意思，也同意了她的观点。报纸想要传达的大意，也就是索菲亚王后博物馆丢失了一件三十八吨重的雕塑这件事，是不可逆转的。当然，十年、二十年、五十年之后，即使雕塑回来了，大家也无法反驳《阿贝赛报》新闻标题中使用的措辞。事实上，从某种意义上来说，雕塑会不会再现已经不是最重要的事情了；重要的是，它消失了，全世界都会嘲笑。标题的措辞过于粗暴，让人确信它一定会留下痕迹。雕塑消失得如此不合理，以至于这件事开始变得耐人寻味。对于无厘头的人类历史而言，它的消失比它的存在更美丽。

虽然当时只是一月份，但博物馆不需要知道未来几个月会发生什么，因为没有什么会比这更糟。那种震惊几乎催生出了乐观主义，因为没有什么力量能够造成如此巨大的伤害。我明白，当《阿贝赛报》的记者来找馆长谈雕塑的事时，孔恰·伊格莱西亚斯为什么会魂不附体。因为她在那一刻才知道塞拉的作品出了什么事！她的上司怎么可能瞒着她！她到底怎么想的！只有安娜·马丁内兹·德·阿吉拉尔才会如此天真，认为在这四个月的时间里，雕塑会再次出现，而且也不会有人发现，甚至包括索菲亚王后博物馆新闻主管。这个女人生活在一个什么样的世界里？她的脑袋被驴踢了吗？

在接下来的几天里，随着世界各地主流媒体对这一消息的报道，人们清楚地意识到，由于博物馆本身出现了令人无法接受的传播危机，雕塑丢失所造成的影响被放大了。事实上，如果说全世界都在谈论"失踪"，那是因为索菲亚王后博物馆内部保持沉默，致使出现那样的新闻措辞，博物馆本可以提前想出更有利于自己的措辞。我确信众多新闻学院会将这起丑闻作为一个典型案例来研究，在这起案例中，机构内部的快速决策本可以避免危机。如何避免？只要管理层告知宣传部事由，并由宣传部召集几家具有社会影响力的媒体，确定消息大意即可。这个大意肯定不会是"博物馆丢失了一件雕塑"，而是"马卡隆股份公司丢失了一件雕塑，给国家财产造成了不可挽回的损失，应该为此负责"。这一说法与最终占上风的说法显然完全不同。这就是你来处理信息与他人，如《阿贝赛报》，处理信息的区别。

爱德华多·阿罗约，画家。2010 年 2 月。我对市场非常感兴趣，我认为这是一件健康的事情。但我不喜欢另一种市场，也就是官方艺术家及具有公共职能的市场，它随杜尚[1]一起诞生并延续至今。这就是我所说的"体系的苏维埃化"，即专门为国家工作的艺术家数量激增。我更喜欢艺术博览会的残酷，大量作品同时向公众展出，因为这很快就会满足作者的虚荣心。我也赞成拍卖，因为作者必须接受自己的作品被竞标，但没有人举牌。事实上，我对当代艺术世界的失望已经达到了这样的程度：如果我现在是二十岁，我就不会当一名艺术家。

以前我们只受供求关系的制约，但现在有了第二个市

---

1 亨利 – 罗贝尔·马塞尔·杜尚，1887—1968 年，法国艺术家、国际象棋玩家与作家，20 世纪实验艺术的先驱，被誉为"现代艺术的守护神"。

场，即机构市场，并且有许多艺术家只为政府工作，出于作品性质的原因，他们无法将其放在维卡尔瓦罗的公寓里。让我们以理查德·塞拉为例。当然，他的品质很高，我不会予以否认，但接受他作品的要么是博物馆馆长，要么是国家。他们会委托他一些事情，会跟他说"这个展厅是给你的"或者"为我组织个安装"。还有更多的艺术家，包括画家，没有经过公开拍卖，只为公共管理部门创作，因为他们的创作完全基于委托。他们不会经历供求法则可怕而痛苦的过滤。

人们想走进博物馆，也想为博物馆工作。但他们谈论的是空间，而不是作品。至少我是这么认为：以前，你创作一件作品，你永远不知道它最终会去哪里。如果你觉得创作得很好，你会把它留在工作室，或者相反，你会把它卖掉，再或许，假设博物馆会买下它。我认为这些都解决不掉这个问题。我之所以这么想，也许是因为我已经老了，脾气越来越暴躁，越来越不能容忍，但仍然继续画油画。而这些都是不应该做的事情，因为闻起来很臭。

安娜·苏昆萨，劳动和社会保障部财政局副局长。1998年10月。我在二十八岁进入劳动和社会保障部财政局，现在已经四十五岁了。也许有一天我会死在这里。我喜欢这个机构，它冷酷无情，按天计薪。我第一次就通过了公务员考试，除了国家劳动和社会保障部财政局，我从未在其他地方工作过。和我的父母兄弟一样，我学的是法律。从走上工作岗位的那一刻起，我就体会到了这里的冷漠、威严和公正。或许是因为我也有这些特点。一旦追讨债务的执行程序启动，任何事情都无法阻止它，我想这就是我最喜欢的一点。我做事喜欢有始有终，不喜欢半途而废。

如果你未能履行义务，劳动和社会保障部就会向你发出警告，并根据情况让你选择支付方式——延期支付或分期支付。所有这些需要视具体情况而定。至此，他们的做法还算温柔。到现在为止还是很温柔的。接下来，可以说这个机构就是一台"粉碎机"。我和其他许多人都在其中维持它的运作。机器需要操作人员。如果纳税人不履行义务，机器就会落在他头上。如果没有其他出路，总有一天，我们就会扣押他，并处理他的资产。

每年都有数以百计的故事以同样的方式开始和结束。就像一直唱同一首歌，曲调和歌词已经烂熟于心。当马卡隆股份公司的情况由我经手时，我已经看到过其他主人公多次演绎过这个故事，所以我没有心生怜悯。我就像一台冰冷的机器一样思考着。这家公司在20世纪90年代陷入困境。为了应对这个情况，我们不得不在1992年采取预防性措施，禁止索菲亚王后博物馆、文化部和其他公共机构继续向它支付服务费。从那一年起，公司情况每况愈下，还欠下了财政部的债务。1994年4月，税务局下令扣押马卡隆股份公司的财产和权利，以偿还六亿五千六百九十四万三千八百三十二比塞塔的债务。公司是无法承受的。在社会保障方面，我们还针对马卡隆股份公司启动了追债程序，要求偿还一亿八千六百三十五万六百一十比塞塔。为了保证我们能收到款项，1993 年 4 月，马卡隆股份公司以公证书的形式将其在阿尔甘达·德尔·雷伊的工业仓库作为不动产抵押给了劳动和社会保障部财政局。1997 年 12 月 30 日，我们通过强制执行程序执行了抵押权，建议将财产优先判给财政部。最终，为了草拟一份扣押报告，在阿尔甘达·德尔·雷伊第二调查法院的授权下，1998 年 6 月 4 日，我们进入了马卡隆股份公司产业所在地，包括中央仓库、附属仓库、紧挨中央仓库的办公室，以及还未开发的土地。

同行的有财政部总秘书处的一名代表、马德里市财政局的三名代表、法务秘书和两名警察（以防有必要破门而入）。一进门，我们就发现，到处都是一片荒废的景象，地板上散落着木头、罐头、纸板、纸张和玻璃残骸，都是些不值钱的物件，到处都是灰，尤其是在中央仓库。

我们刚刚进入大楼，一名自称是马卡隆股份公司管理人员的男子出现，他向我们解释说，根据马德里第九法院 4 月 22 日的调解记录，法院已经同意将仓库里的一些动产移交给该公司之前的工人作为补偿。他还向我们解释说，这些动产会"用一张印有两个箭头的贴纸标识"。

我们开始起草办公区的重要资产清单。在前厅，我们发现了十八个空木架，一幅名为《黑钻石》、描绘了一个真人大小的斗牛士形象的四联幅画作，一幅牛头画作，一幅马术师画作，一幅名为《心理放射学》的抽象画，两尊西班牙国王的半身像，一张木桌，不少小画框，一个支架桌，散落在地板上的纸张，以及一本尼科尔森·贝克[1]所著的书《声音》。

门卫的房间里有一张桌子、一把椅子和一台电视。由于没有电，我们无法检查电视是否正常。在桌子的一个抽屉里发现了几本体育杂志。在医务室，我们发现了一张桌子、一副担架和一个装着药品的柜子。接待区有一个柜台、一张三层桌、两张办公桌、文件夹和文件柜、一个带镜子的架子和装满文件被扔得乱七八糟的文件夹。楼上的房间里有一个女性石膏雕塑、五个落地式四屉文件柜、三台打字机（其中两台是电动的）、落地式五屉文件柜、两个衣柜、一个木架子（上面放着一个小型保险箱）、两张办公桌、三张木桌和一个文件柜。这些物品大多贴有双箭头贴纸。

我们没有在卫生间发现任何值得注意的物品。档案室里有一个双开门的木柜、两个落地式四屉文件柜、三台打字机、一个装有从 A 到 Z 字母顺序排列的文件的文件柜、一台收银机和一张桌子。收银机上贴着一个箭头贴纸。办公室里有一张小桌子、一个架子和一个水槽。

随后，我们来到巨大的中央仓库。在电器仓库里，有一箱西尔凡尼亚环形灯管，其中有十一个 FC16T9 型灯管，这些灯管都贴有标签，还有各种电器设备和一个配电箱，也贴有标签。在中间区域有一个巨大的工作台、一个打卡考勤机

1　1957 年生，美国小说家和散文家。

（带贴纸）和五个气钉枪（带贴纸）。在工人洗手间里，除了一件旧的马德里竞技队球衣外，只有敞着的空储物柜。在走廊里，我们找到了不同大小和厚度的玻璃板。

展览室由于漏雨，显得相当破旧。尽管如此，其中一面墙上还是挂着一幅巨大的抽象画。

在框架制作区域，有一台玻璃切割机（带贴纸）、玻璃板、磨砂玻璃板、空木架、货架、六张工作台、一个两米乘三米的实木框、许多化学试剂罐、小型木制文件柜。

在画室，我们看到了十四个柜子，两幅雕刻作品，大小不一的颜料罐，十个长约十一米、高约两米的画框和一个金属梯子。在这个画室的夹层里有二十一个四升的颜料罐。

木工区有折叠桌，七托盘软木板，一台热转印机，一个高约两米、长约三米的木制帆船，一幅油画，四堆金属扣件和一块废弃木板。

在机械区，我们记录下了本应安装器械的地面上的各种锚点，但没有看到任何机械。有的只是七个空的木制陈列柜，八个空的玻璃陈列柜，大小不一的木制箱子，有些是空的，有些是密封的，一个空的铝箱，拆卸下来的空调机（带贴纸），一个放有十二个箱子的托盘，里面装有"格尔尼卡"展的目录，一个残缺和废弃的、上面带有船舶或潜艇操作面板复制品的模型，还有一个没有手臂的人体模特。

在装卸区，我们看到了五个不同尺寸的、用于运输画作的木制集装箱，大小不一的玻璃板和一个高约一米、长约一米的未定形的铁质雕塑。在包装区，我们看到了两尊女性石雕的复制品、大大小小的包装箱、一个金属梯子和二十五幅不同主题和大小的绘画作品。在装卸区的夹层，我们还看到了包装纸卷筒、一张白色工作台、装裱好的画作、五十九个大小和花纹各异的画框以及一根用于包装的泡沫塑料柱。

在附属仓库，我们注意到一个变电器和一个烤箱，烤箱门上不但挂着锁，还带有一个新安装的链条。在仓库最后还发现了一个液压小吊机（带贴纸）、木制箱子、玻璃板、玻璃展示架、一个直轨式小吊机、六个电葫芦、一个三脚架和三个液压千斤顶。

胡安·穆尼奥斯，雕塑家。1983 年 5 月。我想认识理查德·塞拉，于是有一天我去了他在纽约的家。我记得他开门的时候戴着一顶帽子，乱蓬蓬的卷发从两侧露了出来。我做了自我介绍，要求他接受采访来谈谈公共艺术，奇怪的是，他竟然答应了。我认为他一开始是喜欢我的，后来我意识到我很幸运。1981 年，我获得富布赖特奖学金，前往美国普瑞特图形艺术中心学习，在此之前，我在伦敦逗留过，我对塞拉很感兴趣，通过他我发现了雕塑激活空间的能力。不久之后，塞拉本人将我介绍给了卡门·希梅内斯，也许这就是所有小事中的一个，但谁知道它们是不是秘诀呢，这些秘诀即使不能改变你的生活，至少也会将你的生活推向一个新的地方。因为卡门和我以一种特殊的方式联系在了一起，从我们的对话中，开始产生了在一个基于空间的展览中面对建筑和雕塑的想法。我非常赞同塞拉的观点，他指出，正是建筑的社会实用性和雕塑的无用性区分了两者的空间概念。

1982 年，我回到马德里，当时还没有完全下定决心要成为一名艺术家。尽管卡门告诉我这就是我，一名艺术家，而不是艺术策展人，不过我想，如果你有全身心投入创作的想法，即使你还没有制定任何计划，那你也肯定会成为一名艺术家。因为你不会一下子成为一名艺术家，而是在各种条件下逐渐成了艺术家。也许我确实已经是一名艺术家了。就在我思考这个问题的同时，我们举办了名为"融通：五位建筑师与五位雕塑家"的展览，先是十月至十一月在马德里展出，之后是在毕尔巴鄂。我们用了六个月的时间来组织展览。建筑师埃米利奥·安巴斯[1]、彼得·艾森曼[2]、弗兰克·盖里和莱昂·克里尔[3]以及罗伯特·文丘里[4]–丹尼斯·斯科特·布朗[5]–约翰·劳赫[6]建筑事务所展示了模型和草图。我们向查理斯·西蒙兹[7]、乔尔·夏皮罗[8]、奇利达、马里奥·梅

1　1943 年生，阿根廷裔美国建筑师。
2　1932 年生，美国建筑师。
3　1946 年生，卢森堡建筑师。
4　1925—2018 年，美国建筑师。
5　1931 年生，美国建筑师。
6　1930—2022 年，美国建筑师。
7　1945 年生，美国雕塑家。
8　1941 年生，美国雕塑家。

尔茨[1]和理查德·塞拉订购了作品，他们的雕塑得以首次在西班牙展出。我们没有太多预算，所以理查德·塞拉和马里奥·梅尔茨受邀到现场创作，他们住在卡门的家里，那是卡门为艺术家和朋友提供住宿的地方。起初我们不知道该如何支付展览费用，但卡门邀请了雅克·哈丘尔共进晚餐，他是一位伟大的收藏家，卡门说服他拿钱支付马里奥·梅尔茨的冰屋等费用。

在拉斯阿拉哈斯宫的展览上，塞拉展示了放在宫殿石阶上的作品《台阶》，以及1969年设计的作品版本《纸牌屋》，这个作品由四块铅板组成，每块重约二百二十公斤，倾斜向内搭在一起，形成一个顶部开口的截顶金字塔。当我们将展览移至毕尔巴鄂时，他放弃了《台阶》，而是用两块巨大的钢锭创作了一个新的雕塑，其中一块重达九吨，与下面一块重达七吨的钢锭保持平衡。他将其命名为《毕尔巴鄂》。为了找到创作需要的大钢锭，他开车穿越了阿斯图里亚斯[2]。卡门带他去了几家造船厂。饿了吃路边摊，困了睡最便宜的酒店。最后，塞拉在阿维莱斯[3]找到了他想要的东西，也就是那两块大钢锭。塞拉被深深吸引住了，他告诉了卡门自己的想法，卡门便买下了它们。他们回到毕尔巴鄂，在美术博物馆里面完成了创作。我很喜欢看他现场创作，或者就像一

1　1925—2003年，意大利艺术家。

2　全称阿斯图里亚斯亲王国，西班牙北部的一个自治区。

3　西班牙阿斯图里亚斯自治区北部的港口城市。

个工人一样，干脆直接参与他作品的安装。不记得从什么时候开始，我总是喜欢站在某个地方，静静地看着人们陷入那种无法打破的沉默，当你不知道他们该谈论什么的时候，沉默就会笼罩着他们。

身体的行为，无论是进入还是离开空间的方式，对我来说都是催眠。我们所有人都参与了《毕尔巴鄂》的安装，其中包括作者、卡门还有我自己。我们必须把其中一台阿尔代图里亚加起重机搬进博物馆。我们像是做了一台外科手术。构成雕塑的两块钢锭相互叠放，没有进行任何焊接。塞拉利用了钢锭的构造、重量和质量的特性，确保两块钢锭保持平衡，表面上看似不稳定，乍一看，你有一种上面的钢锭快要塌下来的感觉，因为支撑点已经被推到极限，但事实并非如此。这座雕塑是对毕尔巴鄂的绝佳隐喻，毕尔巴鄂是一座钢铁之城，坚固，完整，就像一个处于困难平衡状态的砌块，这座城市让他发现了西班牙北部的工业和钢铁传统，并激发了他的灵感。当他说在他到过的世界上所有城市中，毕尔巴鄂是"让我更清楚地看到雕塑可能性的地方"时，我并不感到惊讶。

比阿特丽斯·罗德里格斯·萨尔蒙内斯，人民党[1]议员。2006 年 3 月。除此之外，我们曾三度要求安娜·马丁内

1　Partido Popular，西班牙的一个中间偏右至右翼的保守主义政党，原名为 1976 年创立的人民联盟，1989 年改名为人民党。

兹·德·阿吉拉尔紧急出席文化委员会的会议，了解其博物馆计划的指导方针，最重要的是听取她对胡安·格里斯画作受损情况的解释，以及针对理查德·塞拉作品丢失的相关情况所采取的措施。在我们看来，负责任的文化管理需要透明度。因为国会的原因，她过了好几个星期才出现。她向我们解释说，努维尔大楼展厅漏水，由于"滴水或被水溅到"，浸湿了格里斯作品的外框，但画作表面并未受影响。她将此归咎于一名工人在展厅上方的露台上进行清洁时打开了水管。但据技术人员称，已经进行了必要的处理，以防止今后再次发生漏水事故。

她承认存储问题仍然存在。但她表示，目前正在施工的新存储区和仓库工程将使博物馆的存储空间得以扩大。博物馆已经存放了总共一万三千件藏品，分别放在抽屉柜、箱子和密集架上，所有藏品都处于湿度、温度、照明、生物性危害、安全控制系统之下，并通过电子和人工监控来避免火灾、洪水和盗窃风险。"对艺术作品的内部移动和外部运输都有严格的控制。"她肯定道。通过这种方式，空间上的限制即将成为过去时，因为迄今为止，这个限制还需要人们求助于专门的公司在自己的仓库中保护作品。她还指出，目前只有十二件作品仍在这类公司手中，其中三件在西特商业集团的仓库中，九件在欧洲贸易与运输公司的仓库中，"这些作品都有合适的保险和存放保证"。听她的口气，感觉就像是一个被成功困扰的女人。

之后，我们谈到了塞拉的雕塑，她将塞拉雕塑的失踪描述为"绝对偶然性"事件。她对这一严重事件的表述方式令我印象深刻。她没有提及任何我们已经在媒体上读到过的东西，接着便概述了博物馆新计划的要点。轮到我发言时，我向她表示感谢。尽管在我看来，这根本算不上什么计划，而是一些杂七杂八的思考，而我所喜欢的，是余下十四页的对藏品、博物馆和前任馆长们的抨击和贬损。无论如何，我向她表明了我的议会团体对她的支持，因为十多年前就达成了一项基本协议，即将博物馆排除在合法的政治争端之外。

尽管如此，有些事件，例如丢失三十八吨重的雕塑，在世界其他任何地方都是难以想象的。我希望这件作品能够出现，但我担心的是，找到它比最初看起来要困难得多。尽管调查处于绝对保密状态，而且我们也不会把警察叫到国会来，让他们告诉我们他们在做什么，但，"我们希望在司法程序允许的范围内保持透明度。请允许我提醒您，这关系到我们在全世界的文化声誉。"我对她说道。

萨尔瓦多·罗德里格斯，保安。1996 年 9 月。马上八点的时候我到了公司，把车停在仓库后面不远处。那会儿仓库只有一名员工，我跟他打了个招呼，结果他却立即离开了，似乎怀疑有人在追杀他。一辆灵车停在入口处的路边，然后他便上了车。几乎每天都是这辆车停在那里接他。开车的是个女人，也许是他在殡仪馆工作的妻子。车子总是空荡荡的，没有一具尸体。这辆车的飞速离去倒是引起了我的注意。中学时，我曾坐过这样一辆车。那天，我正在去学校的路上，突然听到一阵喇叭声。回头一看，只见一辆灵车的副驾驶座上有人在喊我的名字，是我同学。"这车真不错。"我说。"上来吧，我们载你去。"同学跟我说道。他当时和他父亲在一起。因为是灵车，我的行为驱使我装傻充愣地问是不是要去后面躺着。整整一周我都在讲这件事情。

八点钟的时候，整个仓库就只有我一个人。马卡隆已经是一个空壳公司，几乎没有任何活动。与其说它还活着，不如说它已经死了。几个月前，公司就已经申请了暂停付款。这让我想起那些在迷雾中的船只，哪儿也去不了，甚至没有船员，它们就是幽灵船。当时的马卡隆股份公司就是这样。他们和保赛固安保公司[1]达成一致，对仓库的安保减少到了只有夜班。

我每天都注意到，这些设施越来越空。货物的数量在减少，进来的远比出去的少得多。有些晚上，我会翻看一些箱子，这是我消磨时间计划的一部分。我对仓库外锅炉旁的几块钢板很感兴趣。有一天我问一位员工："这些废料是什么？为什么放在这里不知道多少年了？"他是个胖子，虽然顶秃，却留着长发，而且还总是向我要烟抽。我很想问他，是不是

----

1 1976 年成立的、总部位于西班牙的一家跨国安保公司。2012 年进入中国。

每天只抽一根烟，而且还就是我给他的那根，还是说在他问我要烟之前，他的那包烟已经抽完了。他告诉我说："这是件艺术品。"便再没给我太多解释。谁愿意跟一个保安解释艺术呢，对吧？"开什么玩笑？你是认真的吗？它们看上去就像是生锈的铁而已。"我说。"不管它们看起来像什么，它们都非常有价值。你听说过理查德·塞拉吗？"他问。我耸了耸肩，没有再问。我甚至没有说，如果它们如此珍贵，那把它们堆放在露天而不是存放在仓库里似乎有点奇怪。

我所在的公司每月让我们轮换一次。比如，我在马德里的拉瓦瓜达购物中心、奥尔特加伊加塞特街的一家珠宝店以及阿尔甘达·德尔·雷伊的仓库都从事过安保工作。那周刚好轮到我在马卡隆股份公司工作。我喜欢安静，甚至也喜欢无聊，我一定是个奇怪的人。越少的人跟我打交道越好。而其他保安则恰恰相反，他们喜欢不同的人群、各式各样的面孔、人来人往、热闹非凡。这他妈太恐怖了。我不喜欢这些。如果可能的话，这些人离我越远越好。我的生活没有色彩。对我而言，马卡隆股份公司是最好的工作场所。你会觉得这里永远都不会发生任何有趣的事情，但这恰好是它真正有趣的地方。一个有组织的团伙想要闯入并拿走一件艺术品的可能性微乎其微。为了有所改变，你倒是希望这种情况有时能够发生。

一般来说，几乎没有人愿意在晚上工作。更不用说大家有的有家庭、有的在恋爱，还有的要参加业余足球联赛。而所有这一切我都没有。必须承认的是，你与世界的方向相反。朋友走了，你回来，反之亦然。你会放弃一些东西，或者把它们留在白天工作的时候。身体本身也是如此。它被设计为在夜间休息，并被光线激活。然而，我想说的是，无论你做什么，身体都会习惯。如果你不介意独处，不介意过度暴露在人造光下，能够在城市喧嚣的白天入睡，你就学会了逆流而上。

在马卡隆股份公司的夜晚，时间过得飞快。我会在监控室的电视上看一两部电影，玩一会儿填字游戏，听听收音机，每小时快速巡视一圈，翻看《足球先生》[1]，每过一会儿出去抽根烟。那里就是一片荒漠，听不到任何噪音，能听到的只有你的脚步声，远处两只狗相互嬉戏的狗吠声，而这一切都让人感到害怕。

晚上十点，我拆开沙丁鱼番茄三明治、打开一罐可乐的同时，也打开了电视。我刚咬了几口，就听到仓库后面有汽车发动机的声音。我的车和雕塑都在那里。我听到车熄了火，几秒钟后，我听到车门打开的声音，然后再是砰的一声关上的声音。我的两只手就像掐着一个人的脖子似的，紧紧地捏住三明治，之后便把它放在桌上，起身拿枪。这时，有人按了一下喇叭，半分钟后，有人开始敲打铁门。我已经准备开始行动了。忽然有人喊道："萨尔瓦多！"是我们协调员

1　1975 年诞生于西班牙的一本体育周刊。

的声音。奇怪，他来干什么？我想。我打开侧门看着他，他似乎也并没生气。"你在干什么？"他一边问，一边冲我耸了耸肩膀。我本来想回答他说"什么都没做，你想让我做什么？"但我还是告诉了他我正要吃晚饭。"吃吧，吃完我们就走。你在这里也没什么事可做。"他说。我不明白，但我也不喜欢急于寻求解释，而是更愿意在他们认为合适的时候给我解答。

我正准备要吃三明治的时候，却突然没了胃口。他告诉我，马卡隆股份公司已经三个月没付款了，公司管理层已决定不再提供任何安保服务。这个决定从那天晚上就开始生效了。马卡隆股份公司已经没有钱了，迟早会破产。他又说："我们在这里没有任何损失。"我指着仓库问："那这些东西怎么办？""这已经不是我们的问题了"。既然这样，吃完三明治之后，我便收拾东西准备离开了。

我让他先发动车。他倒车准备掉头，结果撞上了钢铁雕塑。"那他妈的是什么？"他一边问，一边从他的西亚特伊比萨车上下来，想看看自己撞到了什么，顺便再看看车子被撞得怎么样。"这是一件艺术品。你刚刚倒车的时候尾灯撞上了雕塑。"我一边说，一边努力憋着笑。他哼了几声，用手摸了摸头，嘴里一边骂着娘，一边气呼呼上了车，然后发动了车，开走了。而我却站在空地上抽完了最后一支烟，仿佛我需要独自告别那个地方。

卡洛斯·索尔查加，索菲亚王后博物馆董事会副主席。
2006年3月。我在塞万提斯学院的一次活动中见到了内政部部长何塞·安东尼奥·阿隆索[1]。他是我敬重的人，之前我们已经见过三四次面。走向部长之前，我和一群人围着曼努埃尔·弗拉加[2]聊了几分钟，他坐在椅子上，当天早些时候他收到了议员任命书。他把拐杖放在两腿之间，虽一脸疲惫，但看起来精神不错。他谈到了自己和艾尔克·索默[3]、安妮塔·艾克伯格[4]、奥黛丽·赫本的夜间派对。我听见他说："大家还是有底线的。"接着又补充道，"我非常爱我的妻子和西班牙。"鲁伊斯－加亚尔东[5]想让他再说点，于是问道："那艾娃·加德纳[6]呢？"每次看到加亚尔东，我都想知道他什么时候会去上厕所。偶然的一次机会，当我们在一次活动中相遇时，他总是想去上厕所。弗拉加毫不惊讶地看着他，含糊地摇了摇头，就像一个人不会因为错失了大好机会而后

1　1960—2017年，西班牙法官，工人社会党政治人物。前任西班牙国防部部长（2006—2008）、内政部部长（2004—2006）。

2　1922—2012年，西班牙教授、政治家，人民党创始人。前任内政部部长（1975—1976）、信息和旅游部部长（1962—1969）、参议院议员（2006—2011）等。

3　1940年生，德国女演员、歌手。

4　1931—2015年，瑞典女演员、模特。

5　1958年生，西班牙政治家。前任司法部部长（2011—2014）、马德里市长（2003—2011）等。

6　1922—1990年，美国女演员。

悔，因为他还有更多的机会。"出乎意料的是，他居然要请我喝一杯。我急忙借口说有工作，而且很忙。几天后，在别人家，他一看到我来，便离开了。我猜是因为之前我拒绝了他，他有些不高兴。"

文化部部长一边转身走开，一边嘟囔道："说点想听的。"她说得足够大声，这样大家就都能听到她的声音，但又足够小声，这样大家就不确定她说了什么。我完全明白她的意思，走到她身边："卡门，说清楚点。"她学着弗拉加刚才的样子摇了摇头。在她看来，她有点厌烦说废话的人。"我想知道这个保守的家伙是否知道艾娃·加德纳一点儿也不深情地称他为'内裤先生'[1]？"

活动没有要准时开始的迹象，所以，当我发现内政部部长要离开围着他的人群时，我走了过去。他面带微笑，出乎意料地给了我一个拥抱。我告诉他我想和他聊聊。"如你所知，一月中旬，文化部任命我为索菲亚王后博物馆董事会副主席。"他笑着说："我知道这个事情，卡洛斯。"这本该是个令人愉快的时刻，但这个时刻却极其短暂，只有短短的几个小时，因为第二天，《阿贝赛报》报道说索菲亚王后博物馆丢失了一座巨大的雕塑。"我从没享受过如此短暂的令人愉快的时刻。"我感叹道，这种感觉仿佛就像是一眼读完

1　此处使用了西班牙语的谐音梗，因为 Fraga（弗兰加）和 Braga（内裤）发音相似。

了加尔西拉索[1]的一首十四行诗。由于这起丑闻，该博物馆成了半个世界、甚至整个世界的头条新闻，其声誉受到了羞辱。"我的朋友们都叫我扫把星。"

令人费解的是，阿隆索依旧面带微笑。他怎么能够这样呢？我想说的是，微笑是有生理极限的，到了一定程度就笑不出来了。即使是马，骑得太久也会停止前进，到了一定程度，就必须让它休息。他同意我的看法，认为这个消息的影响是全球性的，而且我也有理由感到有点难过，因为任命给我带来的愉悦持续的时间太短太短。他问我："朋友，我能为你做点什么呢？"

我笑着说："你看，我们正从媒体上了解警方调查的进展情况。《国家报》的赫苏斯·杜瓦比我们知道得更多，至少比我们提前一天知道得更多。我们不可能通过报纸来了解警方的进展。一天，可以。但每天的话，肯定不行。你觉得呢？"他终于不再微笑了。他摸了摸下巴，又摸了摸脖子，然后顺着领带摸到了肚子，最后抓住皮带整理了一下腰间。还没等他开口说话，我便补充说道："我们是政府的，妈的！"我接着说，"我给你讲嘛！有一天，曾与曼努埃尔·弗拉加一起担任过多年议员的何塞·库伊纳[2]告诉我，在他所

1　加尔西拉索·德·拉·维加，1501—1536 年，文艺复兴时期的西班牙诗人。

2　1950—2007 年，西班牙政治家。前任加利西亚议会议员（1989—2007）等。

在的拉林镇，组织了一场悼念阿根廷总统劳尔·阿方辛的活动，因为劳尔·阿方辛的祖先就来自拉林镇。事实是，他们举办了一场盛大的晚会，但没有邀请同样出自那里的伟大画家拉克赛罗，这一点让人难以接受。几年前，库伊纳本人在担任市长期间，曾宣布这位艺术家是拉林镇之子。于是，拉克赛罗顶着这个头衔，来到了举行宴会的庄园，而门口的保安却不让他进。但他并没有离开。庄园大门敞开，可以看到花园的一部分。有一瞬间他看到了何塞·库伊纳，便朝他喊道：'贝贝[1]！贝贝！这是怎么回事？我是拉林镇之子，还是我就是个王八蛋?！'喊完，他们就让他进去了。说到这里，何塞·安东尼奥，我想问的是，我们索菲亚王后博物馆是什么？我们是归政府，还是我们就是王八蛋？"

他盯着我笑着说："我肯定也是个王八蛋。因为我必须承认我并不知道调查的事。"就在这时，我们周围开始有了一些动静。活动似乎要开始了。我们这些站着闲聊的人在注意到首相的随行人员进入会场时，纷纷寻找自己的座位。部长很冷静，把手搭在我的肩膀上，在我耳边说道："我今天下午要去见警察总局局长。我保证，一有消息，我就给你打电话。"

当天晚上，他的秘书打电话给我，问我两天后是否可以和阿隆索一起吃午饭。我改了日程，我们约在波苏埃洛的

1　西班牙语中，贝贝（Pepe）是何塞（José）的昵称。

一家餐厅见面。我喜欢先到地方，所以提前一点就坐到了座位上。部长只是稍微不那么准时。他一到，就摘下领带，叠好，塞进上衣口袋。之后，我们便直奔主题。"我要向你介绍最新情况。"他说。他首先向我描述了历史文物大队的困惑，因为任何解释雕塑失踪的假设都会得出这样的结论：雕塑不可能以这种方式消失。

把偷来的雕塑熔掉获利的猜想占主导地位，但只需计算一下，你就会发现这种做法几乎无利可图。"用氧燃气割炬切割钢块，使其能放入熔炉，然后将其运往炼钢厂。通常情况下，每吨废钢他们会给你一百九十五欧元，也就是说，熔掉四块钢块可以获利七千欧元。嗯，但是，搬运这些废钢通常需要六十吨的起重机，租赁费每小时一百五十五欧元，租赁合同时长最少六小时，再加上卡车的租赁费，几乎和起重机价格相近。总之，要想获利七千欧元，就必须投入三千七百二十欧元来租赁起重机和卡车及其司机至少十二小时，再加上两名起重机操作员的费用，外加七百欧元的氧燃气割炬租赁费。除了以上这些，别忘了你在起重机公司、卡车公司、氧燃气割炬公司和炼钢厂还留下了大量线索。假设，你能一下子找到所有的线索，你就不需要接二连三地走访调查了。"部长说道。

即便如此，警方还是走访了社区内主要的起重机和运输公司，这些公司都可以合法地吊装和运输三十八吨重的货物，其中一些公司还曾为马卡隆股份公司提供过服务，但阿尔甘达·德尔·雷伊的任何一家公司都提供过此类服务。"警方还调查了几家炼钢厂，但至今还没有任何发现。"他补充道。

这就来到了下一个假设：艺术爱好者委托偷盗。"这种可能性并不太令人信服。收藏家的姓名甚至都被摆上桌面来讨论，那些肆无忌惮的收藏家几乎愿意不惜一切代价为自己的收藏品添砖加瓦。"但无论是委托偷盗一幅画、一幅祭坛装饰画、一件珠宝，还是一件可以被处理的雕塑，都是一回事。但这样一组重量和体积都如此巨大的雕塑，就会增加偷盗的风险。"这么巨大的作品放在家里，你该如何处理？比如说，你不可能用角钉把它固定在卧室的墙上，因为那里几乎没人会进去。合理的做法是，你应该把它放在花园里。那这就意味着，不仅你的朋友会问，而且访客们也想知道，那是什么，怎么来的，有什么含义。"

"这个场景应该很热闹。"我嘲讽道，"他们偷它并不是为了在庄园里舒适地欣赏艺术，也不是为了熔掉它来获取微薄的利润。那他们偷它是为了什么呢？也许他们根本就没有偷。不然为什么要偷呢？"我一连抛出几个问题，问刚刚把大虾放在桌子上的服务员，问近处就餐的人，问远处的厨师。"你可以出于报复而让某些东西消失，这是体验快乐的另一种方式。是不是？"阿隆索提示道。我双手十指交叉放在桌上，没有说话，随后抽出一只手揉了揉刺痒的眼睛。

"当然，调查大队首先怀疑的是马卡隆股份公司的老板。毕竟最后一个见到雕塑的人是他，或者是为他工作的人。"

他说。博物馆没有付款给他，文化部也欠他几百万比塞塔。即便这样，他们仍然没有把雕塑从公司的仓库中搬走。从某种程度上说，他是有动机让雕塑消失的。"试想一下：你每天去买面包，然后告诉面包师，出于法律原因，你不能付钱给他。但你还是买到了面包。"他举例说道，"人们有理由相信，马卡隆股份公司的老板忍无可忍，在发现自己破产后，就想以坑博物馆为乐，以此作为博物馆坑了他那么多钱的回报。这个假设有点邪恶，但警方要想破案就得想到最坏的结果。"

问题是，去年十一月，调查大队曾向赫苏斯·马卡隆录了口供，从他的口供来看，似乎并不像是一个有所隐瞒或撒谎的人。"他的口供表述连贯，内容可信，并有文件为证。公司于1996年倒闭，倒闭时雕塑仍在原处。这与之前接受调查的前雇员和保安的说法一致。几周前，马卡隆作为被告在阿尔甘达法院出庭，据我所知，他在庭上重申了一切，并表现出同样的冷静和可信度。"当劳动和社会保障部在马卡隆股份公司的旧址上开始修建综合档案馆时，雕塑已经不复存在了。时间太长了，可能发生了很多事情，而所有这些事情的痕迹都可能消失，但这并不意味着马卡隆已经脱离了警方的视线。无论如何，他都在警方的掌控之中。

"有一个新的假设，"他用餐巾擦了擦嘴，语气温和地强调道，"这个假设的出发点有点不同寻常，但也许很大胆。调查大队曾经自问过：如果雕塑就在那里，而且一直在那里，实际上并没有人拿走它，那又会怎样呢？"

"那里？"我反问道。

"就是那里。没错。钢块有可能被埋在档案馆周围的地底下。我们怀疑，工人们带着机器来实施新工程时，他们选择在地上挖个坑把雕塑埋了起来。这样做既省事又省钱。"因此，下一步要做的就是，需要调查此案的法官授权，利用移动雷达来检测地下是否埋有钢块。"你怎么看？"他问我，"你怎么看这个不符合理性思维的疯狂案件？"

卡门·希梅内斯，索菲亚王后博物馆创始人。1989年5月。我厌倦了西班牙的官僚主义。我再也受不了了。这对我来说太过沉重。我来自美国，这个国家的伟大发明就是没有官僚机构。我决定在五月份向文化部部长传达我的决定。我等着贝耶勒收藏展开幕，然后和森普伦谈一谈。第二天上午，我去了他的办公室，告诉他我要离开了。因为托马斯·洛伦斯一年前接任了博物馆馆长一职，而我在他的指挥下工作时，无法施展我的想法，这是我的才华所不能允许的。我度过了非常紧张的六年。在那段时间，我几乎没有机会想念美国。我也从未想过我会在这里待这么久。但1982年我与胡安·穆尼奥斯[1]共同策划的展览"融通"改变了一切。在此之前，这个国家从未推广过当代艺术。著名的西班牙当代艺术博物馆建在马德里郊区，当时由佛朗哥揭幕。我想，这

---

1 1953—2001年，西班牙雕塑家。

样做的目的是不让任何人踏足那里。

"融通"好评如潮。我记得就职典礼前几周，一位摩托车手在我家门前停下，敲了敲门，给了我一张卡尔沃－索特洛[1]首相的便条，说他想亲自主持就职典礼。我们别无选择，只能接受。我不想和那些人有任何瓜葛，所以到了那天，我请胡安代表我们俩发言。在整个活动中，我都在试图向卡尔沃－索特洛的妻子解释奇利达的雕塑。她什么都听不懂，真可怜。

很长一段时间以来，我一直在追求帕科·卡尔沃·塞拉勒，虽然他无视于我，但给他留下了深刻的印象。西班牙社会工人党上台后，他向哈维尔·索拉纳提到了我。"你必须聘用她，她是能让西班牙艺术推广做出改变的人。"他对索拉纳说道。我不想蹚这趟浑水。我已经和丈夫离婚了，我有工作，也有钱，我在美国生活得很好，但部长的话语说服了我。我想，如果我来到西班牙，我会再次靠近巴黎，这正是我最怀念的。1983年年中，我和索拉纳第一次谈到了建立一座新博物馆的想法。很明显，我希望它是一座当代艺术博物馆，而且我还建议把它建在综合医院的旧址上。然而，在部长的随行人员中，有人为这个地方提出了其他意见，比如建立一个音乐和舞蹈中心，这些想法更是天马行空。

1　莱奥波尔多·卡尔沃－索特洛，1926—2008年，曾任西班牙首相（1981—1982）。

与此同时，文化部要求我在委拉斯开兹宫举办大型群展"纽约流行趋势"。在这个群展上，我汇集了十位纽约后现代艺术家的五十件作品，如布莱恩·亨特[1]、基思·哈林[2]、大卫·萨尔[3]、比尔·詹森[4]、罗伯特·莫斯科维茨[5]、苏珊·罗滕伯格[6]、朱利安·施纳贝尔[7]、肯尼·沙夫[8]和唐纳德·苏丹[9]。我没有选择我喜欢的理查德·塞拉那一代，因为那不是做我喜欢做的事。大多数艺术家都来了，哈林和沙夫甚至现场创作了作品。索拉纳为群展揭幕，他非常喜欢这次展览，于是邀请我担任国家展览中心的主管，尝试让这个国家向国际艺术开放。我同意了，但在哪里举办展览呢？一个选择是西班牙当代艺术博物馆，但我拒绝了，因为那是个恐怖的地方。另一个选择是国家图书馆，那里有很好的大厅，但只适合举办历史展览，不适合展示当代艺术。皇宫很棒，但人们不去那里。我非常喜欢萨巴蒂尼大楼。在向部长提议之前，我就开始向我信任的人展示这栋建筑。我把它展示给理

1　1947 年生，美国雕塑家。

2　1958—1990 年，美国新波普艺术家。

3　1952 年生，美国后现代画家。

4　1945 年生，美国画家。

5　1935 年生，美国画家。

6　1945—2020 年，美国画家。

7　1951 年生，美国画家。

8　1958 年生，美国画家。

9　1951 年生，美国画家。

查德看。当然，也给鲁迪·福克斯看，他在去年执导了卡塞尔第七届文献展。还给哈拉尔德·塞曼看，他是世界知名的明星策展人，曾策划过第五届文献展，并出版了那本著名的重达七公斤的画册。

文化部虽然已经指派了一名建筑师来对这栋建筑进行设计，但此人仍然没有一个明确的想法。后来有一天，我邀请蓬皮杜艺术中心主任多米尼克·博佐来参观总医院。他非常喜欢这里，我问他："多米尼克，你能和索拉纳谈谈，说服他在这里建一座当代艺术博物馆吗？"他说当然可以。他看得很清楚，这里适合建一座当代艺术博物馆，他说国家应该也接管萨巴蒂尼大楼旁边的空间，因为这栋楼有点太小。

博佐与索拉纳进行了交谈。与此同时，从我的所见所闻来看，我开始觉得在医院建立当代艺术博物馆的想法不一定会成功。老实说，我已经放弃了这个选择。但有一天，我接到部长的电话，他宣布他们要把这个项目交给我。项目从翻新一楼和二楼开始，这里将成为一个当代艺术中心。

我一点也不喜欢他们改造空间的方式。我想要的是一个干净、纯粹、没有多余装饰的空间。但突然间我发现，他们把大理石铺得到处都是。我的意思是，不仅地上是，而且墙上也是。墙上也是！铺在地上的大理石我认了，但墙上的我还是要想方设法让它们取下来。我找到另一位建筑师胡安·阿里尼奥[1]，并试图雇用他，但部长却说不行，我必须另请他人。于是我想到了马克斯·戈登[2]，他接受了我的请求，并开始思考如何让建筑内部光线充足。

我在两个月后组织了首届展览，参展的有巴塞利兹、托姆布雷、塞拉、奇利达、绍拉和塔皮埃斯。塞拉非常喜欢那个地方，他选择了一个巨大的拱形展厅在那里创作雕塑。但最好的展厅还是奇利达的那间，事实上，在那里我想展出的是约瑟夫·博伊斯[3]的作品，但因为没有钱，我们就没邀请他，所以那个展厅被奇利达占了。奇利达就是奇利达。我必须把那个展厅给他。

当时，艺术家们的酬金都很低，而他们为一些展览的创作则另当别论。那些现场创作的艺术家，有的甚至要创作几个星期，比如塞拉，至少那一次我为他们提供了酒店。塞拉在皇宫的那次，酬金也不是很高。他总是要求在他要展出的地方待很长时间。当我预算不够时，就像1982年的"融通"展那样，他就住在我家。有他和我在一起真是太棒了。他的性格很难相处，我也一样。但话说回来，我没他那么难相处。也许正因为如此，我们才如此了解对方。他非常聪明。当时，几乎没有人为他出过一分钱。在美国，他不断受到攻击，所以他尽可能多地待在西班牙。他花了几个星期的时间

---

1 1945年生，西班牙设计师。

2 1931—1990年，南非建筑师。

3 1921—1986年，德国艺术家。

来研究博物馆的空间，思考作品。一旦设计完成，我们就下令位于德国的、经常与他合作的那家钢铁厂进行生产。从很早开始，他就看中并知道如何利用这个国家在艺术方面的潜力。

当作品生产完成并决定初装时，我开始紧张起来，因为它还缺个名称。后来，在塞拉经常去布恩·丽池宫参观《格尔尼卡》的某一天，他在附近的报摊买了份《纽约时报》，读到他的政府刚刚轰炸了班加西市，造成许多平民死亡。当天，当我们见面时，他告诉我："我已经想到了名称。"我立即把这个名称转给了喜欢关注这些事情的哈维尔·索拉纳。他对我说："听着，卡门，这是不可能的。"这完全在我的意料之中，所以我直截了当地对他说："哈维尔，我也告诉理查德·塞拉这个名称是不可能的，但他和我吵了一架，并且说第二天就离开西班牙。当然，他也不会把作品留给我们参展。"我向他保证，印有名称的标签会很小，不会有人注意到。每个人都会谈论这件作品。"它是如此有力，如此庞大，以至于它的名字不是最重要的。我向你保证，你可能会被雕塑吓到，而不是它的名字。"我对他说。部长很重视我的话，当然，也没有人对雕塑的名称《平等－平行／格尔尼卡－班加西》发表任何意见。他们根本没有注意到名称。这座雕塑绝对是一件杰作。在那幢建筑里，在那间被选中的展厅里，在那些巨大的拱顶之下，更是如此。虽然有些人不太喜欢它，但我却很喜欢。

作品完好无损地从德国运抵，但我还是很害怕。试想一下，它重达三十八吨，在吊装或移动的过程中稍有不慎，可能就会造成工人死亡。为了把它搬进展厅，我们不得不拆掉部分外墙，而这，世界上的任何一个地方都不会允许我这样做。有了索拉纳的大力支持，我才要肩负巨大的责任：如何把这件作品搬进去，又不让大楼倒塌。我周围的人都对我说："你疯了，他们会杀了你的。"我不在乎他们是否会杀了我。我在这里不是让大家来向我献花的，而是来做一些有意义的事情的。

我们争分夺秒，但似乎这还不够，在落成典礼前的几周里，大理石地板在塞拉和奇利达雕塑的重压下不断碎裂。德国福克斯成就公司的参与至关重要，因为他们能够精确地移动巨大的重物。但最重要的是马卡隆股份公司。没有他们，我就不可能举行博物馆的落成典礼，也不可能组织后来的许多其他大型展览。迄今为止，他们是西班牙最好的，而赫苏斯·马卡隆则是一位绅士。你给他打电话，他就会来。他为两万人做过事。如果没有他，我真不知道该怎么办。我除了举办"融通"展览时找了一家更小、更便宜的公司之外，我在西班牙举办的其他所有展览都是和他一起完成的。他是最棒的。无论是索菲亚王后博物馆的所有展览，还是"纽约流行趋势"展，都是由他负责安装完成的。

这种害怕一直持续到落成典礼那一刻。我对艺术家们可谓费尽了心思。这次展览是这个国家做了巨大努力的结

135

果，同时也向世界敞开了大门。就在典礼前不久，我被告知巴塞利兹不来了，而且也已经离开。我简直不敢相信的是，他说他觉得自己受到了侮辱，因为雕塑比绘画更受重视。但这是美好的一天。对我来说，这是……我也无法解释。我是共和党人的女儿，我觉得我对这个国家还是有用的，因为我让这个国家在当代艺术的版图上占有一席之地。这就是我的执着。那次展览令人难以置信。博物馆还举办了另外两个展览。但我的展览赢得了《纽约时报》罗伯塔·史密斯[1]的高度评价。

博物馆有了一个良好的开端。当时的想法是，随着时间的推移，它终将成为一座博物馆。有总比没有强。一开始，我们没有馆长。起初，只任命了一位经理，而我负责展览部分。老实说，我永远当不了馆长，因为我很激进。如果要当馆长，我就必须"全权负责"，而我一直都很清楚这是不可能的。这里是西班牙，担任一个博物馆的馆长需要经历太多的争斗，而其中许多争斗都与艺术无关。事实上，我在博物馆里连一间办公室都没有。这样也好，我不但可以做其他事情，而且也不会对索菲亚王后博物馆产生占有欲。当我们开始物色馆长时，我提议应该由国际知名人士担任。但这一提议被否决了。我们还没准备好。就在那时，我犯了一个最大的错误。索拉纳想让西蒙·马尔坎·菲兹[2]担任馆长，但我

---

1 1948 年生，《纽约时报》联合首席艺术评论家。
2 1941 年生，西班牙哲学家。

推荐了托马斯·洛伦斯。他们采纳了我的提议，但没过多久我就后悔不已。当洛伦斯接任馆长一职并宣布我为副馆长之后，问题就开始出现了。他不喜欢我。没过多久，我就意识到他是个糟糕且非常平庸的馆长。我迟早会离开的。虽然在那之前我举办过非常成功的展览，有些展览还被带到了巴黎，比如"毕加索世纪展"，或包括像罗丹[1]、布朗库西、马蒂斯[2]、毕加索、贾科梅蒂、摩尔、史密斯、阿尔普[3]、恩斯特[4]、西格尔或理查德·塞拉本人雕塑在内的纳什尔[5]收藏展。

就如同《平等 – 平行 / 格尔尼卡 – 班加西》在首展结束时引发的争论一样，展览让我感受到了家庭般的争斗和苦难。展览结束后，我们理所当然地把它搬回了储藏室。后来，我们在展览它的拱顶展厅里举办了"毕加索世纪展"。几个月后，人们开始争论如何处理这座雕塑。我拒绝让索菲亚王后博物馆将其作为财产收购。这太荒谬了。但相反的意见占了上风。1987 年 4 月，索菲亚王后博物馆项目计划发展委员会召开会议，就收购该雕塑达成一致意见。当然，当我委托塞拉为展览创作这件作品时，我的计划并不是保留它。因为索菲亚王后博物馆需要空间，你不能让这么大的一

1　弗朗索瓦·奥古斯特·雷尼·罗丹，1840—1917 年，法国雕塑家。

2　亨利·埃米尔·伯努瓦·马蒂斯，1869—1954 年，法国画家。

3　汉斯·彼得·威廉·阿尔普，1886—1966 年，德裔法国雕塑家。

4　马克斯·恩斯特，1891—1976 年，德国画家、雕塑家。

5　雷蒙德·纳什尔，1921—2007 年，美国艺术收藏家。

个展厅永远为理查德·塞拉所用。《平等－平行／格尔尼卡－班加西》是为某个时间和空间而创作的。离开这个时间和空间，就失去了它的力量、意义和本质，也就不再是同一件作品。我们需要这个空间来举办其他展览。那么，为什么要买下它？然后送到储藏室，再从储藏室送到工业仓库，难道这就是最终结果？真是浪费。如果没有购买这个雕塑，就不会出现这场争论。我很清楚，每个人都因我捍卫自己的立场而嘲笑我。我提议购买塞拉的另一件作品，一件更适合收藏的作品，而不是这件。《平等－平行／格尔尼卡－班加西》是一件杰作，组装也花了不少钱，但不可能永久展示。如果没有买下它，这件作品可能就会被毁掉，而且什么也不会发生。理查德一直习惯于这么做。他举办一个又一个展览，结束之后，他的很多作品都被毁掉了，因为他希望它们被毁掉，当他想再次展出它们时，他又重新制作。这并不意味着作品会永远消失。

1982 年，当我们把"融通"展搬到毕尔巴鄂艺术博物馆时，塞拉展出了两件作品：一件名为《毕尔巴鄂》，是全新的作品，另一件名为《纸牌屋》，但由我制作完成。这个作品虽在 20 世纪 60 年代就已首次展出，但在毕尔巴鄂的展览结束时我该怎么做呢？肯定是完成塞拉的心愿，毁掉《纸牌屋》。展览结束时，我一度想把作品带回家并安放在花园里。理查德本来也允许我这么做了，但最终我不想把我的生活和我的职业混为一谈，于是就毁掉了作品。我打电话给我的朋友伊纳基·奥乔托雷纳，我相信他能处理此类委托，于是他便把作品拿去熔掉了。但对于雕塑《平等－平行／格尔尼卡－班加西》，索菲亚王后博物馆里一些有特权的人决定买下它。他们花了三千六百万比塞塔，几个月后，雕塑被运送到了一个工业仓库。这简直就是胡搞，所以我就再也不想关注此事。贝耶勒收藏展一开幕，我就说我要走了。然后我便离开了。

卡洛塔·伊尼格斯，西特商业集团经理。2006 年 4 月。当我从报纸上读到雕塑不知去向的消息时，我简直不敢相信，但坦白地说，我一点儿也不惊讶。虽然我是在那一刻才知道的，但就像我已经提前知道了似的。有些事情你是会预见的。马卡隆股份公司的创始人如何取得一切成就，一百年之后又如何惨淡收场，我们业内人士都很清楚它的历史。也许没有什么东西能持续一百年，如果它能持续一百年，最终也会轰然倒塌。如果没有一百年的恶，也就没有一百年的善。

　　致力于艺术品搬运、保管和展览的公司并不多，因此几乎所有事情都众所周知。但值得庆幸的是，没有发生更多的灾难。这对于博物馆和文化部来说都是件好事。当然，我并不是想说我对作品的丢失感到高兴，我只是想强调，当你承担风险，并且做事要求不高、不够认真时，这些事情就有可能会发生。索菲亚王后博物馆从一开始就复杂且混乱。我指的不是它的艺术方向，而是它的管理。如果仔细想想，你会发现，在那个失控的年代，可能发生的事情是少之又少，而如今情况不同了。

虽说如此，但在我看来，这个事件中还是有一些非常奇怪的地方，一些不容易理解的地方。如果你了解了三十八吨重的雕塑简单失踪的必然性，而不只是迷失在与动机相关的数千种可能的理论中，你就会注意到有些事情并不合理。但我想这就是警方的职责所在，而我们只能尽力提供帮助。两个月前，两名警察来到我们办公室。那天是星期四，大清早的，我正在和艾尔米塔什博物馆[1]的一位馆长通电话，因为一周半后，我们要从巴塞罗那租借毕加索的两幅作品并运去展览。当秘书说历史和艺术文物大队的警察已经到了并在找我时，我虽然并未惊慌失措，但的确还是有点紧张。我也不知道为什么，难道是因为她们的到来在意料之中？我自己也曾提议在星期四那天上午见面，但一上午事情太多，我完全忘了这事。我想，如果警察不会给人们造成恐惧，那他们还是警察吗？

她们是两个没有什么特别之处的女人，一个戴着黑框眼镜，另一个穿着风衣，肘部带有红色补丁，都很普通且很友善。"是你们组织把《格尔尼卡》从布恩·丽池宫运送到索菲亚王后博物馆的，对吧？"其中一个问道。我微笑着点了点头。事实上，在1992年之前，我们就为《格尔尼卡》做

1　位于俄罗斯圣彼得堡，成立于1764年。

过一件更重要的事情。1981年，这幅流亡纽约的画作被运回了布恩·丽池宫，而西班牙土地上的这段漫长运送之旅正是由西特商业集团完成的。"真的吗？具体怎么回事？"戴眼镜的警察问道。

我父亲曾多次向我讲述那次转运的事，而我也多次重复他的故事，现在就好像我也是一个见证人似的。1981年9月，尽管有一百多人知道这幅画终于要运回西班牙了，但政府还是要求慎之又慎。就在两个月前，一辆载有四十多幅毕加索版画的货车在纽约市中心消失，这怎能不让人紧张。更何况，人们还担心因大肆宣传而被绑架。这幅画连同六十三幅素描和速写顺利通过了曼哈顿，之后在八名探长、八名特种警察、六名护卫队警察和六名信息大队警察的护卫下，乘坐一架巨型喷气式客机飞离纽约，机上载有三百一十六名乘客，但他们并不知道总重四吨的画作就在飞机货舱里。

在巴拉哈斯，西特商业集团负责转运工作。飞机大约晚点了四十五分钟。飞机降落和停稳后，立即被十辆国民警卫队吉普车、一百名警察以及二十名探长包围，这还不包括驻扎在航站楼屋顶上的国民警卫队人员。车队沿着高速公路，途经美洲大道、玛丽亚·德·莫利纳大道、塞拉诺大道，最后在阿方索十二世大道，另有二十多名摩托车手也加入了进来。他们在城市的大街上穿行，令人目不暇接。几周后，这幅画终于被挂在了著名的防弹玻璃后面，玻璃一共有三块，距离画作七米远。

我认为《格尔尼卡》很好地概括了西特商业集团的含义，尽管我们还进行了其他相关作品的运输，例如罗丹的《吻》、列奥纳多·达·芬奇的《抱银貂的女子》，但我想，我已经听够了历史课。那个脱下风衣把它放在腿上的警察，突然很严肃地开口说话，想要确认理查德·塞拉的雕塑是否像她们怀疑的那样，曾在某个时候被我们保管过。

是的，保管过。前一天，我一直还在整理我们手头上有的所有文件。"1987年初，当博物馆正式收购这件作品时，它被存放在我们位于科斯拉达的仓库中，但只存放了几个月。之后，它立即被转移到位于托雷洪·德·阿尔多斯[1]的弗卢特斯仓库。至此，我们与这件作品就再没有关系了。"我对她们说道。在西特商业集团，我们怀疑转运是出于经济原因。在该公司的一些内部记录中，我看到有说文化部希望节省租金成本，于是向西班牙当代艺术博物馆提出交涉，以了解其设施是否适合塞拉和其他一些人的作品的存放。最后，我们相信这座雕塑一直留在弗卢特斯，直到索菲亚王后博物馆决定在大楼最后一期落成之时再次展出。

雕塑被安放在A1展厅，旁边还有两件雕塑，一件是安尼什·卡普尔[2]的作品，另一件是巴尼特·纽曼[3]的作品。我记得很清楚，因为正是在那个时候，我开始在索菲亚王后博

1　位于西班牙马德里自治区的一个市镇。

2　1954年生，英国、印度双国籍雕塑家。

3　1905—1970年，美国艺术家。

物馆工作。我在那里一直工作到 1993 年，直至我来西特商业集团。那一次，我们没有像第一次那样拆掉部分外墙，而是从国立中学远程教育学院的广场进入。在我的印象中，雕塑经过的时候并不引人注意。博物馆新楼层开幕式的亮点是意大利艺术展，意大利总理朱利奥·安德烈奥蒂[1]出席了开幕式。此外还有塔皮埃斯和贾科梅蒂的作品展。

雕塑只展出了不到一个月，正如警方已经知道的那样，马卡隆股份公司将其带到了阿尔甘达·德尔·雷伊。我只能说这么多。当她们起身，穿风衣的警察准备重新穿回衣服时，停下来看了看门边信框里的一封信。这封信是纽约现代艺术博物馆的展览协调员理查德·洛林·帕尔默寄给我们的，作为对我们之前寄给他的一封信的感谢，信中还附有一张四千九百六十二美元的支票，用于报销博物馆为准备和装裱《格尔尼卡》以及毕加索其他绘画作品时所产生的费用。信是用英文写的，我大声翻译了最后一段："我们非常感谢您和贵公司以专业的方式来处理毕加索作品的转运和装裱事宜，等等。"

埃莱奥诺拉·布加，文化部部长办公厅主任。2006 年 3 月。如同孩子手中的玩具一样，"猎鹰"[2]缓缓地起飞。这就

1　1919—2013 年，意大利政治家、作家和记者。三次出任意大利总理（1972—1973，1976—1979，1989—1992）。
2　法国达索集团旗下控股公司达索航空生产的系列飞机。

是我最喜欢这些机器的地方。它们绝对是为你服务的；它们不会因为世界上的任何事情而打扰你。它们对乘客表现出的礼貌，是其他大型商业飞机所不具备的。

我们正在飞往格拉纳达。第二天，欧洲文化部部长峰会将在阿罕布拉宫香桃木院举行，我们借此机会核对了一下开幕词。我们打算在峰会上推动一个进程，以便在今年年底创建一个欧洲遗产名录，旨在推广一种新的文化旅游模式。该提案是在我国文化部和法国文化部合作的基础上提出的，目的是突出那些见证欧洲历史的地方，它们是我们身份的象征，同时也能增强公民对欧盟的归属感。

我把高跟鞋脱掉想放松一下脚。部长也做了同样动作，而且还兴奋地"哎呀"了一声。"这一切会让我变得极其懒惰。我都要被开幕词感动哭了。"五分钟后，她把稿子放在一边说道。"不单是你，而是所有人。"我一边表示赞同，一边瞥了一眼窗外。在飞机下方几英尺处，可以看到一片片诱人的云毯。"哪怕现在就是跳到那些看起来很舒服的云毯上面，也比谈论欧洲更有吸引力。"我补充道。

"欧洲是一个极其令人兴奋的大陆，只要你喜欢这种无聊。"她的回答完全上升了一个高度。当然，在欧洲的机构中总是不停发生着各种有趣的事情，但往往却不会有实际结果，感觉就是一种形而上学。办公室里热闹非凡，各种会议，各种电话，各种提案，但由于没有结果，第二天又得重复。诸如此类，反反复复，看起来忙得不可开交。"1993年，一名记者联系到胡安·卡洛斯·奥内蒂[1]，想请他撰写一篇有关旧大陆的文章，因为那一年《欧盟条约》生效。'欧洲？'奥内蒂问道，'欧洲发生了什么事？有什么值得关注的吗？如果你想要的话，我可以给你写一篇关于我童年记忆的文章。'这位作家提议说道，他可以写一些更有趣、更新鲜的东西。"部长说道。

我们沉默了一会儿。我试图听听"猎鹰"引擎的声音，但却没能听到。这让我想到了睡觉时呼吸不出声的孩子。我想，这是个好消息，同时也让我倍感轻松。我起身拿起一沓报纸，想看看评论专栏消遣一下。《阿贝赛报》的第二篇评论让我很反感，胡安·曼努埃尔·德·普拉达在文中针对理查德·塞拉的雕塑旧事重提，这无疑像是再次以同样的价格给索菲亚王后博物馆和文化部送去了一个"炸弹"。

"埃莱奥诺拉，你不觉得那件雕塑现在应该出现了吗？"我给办公厅副主任梅尔乔看完文章后，他突然用严肃的语气问我。我很认真地把身体靠过去问道："难道你有魔法棒？"问完，我便看着手里的文件。"也许至少还应该出现一根魔法棒。"他说。我笑了笑，与此同时，我还一直看着他，好像期待他能再给我说点什么。"这可能要持续好几个月，而且还会有更多的麻烦。首先，我们俩都知道，部长最终会在国会上做出解释。"

---

1 1909—1994 年，乌拉圭小说家。

"你有什么想法吗？"我一边悄悄问，一边偷偷看了看坐在前几排座位上的部长，她正在研究开幕词。我看到她微微点了点头。她一直都很有想法，但其中很多其实都不能被称为想法，所以有的几乎刚被提出来就被她自己否定了，而这些更像是一些绝望的想法。但即使是天马行空的想法，也会有少数能成为真正的想法。

"如果我们让作品出现在某个地方会怎么样？"他问道。我没反应过来。"我们来做一个复制品吧。"他兴高采烈地提议道。"毕竟，失踪的作品不是米开朗基罗的《圣殇》，也不是贝尼尼的《受祝福的卢多维卡·阿尔贝托尼的狂喜》。我不是大专家，塞拉的雕塑也无需精湛的技术。当然，它还有其他优点，但它们只是钢立方体和平行六面体，仅此而已。可以说，它的艺术力量在于构思，因此，如果你制作一个一模一样的复制品，构思就会依然存在，不是吗？所以，从某种意义上说，即使是用二次创作来取代首次创作，这件作品始终都是原创。"梅尔乔补充道。

我一脸疑惑地看着他。虽然我不知道他的想法到底是什么，但我却很感兴趣。"我会在理查德·塞拉不知情的情况下制作一个复制品，因为这种冒险的想法越少人知道越好，然后让它出现在某个废弃的仓库或货场里，或者在某条河的河底，或者在某个非法垃圾场被半埋着。"他说。我不知道该如何接受他说的这一切。"你是认真的还是随便说说？还是说，你说的是醉话？"我问。他回答说绝对是认真的。"这太疯狂了。"我摇着头说。"可能是，也可能不是。我们可以在国外的某个铸造厂制作雕塑。甚至不一定要在欧洲。当然，必须确保耐候钢的外观与原作的年代一致，而且转运的时候也要谨慎。"他说。

"猎鹰"遇到气流颠簸了几下，我的心跳到了嗓子眼，双手紧紧抓住座位。停止颠簸之后，我悬着的心才渐渐放了下来。部长继续做她的事情。她喜欢坐飞机，享受飞行的乐趣。当我们其他人还在因为飞机失事而丧失理智时，她已经能够思考统计问题了。

真的是一堆破事，我想。"想象一下，如果这个操作被发现，就不是什么稀奇的事了。那这个事件只能以一种方式结束：部长辞职。最初的雕塑仍然下落不明，更不用说其他的大问题了。假设可行的话，我们可以从韩国或某个非洲国家运来复制的雕塑。我们组织一家值得信赖的公司进行陆路运输，这家公司的老板是忠于党的朋友的朋友的朋友。比如，我们把作品半埋在废弃的地段或者哈拉马河的某个弯道里，等着有人发现并向国民警卫队报告。我们报道流血事件，我们登上了世界新闻头条，雕塑丢失的消息被曝光时也是这样。调查人员可能无法把整个故事讲清楚，也无法解释理查德·塞拉的作品为什么会出现在那里。管它呢，所有人高兴就好，因为作品出现了，这才是唯一重要的事情。丑闻被掩盖，成为历史，富翁重获财富，牧师回归群众。索菲亚王后博物馆一切正常。再过两年，比如说，砰，砰，雕塑原件出现在托莱多的一个仓库里，或者在垃圾场中被毁了一半，或者更奇妙的是，出现在一个任性的百万富翁的私人森林里。梅尔乔，你对此有何感想？你以为这是拍电影呢？"

他不知道该说什么。面无表情，嘴唇动都没动，胳膊没抬，手指没动，也没摸头发，甚至也没把视线移向一边。在我看来，他就像电影中被交火逼到墙角的众多角色中的一个。最后，我摸了摸他的腿，他笑了。"这是个非常疯狂的想法，但我必须承认的是，作为疯狂的想法，这是最好的想法之一。"我想安慰他，补充说道："我们就把它当作一个起点吧。"然后，我开始思考雕塑意外重现的可能替代方案。

第三部分

你不会找。

玛尔塔·巴斯克斯

过去是一个广阔的空间，里面充满了各种事物。现在则不然。现在是一条狭窄的缝隙，只容得下两只眼睛。我的眼睛。

保罗·索伦提诺，《年轻宗教》

万事万物总在去往某个地方的路上，但几乎从未到达。

杰伊·麦金纳尼，《霓虹灯》

在这个世界上，荒唐是不可或缺的。这个世界建立在荒唐之上，没有荒唐，很可能什么都不会发生。

费奥多尔·陀思妥耶夫斯基，《卡拉马佐夫兄弟》

赫苏斯·马卡隆，企业家。2005 年 11 月。我在阿斯图里亚斯休息了几天。在我这个年纪，休息是很常见的，有时甚至是永远休息。我和两个朋友一起驾车旅行，目的是在农村的房子里享受一个长周末。驾车途中，我既没有头疼，也没有背疼。我已经很久没有这么开心了，我甚至连手机都没带，准确地说，是我们三个人都没有带。这就是为什么我们去库迪列罗的路上轮胎爆了，我们却无法给保险公司打电话。第一辆停下来帮助我们的是一辆运猪的货车。司机也没有电话，所以他主动提出送我们到村子。我们从没坐过这么臭的车。我问司机能否习惯这种味道。"什么味道？"他问道。我耸了耸肩，好像他已经不记得我的问题了。当你不知道一个陌生人是认真的还是在开玩笑时，是时候换个话题了。总之，挫折也是一种乐趣。四天时间转瞬即逝。

回到马德里后，我的快乐就消失了。我的女儿胡利亚娜向我解释说，有两名警察到办公室找过我。他们要我去卡尼利亚斯警察局，就理查德·塞拉雕塑失踪一事做出说明。

"真倒霉。"我自言自语道。这并没让我感到惊讶。尽管你总是希望出现奇迹，这样你就知道，让你紧张的事情就不会发生，但如果你确定事情肯定会发生，那你就无处可逃。是的，真倒霉。我开始厌倦索菲亚王后博物馆，尤其是它的经理和安娜·马丁内兹·德·阿吉拉尔，她一直说我知道雕塑在哪里，而且拒绝把它交给他们。我真希望我知道，因为我要把它带到坎塔布连海沉下去；我要把博物馆经理和馆长绑在上面，和雕塑一起沉下去。总之，我会把三个都沉下去，即使我被抓进监狱也不会后悔。这些人身居要职，责任重大，如果他们提供不了证据，就不能发表这样的言论，而且证据目前还不可能存在。

10月5日，索菲亚王后博物馆的经理给我打了电话，但我不想知道有关索菲亚王后博物馆、文化部甚至整个国家的任何信息，便粗鲁地拒绝了他。我对待一只跳蚤都比对他态度更好。我对雕塑一无所知，再见，说完我就挂断了电话。他们的问题和博物馆的问题都与我无关。我不想说我很高兴博物馆遇到了问题。那个我不想说。我有很多理由讨厌博物馆的管理者和文化部，但我不是那样的人。我的愤怒是有限度的。我不希望他们受到伤害，尽管当时他们导致了我的公司的破产。当时我就做了我该做的事。我也不会假装说，如果他们做得好，我会很高兴。那就更不可能了。我的态度极端冷漠。他做得好吗？我不在乎。会爆炸吗？我更不在乎。

十月中旬，索菲亚王后博物馆的经理去了公证处，通过传票敦促我"在三日内将雕塑交由博物馆处置"，并明确警告我说，否则他们将对我采取适当的法律行动。不过，他们还说，一旦作品交付，他们当天就着手结清存放保管时所产生的费用。呵呵！他们在逗我玩吗？他们就是一群疯子，现在才迫不及待地要付钱给我吗？这可真是时候，马卡隆股份公司已经破产八年了！当然，我没有用任何方式去联系公证处，期限就过去了。事实上，他们最后把公证处的传票寄到了我女儿的公司，马丁内兹·马卡隆联营公司。从法律上来说，我与该公司没有任何关系。我坚持要求这么做是为了不引起注意。在西班牙，装傻很管用。但警察来访就是另一回事，我也没有什么可隐瞒的。所以，星期二一大早，我就穿上西装，前往卡尼利亚斯警察局。在我的家里，每当我们需要面对严肃的事情或重要的约会时，我们总会穿上西装。

他们让我等了二十分钟，直到本该与我见面的警察出现。就这还是他们找到的。我们去了一个小房间，里面除了有一张小圆桌之外，还有一股臭袜子的味道。我觉得这个警察很有礼貌。她和我说了几句客套话，然后明确告诉我，这只是一次单纯的信息交流，希望我去收集所有与雕塑及其结果可能相关的信息。

不知为何，我感觉心情很好，我几乎是兴高采烈地向她介绍了公司的过往。我强调说："我不知你是否知道，马卡隆股份公司1996年就不存在了，现在是2005年。"我看到她点了点头。1995 年，当公司宣布暂停付款时，公司仍有七十八名员工，我们在接下来的几个月里对他们慢慢进行了遣散。20 世纪 80 年代末，我们公司有两百多员工。这是一家实力雄厚的公司，建立在其他家族企业的基础之上，虽然不那么雄心勃勃，但也已有数百年历史，由我的祖父母、父母和叔辈们先后经营。在最后阶段，一共有七名股东，全部来自家族单位。我是最大的股东，持有公司百分之二十八的股份。

在破产之前的几年里，公司的状况一直难以为继。事实上，1995 年 3 月，公司就已经暂停付款。几个月前，我联系了索菲亚王后博物馆的一位官员，向她解释说我们已经处于技术性破产的境地，暂停付款迫在眉睫。我发此通知的目的是希望他们将塞拉的雕塑移走。同样，我们也向其他客户发出了通知，这些客户在我们的仓库中存放了不属于公司资产的物品。

1995 年第一季度，我们亏损了二点三七亿比塞塔，到年底时，债务增加到了十点一八亿比塞塔。我是用比塞塔告诉她的，因为这些数字已经被刻在了比塞塔这种货币上，用比塞塔我可以凭记忆说话。如果他们很感兴趣，只需要去商业登记处查一下就可以了。1995 年是我们提交文件的最后一年，这一年的总盈利为负七十三点九。也就是说，我们要结束了。我们没有未来。在债务总额中，有一半是财政部与劳动和社会保障部的债务。

我想他们很想知道的是，当马卡隆股份公司宣布暂停付款时，文化部还欠着我几千万比塞塔的世博会费用。当国际展览办公室授权塞维利亚组织 1992 年的活动时，他们告诉我说，出于爱国，我们必须参与其中。谁告诉我的？首相、部长、议员、博物馆馆长、市长和许多企业家都告诉过我这一点。我承认，我认为自己看到了发展的好机会。马卡隆股份公司抓住了这个机会。在为期六个月的世博会期间，我们建造了很多展馆，并在西班牙馆中布置了许多展览。最大的问题是：他们付款给我了吗？没有，我几乎没拿到一分钱。文化部，但不仅仅是文化部，把我晾在了一边。他们告诉我说："会付钱给你的，赫苏斯。"但世博会的黑暗却加速了公司的衰败。关于这些黑暗本还有很多话题要讨论，但我想，他们现在对这个话题已经不感兴趣了。这就是后来出现的所有问题的起因。实际上，这些问题当时应该立即出现，因为我们已经负债累累。同年，也就是 1992 年，劳动和社会保障部与财政部也停止了给我们付款。

与其他数字相比，索菲亚王后博物馆欠我们的钱几乎可以忽略不计，但我认为这才是警方最感兴趣的。我们破产时，博物馆欠了我们整整八年的理查德·塞拉雕塑的保管费和保险费。我不记得他们什么时候付过我塞拉雕塑的钱。也许从来没有。这件雕塑从 1990 年底开始就由我们负责。那年是最后一次展出雕塑，它被运到博物馆的车辆入口处，几周后，为我们工作的阿斯科纳起重机公司用一台六十吨的起重机和另一台三十五吨的起重机将其吊起，然后运到了阿尔甘达的埃尔吉哈尔工业区。

起初，我们把雕塑放在外面，紧挨着仓库，因为从技术上讲，它可以让我们省去相当复杂的操作，而且天气条件也不会让它坏掉。事实上，我们之后就再也没有动过它。老实说，它一直就被放在那里，用蓝色防水布盖着。由于其本身的特性，再加上我们采取的安全措施，塞拉的雕塑是不可能被偷走的。

这些年公司一直都在缓慢地走下坡路，直到1996年，我们再也坚持不下去了。在劳动和社会保障部同意没收资产之后，我们破产解散了。再见。但就在这一切正式发生的几周前，公司什么都没有了，既没有员工，也没有私人保安，于是，我联系了索菲亚王后博物馆。"我以口头和书面形式告诉了他们公司的财务状况，以及债务是如何导致我们破产的。当然，我也警告他们必须保管好自己的雕塑。我们不能再保管它了。"我说道。一旦马卡隆股份公司作为一个商业组织不复存在时，我们将不再承担责任。

发生什么了呢？什么都没发生。博物馆的工作人员就像是一群死人，没有回应，也不关心作品。他们对我的警告置若罔闻，仅此而已。博物馆掌握在不负责任和无能的人手中，他们在迫不得已的情况下，都不会为自己的错误承担任何责任。好像他们已经有足够多的塞拉了，而那个塞拉只会让他们烦恼。没人做任何事。所有人都保持沉默。他们对我的电话也是左耳进右耳出。他们对供应商表现出的漠不关心和麻木不仁，完全有可能也表现在对我的通知上，要么就是没看，要么就是让一个最不了解情况的人去处理。管理部门到处都是这样的人，他们甚至连生菜都种不好。那我该怎么办呢？雇用起重机和卡车，支付一笔我没有的钱，然后将雕塑放在索菲亚王后博物馆门口？我想这就是我所需要的一切。我所要做的，就是在时机成熟，公司没有了的时候回家。

后来发生的一切，包括雕塑的丢失，我既不知道怎么发生的，也不知道何时发生的，这无非是博物馆多年来运作不善的结果，既因为它的登记系统效率低下，又因为官员们玩忽职守，还因为它的艺术文物保护政策。"他们的无能几天前达到了极致。"我强调说，"文化部副部长安东尼奥·伊达尔戈还有勇气说，他们只找到了1992年之前的原始发票，而且他们也不知道从那时起公司就提出过没有收到任何付款的诉求。"但凡有半点脑子的人能相信我们没有找他们索要欠我们的款项吗？难道我们不索要，他们就没有责任支付欠我们的款项了吗？

"不用说，我不知道雕塑的下落。"我说。我最后一次见到它是在1996年12月。那天，我们平时合作的一位废品收购商正在拆除停车场的金属屋顶。我记得，就在同一天，有人来取路易斯·博拉霍的一件作品。从那以后，我再也没有回过阿尔甘达·德尔·雷伊，也和那个地方没有任何联系。雕塑的丢失让我感到惊讶吗？当然，很难想象近四十吨的钢铁竟然消失得无影无踪。但如果雕塑被劳动和社会保障部封存后，并没有按照惯用流程进行拍卖，也没有立即用作己用，而是保管了几年，那失踪似乎也就不足为奇了。我认识很多人，其中一些人可能对保留它感兴趣。但在没有证据的情况下，我绝不会说出一个名字。即使是被严刑拷打，恐怕也不会。

理查德·塞拉，雕塑家。2002 年 8 月。美？我觉得美是一个很难理解的概念。这似乎是人们在任何历史时期都会发现的东西。我想说的是，确定美的标准似乎是落后的。我认为，在大多数情况下，艺术家并没有明确地追求美。他们追求的是艺术语言，并将艺术语言放大。如果出现了美，那也是艺术家努力通过自己的语言与公众沟通的结果。

公众可能会有这样的印象：艺术家总是愿意或被要求去创造美好的事物，但如果你认真地和他们交谈，你就会发现，这并不是他们正在做的事情。艺术的功能，创作者的愿望，就是让你思考。从根本上说，观察就是思考，思考就是观察。每次都有自己的语言，但这似乎就是艺术的功能：改变，改变意义，通过感知改变意义，而不是通过美改变意义。

拉里·高古轩，画廊主。2006 年 7 月。某个星期五，我和理查德共进午餐。我们大约有一个半月没有见了。最后一次见还是在"轧制与锻造"展的那天下午，这个展览是在我们位于切尔西的总部举办的，展出了一组新的五件雕塑作品。这些雕塑标志着理查德创作方向的改变，暂时放弃了近年来的螺旋形和椭圆形，重新采用了早期作品中非曲线的块状和板状。计算方面，他似乎用计算机取代了简单的数学。

就构图和概念而言，最特别的作品是《立面，重复》，作品由十六块矩形钢板组成，长度均为九米，厚度均为十五厘米，高度分别为一百零九、一百二十四、一百三十九、一百五十四厘米，每个高度各有四块。这些矩形按对角线方向横跨整个空间，成对排列，形成平行的通道状路径。每对矩形之间的空间错开，形成一条之字形路径直达作品中心。钢板忽隐忽现，人在钢板间穿梭，仿佛置身于一座迷宫，虽然上半身暴露在外，但依然很神秘。

除其中一件作品创作于1997年以外，其余作品均创作于同一年。这些作品都是层压平面雕塑，与他的大型室内装置一样，都是在建筑背景下完成的。塞拉再次做了他最喜欢的事情，就是让观众参与到他的作品中来。因为无论从哪个角度看，你都只能看到它的一部分，所以你必须去走、去看、去预测、去回忆。他最出色的雕塑作品总是给人一种从头到脚的完整体验，同时将身体、视觉和精神融为一体，效果既真实又抽象。

这是一顿非常愉快的午餐，就像与理查德的任何一次约会一样，令人兴奋。我们讨论了上周罗伯塔·史密斯在《纽约时报》上发表的评论。我被她文章开头的文字逗乐了。她说，从来没有人像我一样花那么多钱在纽约乔治·华盛顿大桥上搬运塞拉那么多作品。这是真的。

我们再次谈起了纽约现代艺术博物馆明年将为他举办的回顾展，以纪念他四十年的职业生涯。他告诉我，他正在紧锣密鼓地创作三件新作品，这些作品将占据博物馆二楼约一点三万平方米的空间。他仍在继续试验扭曲钢材。他向我介绍了《序列》，光是设计就花了两年半的时间。"我要在内院搭一个帐篷，在那里住上六个星期，我想，安装这些雕塑大概需要这么长时间。"他说。在帐篷里睡这么长时间，他比任何一个热爱探险的人都要兴奋。

"你知道吗？"他用一种耐人寻味的语气问道。他试图用这种语气来暗示他接下来要宣布的事情对他来说有多重要。"什么？"我反问道。我对任何惊喜都持开放态度，因为在我看来，这正是他对我的期望：无限的好奇心。"我们将把《平等 – 平行 / 格尔尼卡 – 班加西》列入回顾展。你对此有何感想？"我差点把刚喝到嘴里的白葡萄酒吐出来，但猛然想起这瓶酒要两百美元，就赶快咽了下去。"别告诉我它被找到了！？"

理查德靠在椅背上，就像一位走了一整天，拖着一双走酸的脚，刚回到家的老父亲，无奈地苦笑一声。"没有，天哪！居然还没有。但我已经与索菲亚王后博物馆达成协议，授权制作一个复制品。你知道的，他们建议我制作一个一模一样的复制品，但要赋予它原作的特征。他们认为，在博物馆找寻原作的同时，这样做可以使博物馆少遭受一些批评。我一点儿都不看好它出现的可能性，但他们真的相信他们能找到它。"魔法啊魔法。这里也没有，那里也没有，复制品就是原件。"我开玩笑说。我想，这对于纽约现代艺术博物馆的回顾展来说也是一个妙招，同时也增加了展览的吸引力。我已经想跃跃欲试了。

他向我解释说，与西班牙博物馆签订的协议明确规定，他将不收取任何费用。作为交换，索菲亚王后博物馆将支付约九点三万美元给皮克汉钢铁厂作为生产制作这些作品的费用。根据他的计算，这件作品将在展览开幕前及时运抵纽约。展览结束后，作品将被拆卸并运往西班牙，并在索菲亚王后博物馆永久展出。这似乎是一笔不错的交易。

"如果原作在某个时候出现了怎么办？"我好奇地问道。这将可能引发一场非常有趣的辩论。两件彼此完全相同的原创作品？"如果是这样的话，我们就坐下来谈谈。但我认为，显然应该销毁其中一个。在经历了漂泊式的存在、神秘的消失之后，谁知道它被上帝之手遗失在了什么地方，又在怎样的悲惨境遇之后，最后以恒星的形式重新出现，它是第一个值得继续存在的作品。"我们碰了一下杯。"真的没什么好讨论的。实际上，《平等 – 平行 / 格尔尼卡 – 班加西》真正的原创不是新作，也不是旧作，而是在这两部作品出现之前，艺术家头脑中的想法。"我说。

弗朗西斯科·卡尔沃·塞拉勒，艺术评论家。 2009 年 4 月。塞拉可以毫不犹豫地说，他对奥泰萨怀有非常真挚和亲密的感情。奥泰萨做了前人未曾做过的一些事情；许多人似乎没有注意到这一点，但塞拉却注意到了。此外，不承认奥泰萨对他产生的巨大影响也是荒谬的。1997 年，他甚至将奥泰萨称为世界上最重要的在世雕塑家。有哪位艺术家会这样评价自己的同行？那一年，在内斯特尔·巴斯特雷特克西亚[1]、乔恩·因特克斯奥斯特吉和何塞·路易斯·梅里诺[2]的陪同下，他们在市内的一家餐厅享用了一顿美餐后，亲自会面并一起参观了毕尔巴鄂艺术博物馆。

每当谈到这个话题，理查德总说，奥泰萨有三件作品让他着迷。"每件作品都向我展示了与历史的冲突。"他在 20 世纪 90 年代说。"尽管这三件作品是在 1957 年至 1958 年期间构思的，但即使在今天，仍被视为前卫作品。它们分别是《向多诺斯蒂亚神父致敬》《由两个三面体结合而成的形而上学盒子》和《向立体主义的空洞风格致敬》。这三件作品所形成的空间是前所未有的。它们将整体的浩瀚赋予了个体。它们没有提出闭合的解决方案，而是处理了创作过程中的基本问题，这些问题促使其他雕塑家重复或扩展了这种做法。"对他来说，这些作品体现出了距离感、空虚感和强烈

1　1924—2014 年，西班牙雕塑家。

2　1927—2019 年，西班牙电影作家和导演。

的孤独感。

毫不奇怪，在他抵达纳瓦拉[1]接受荣誉称号之前的几周，他一直给我打电话，让我安排他参观阿尔苏扎的奥泰萨博物馆。他对参观奥泰萨的工作室表现出极大的兴趣，以至于在临行前一周，他凌晨四点打电话给我。他已经忘了时差。我才睡了两个小时。为了完成《国家报》的一篇评论，那天我睡得很晚。

"你真的在睡觉吗？"他很认真地问。这话问得有点可笑。他再次坚持要去参观奥泰萨博物馆，他想知道我们哪天去，什么时间去，和谁去，等等。他的精力让我吃惊。参观已经确定，于是我一边向他解释什么时候去，如何去，几点去，一边想着回去睡觉。结果他一直给我打了二十分钟电话。

到了这一天，我们是上午差不多快十点到达阿尔苏扎的。天气稍微有点冷。即使我们都进入了博物馆，塞拉也没有脱掉外套。我们分乘两辆面包车来的。塞拉、他的妻子克拉拉、卡门·希梅内斯和我同乘一辆车。博物馆馆长和基金会的一位董事正在等着我们。理查德如释重负。因为前一天在授予荣誉称号时，他情绪就太激动了。我在致辞之后也同样如释重负。

我们在博物馆待了两个小时。进入工作室后，塞拉陶醉其中，沉默了许久。"奥泰萨花了半辈子的时间试图为无名

1　西班牙北部自治区。

163

之物命名，将自己置于代表的前沿。也许那种理想主义已经不复存在了。"他最后说道。说他逐一研究了奥泰萨的一千多个实验性小作品，这未免有些夸张，但夸张的程度与实际情况却非常接近。他对一切都感兴趣。他被奥泰萨艺术的理论背景所吸引。通过那些作品，奥泰萨试图刺破虚空、一言不发。虽然大多数雕塑家总想宣扬些什么，但奥泰萨渴望在他的一些作品中留下空虚的痕迹，留下那些不应该说的东西。如果他希望在自己的作品身上发生点什么，那就是不要被占据。他在空中放了一把铲子，抽走了物质上的空气，留下了一个虚空、一个变像、一个非舞台，"一个让我们灵魂发挥作用的空间，让我们的灵魂在最危险或最无助的时刻，在对生活失去所有信心的时刻，以人所绝对渴望的那种亲密感和孤独感发挥作用。"奥泰萨曾说道。

塞拉认为奥泰萨的生活是他艺术的另一种表现形式。他将奥泰萨富有远见和不羁的性格解释为另一种雕塑。最重要的是，1959 年，年仅五十一岁的奥泰萨突然宣布放弃雕塑。"他正处在艺术生涯的黄金时期，却把自己投入了虚无。"他在访问期间曾这样说道。当时距离他获得圣保罗双年展一等奖才只有两年时间。但他一直表示，他渴望成为一名雕塑家，但他并不是，他的职业生涯是对自己的放弃，是一场危机。在整个参观过程中，理查德指出，奥泰萨的雕塑、极简雕塑以及他著名的空盒子，都是进入非物质化和沉默的过程，这很可能是极简主义的一个极好先例，而他自己也是极简主义的一部分。

离开博物馆时，我觉得我们都感到些许轻松、些许沉重，大家几乎都陷入了沉默。塞拉称自己深受感动。他觉得奥泰萨这个人是他的灵魂伴侣，奥泰萨作品中表现出的孤独感与他在自己身上所认识到的那种遥远的存在特征相关联。也许奥泰萨是对的，他说雕塑史就是由一位不断改名的雕塑家创造的。

离开阿尔苏扎后，我们前往奥尔科兹和尤纳特。在蓬特拉雷纳，我们在十字架教堂停了下来，参观了基督雕刻、圣地亚哥教堂、房屋、门廊和横跨阿尔加河的中世纪大桥，理查德拍了照片并想下去在桥上走走。"这是我见过的最美的桥。"他说。也许有点夸张吧。我们继续前行，途经阿雷利亚诺、桑格埃萨和莱尔，在那里我们参观了修道院的地下室，参加了晚祷弥撒。在我看来，这似乎是我一生中最漫长的一天。

塞萨尔·艾拉，作家。2009 年 4 月。上午十一点，我在阿托查街的酒店大堂内完成了三场采访。十二点钟，我约了一位作家朋友共进午餐并参观索菲亚王后博物馆。所有记者都想知道我在那天下午的见面会上要说什么。毫无疑问，他们中没有人打算参加。我发言的主题是："我们能原谅多少？"我经常问自己，我们准备在多大程度上原谅一本书，原谅它有多少缺陷，原谅它有多少毛病，原谅它有多少写得不好的篇章，而我们却因为它们给我们带来了乐趣，或者因为它们给我们留下了美好的回忆而忽略了这些。就我而言，作为一名作家，当我有了一个疯狂的想法时，我会问自己，我的读者是否会原谅我。既然他们以前已经原谅我那么多了，他们还会原谅我吗？有时我担心自己已经超越了可以原谅的界限。但我认为，文学是一种奇怪的活动，有时缺点比优点更有用。

胡安准时来接的我。这是我们在不到一年的时间内第二次见面。去年秋天，我们在巴黎以一种有点怪异的方式见面，多亏一位共同的朋友知道我们当时都在那里。他带着一本波拉尼奥[1]的《智利之夜》来到我住的酒店，继续我们之前玩了很长时间的游戏。两年前，我们在桑坦德[2]见面时，我坦白告诉他我从未读过这位智利作家的作品，尽管有三次我们差点儿就见面了，但总在最后一刻发生一些奇怪的事情，让我们无法见面。从那时起，他就开始努力用这位作家来吸引我。"我会向你不停地推荐他，直到你喜欢为止。"我有时似乎能从他的想法中读到这句话。但我却不具备大众的共性。如果大家都看过了，那我就没必要再看了。世界上还有一些不那么重要的书，它们同样值得一读。我把刚刚出版的《对话》送给了他，这是我从阿根廷带来的。

1　罗贝托·波拉尼奥·阿巴洛斯，1953—2003 年，智利著名小说家、诗人。

2　西班牙北部坎塔布里亚自治区的首府。

我们一边悠闲地走向索菲亚王后博物馆，一边谈论着书籍和我们想到的一切。他告诉我说，他遇到了一位充满热情的年轻人，两年前创作并出版了自己的第一部小说。他并没有像我们一样，坐下来就写，迎难而上。他更喜欢在仪式感十足、近乎浪漫的姿态上徘徊。比如，首先，他在郊区租了一间办公室，因为他住在波恩[1]市中心，据他说，这不利于故事的客观性，也不利于小说的韵律性。后来，为了每天去办公室写作，他不得不买了一辆最新款的汽车。他选择了一辆迷你。"一个字还没写，就已经花了两万欧元。"胡安说。在我看来，文学的出现肯定不是为了赚钱，但也不是为了花钱。

在博物馆入口的广场上，我们突然都觉得饿了。"肚子先于艺术，所有的知识分子都这么说。"我说道。然后我们便找了一家餐馆。我们选择了一家配有红白格子桌布的小餐馆。我们很快就吃完了饭，然后便迅速向索菲亚王后博物馆走去。我很想看看胡安·穆尼奥斯的回顾展。我们来到一个展厅，里面摆满了东方人物的塑像，差不多有一百个，几乎全是按照真人比例制作的。这些人物的面孔非常相似，但姿态各异，脸上或多或少都带着微笑，毫无惧色，让整个展厅里充满了动感。我注意到他们没有脚，所以只比我和胡安稍矮一点。走在他们中间会产生一种奇怪的感觉，就好像我们

1　德国北莱茵－威斯特法伦南部的一个城市。

在掺和他们的事，但他们的事却与我们无关，所以这让我有一种负罪感。"你们想要什么吗？"在我看来，他们似乎每时每刻都在这样问我们。没有隐私的感觉让人很不舒服。在这些塑像之间，你会感觉到低语与沉默的交织。

那些有着东方面孔的绅士整体上都穿得很暖和，光头，在他们中间徘徊的时候，谁知道他们在嘲笑什么，起初我还觉得很有趣，但过了一会儿我就不觉得了。我看了一眼胡安，生怕他能猜到我在想什么。"你不觉得，这些人中的许多人就像我们一样，都是怀着美好的愿望来到这个展厅，然后在某个时刻，他们就这样僵住了，成了展览的一部分？"他问我。不知道为什么，我觉得他说得很有道理，而事实也正是如此。如果不逃离那个展厅，我们很快也会变成塑像，然后将永远生活在同一时刻。就像我们一样，唯一的野心就是把其他活生生的人也变成秃头、微笑但有些愚蠢的人。"我们必须离开这里。"说着，我便头也不回地加快了脚步。一出门，我们就如释重负。我们逃过了一劫。

我们回到一楼，不经意间来到了一个长长的白色展厅，里面摆放着四个钢块，两个长方形，两个正方形。"这是什么？看起来不像楼上那群快乐的东方人那么危险。"胡安疑惑地看着我，好像我的话一点儿也没让他觉得好笑。他说那组雕塑重达三十八吨。他的话已经让我感到惊讶了。他怎么能凭眼睛就知道那组雕塑的重量。这让我想起了我家街区的屠夫，你可以给他说要七百克牛排，或者一点七五公斤牛排，这都不重要，重要的是他会拿起刀，就像在切自己的心爱之物似的，开始小心翼翼地切。当你还想检查秤够不够时，他已经切好了你想要的重量。

然后，雕塑的重量仿佛就是胡安开启话匣子的跳板，他开始滔滔不绝地告诉我，那是理查德·塞拉的作品，很久以前就已经丢失了。摆在我们面前的是它的鬼魂，一个一模一样的复制品。雕塑原作还没有出现，但他们正在寻找。"这个鬼魂是塞拉本人按照原作的图片和样子创作的，他还说它和原作一样具有原创性。"他补充道。

我不但无法理解这种原创性的概念，而且也不明白，一个重达三十八吨的东西会消失得无影无踪。"你说这雕塑也能被折叠，然后放在摩托车后座上？"我暗自笑了笑，似乎别人的不幸会让我心情大好。在我们走出展厅的时候，我问道："你不觉得这件事可以写成一本小说吗？"

维奥莱塔·施瓦茨 - 加西亚，收藏家。2015 年 10 月。
我们在上午十一点降落在日内瓦。天气和纽约非常相似，温和而近乎寒冷，银装素裹。我们花了两个小时才拿到托运的这幅画，并办理了最后的海关手续。之后，我们便乘坐两辆小型货车前往日内瓦自由港存放新作品，顺便欣赏和检查其他作品的状况。

自由港是个迷人的地方。从外面看，它只是该市工业区的一个不起眼的仓库。从远处看，它的入口可能会被误认为是一家多厅影院的外墙。旁边是一座邮局大楼，周围都是桥梁和灰色的街道。

但是，当你穿过入口，经过严谨的检查站、围栏、铁丝网、武装警卫、德国牧羊犬、X光设备、视网膜扫描仪、巨大的铁锁、摄像头等时，你会觉得自己进入了另一个星球。这里可能是现存最壮观的艺术作品收藏地。如果这真的是一座博物馆，那它将是世界上最好的博物馆。但它不是博物馆，它与众不同，甚至可以说是截然相反。里面没有任何东西可以看。所有东西都被存放在箱子里，被永久地隐藏起来。它们不能被看。对于许多艺术品拥有者来说，现代和当代艺术品是实现投资组合多元化、抵御通货膨胀的绝佳方式。一般来说，艺术品会随着时间的推移而保值，并且在很多情况下还会增值。

我从熟人那里听说，仅纳哈迈德家族就在日内瓦自由港储存了约三百幅毕加索的画作，这是他们五十年来购买和交换艺术品作为投资的结果。根据去年的审计结果，这里存放的艺术品超过一百万件。计算它们的价值超出了任何审计的范围。安盛艺术品保险公司一位负责承保的副经理曾告诉我说："我怀疑你是否有一张足够大的纸来写下所有的零。"这是一个巨大的数字，但更重要的是，这是一个未知数，而这个未知数却恰恰给了我们这些与自由港打交道的人最大的信心。关于这个地方及其内容的任何说法，始终都是个猜测。我们知道自己存放着什么，一些朋友和熟人存放着什么，以及据说这些朋友的朋友存放着什么。但那都只是沧海一粟。

日内瓦自由港保密性很好而且还可以节约大量税款。艺术品存放在那里期间，所有者无须缴纳进口关税和其他税款，正常情况下，根据艺术品原产国的不同，进口关税和其他税款通常在百分之五到百分之十五之间。以在纽约拍卖会上以两千万美元购买的一幅画作为例，当这幅画被转移到瑞士时，可以节省将近二百万美元的税款。如果这幅画作在自由港出售，所有者也无须支付交易税。一旦画作离开自由港，无论是因为被出售还是因为所有者想将其转移到另一个国家，都需要在最终所在国家缴纳税款。

几年前，自由港还没有正式成为瑞士的一部分。当它最终成为瑞士的一部分之后，对许多人来说，它仍然是艺术界所能提供的最接近开曼群岛的地方。但如果说艺术品收藏家和经销商出于逃税等普通原因而选择在日内瓦等自由港存放作品，那就不公平了。放在家里存在空间问题，而在自由港，我们找到了一个完美的替代方案，而且资产在受控温度环境中、在摄像机的监控下和防火墙后面还会受到保护。就我而言，我喜欢与作品有周期性的关系，所以我每年去瑞士三四次，租一间观察室并欣赏其中一些作品。

如果作品不能在我的房子里，还必须安全，而且还要完全不被注意到，那这里就是个好地方。自由港的员工必须通过严格的测试，并签署严格的保密协议。所有员工都是自由港声誉的忠实延续。我可以证明这一点。每次来访，我都试图从他们中的某个人那里打听点关于自由港内有关《平等 – 平行 / 格尔尼卡 – 班加西》这一雕塑的消息，但很显然，从未成功过。我对达·芬奇、凡·高或者更加晦涩难懂的毕加索的作品不感兴趣。老实说，我不在乎他们。塞拉的雕塑才是我最喜欢的神秘作品。我仿佛感觉到，它毫无疑问就在这里，它之所以在这里，是因为它是通过一个完美的计划来到这里的，在这个计划的后面，有的是章法森严，缄口无言，无迹可寻。

　　如果认为这件作品太重，无法带到很远的地方，哪怕是在私人场所也过于笨重和碍事，那这就不是基于对犯罪逻辑的无知，而是基于对金钱的无知。只要有足够的钱，几乎任何事情都可以办到，包括在不留下任何线索的情况下将塞拉的雕塑弄到这里。一旦到了自由港，这件作品就可以年复一年、安安静静地等待它的主人将它搬到另一个地方，放在那里慢慢欣赏，比如那些从不接待不速之客的别墅花园，那些有森林的大庄园，甚至是那些除了主人之外，任何人都不会踏足的巨大房间。

　　我们在午后离开了自由港，经过时听到了一些锁门的声音。看到我的画作，我充满了力量。一想到我可能离理查德的雕塑很近，我就觉得很开心。这次，我在酒店给他写了一封邮件："我知道，雕塑还在。"

贝贝·穆西耶戈，艺术家。2010年2月。一夜之间，罗克珊娜·波佩尔卡好像失去了所有似的，于是她便决定离开希洪[1]，搬来马德里生活。她已经拍了一些短片，因为我也从事艺术创作，于是我们就聚在一起开始做点事情。一天晚上，我们在家组织了一场聚会，有人提起了塞拉的雕塑。几周前，这件雕塑的复制品被安放在了索菲亚王后博物馆，而这也成了一个热门话题。"这里有一个故事。"罗克珊娜说道。记者埃斯特·卡托伊拉和梅塞德斯·科门达多也参加了聚会，他们立刻觉得，可以为消失的三十八吨重的雕塑拍一部纪录片。此外，梅塞德斯和我恰巧在阿尔甘达·德尔·雷伊生活过，雕塑就是从那里消失的。就我而言，我在那里度过了童年和青年时期。我父亲一生都在卡帕铸造厂工作，该厂经常与艺术家合作，时不时地收到马卡隆股份公司的委托，而他的仓库就在附近。

我们开展了一个项目，并获得了马德里市政府颁发的艺术创作奖，这使我们能够将更多预算投入到制作和配乐上。我们立即开始工作。埃斯特和梅塞德斯整理了媒体上出现的有关塞拉作品的所有信息，罗克珊娜和我则专注于艺术部分。事实上，我们并不想制作一部关于雕塑消失的纪录片，而是想以此为借口，引发一场关于什么是艺术的辩论，以及艺术家塞拉是如何判定四块铁板就是艺术，而当它们突

1　西班牙西北部阿斯图里亚斯自治区的一个沿海工业城市。

然丢失时，他又如何认定它们不再是艺术，雕塑的复制品才是艺术。这太奇怪了。一件作品丢失了，你就剥夺了它的艺术性，却把艺术性重新赋予了它的复制品？这的确有点不寻常。

我们的目的是让人们注意到，有人武断地将一件物品标记为艺术品，而这件物品之所以能够成为艺术品，仅仅只是因为被标记了。希拉里奥·阿尔瓦雷斯是一位艺术家和文化管理者，也将参与纪录片的制作，他强调了物品是如何从被标记为艺术品的那一刻起成为被迷恋的对象。他讲述了埃斯特·费雷尔[1]于1973年创作《ZAJ椅子》的故事，作者在椅子上贴了一张卡片，上面写着："坐在椅子上，直到死亡将你们分开。"她从未对她原先第一次使用的椅子感兴趣。当有回顾展想展出那件作品时，博物馆打电话问她："那把椅子呢？我们在哪里可以找到它？我们该如何摆放呢？"而对于埃斯特来说，那把椅子和自己一点儿关系都没有。

我们在蒂奥皮奥山公园、普拉多大道、阿托查环路、海王星喷泉、西贝莱斯广场、阿尔甘达·德尔·雷伊市政档案馆以及埃尔吉哈尔工业区都进行了拍摄。在这些地方，我们记录了与我们交好的艺术家和艺术理论家的证词，如希拉里奥、琼·卡塞拉斯[2]、洛雷托·阿隆索和胡里奥·塞尔达。

---

1 1937年生，西班牙艺术家。

2 1960年生，西班牙艺术家。

胡里奥在阿尔甘达·德尔·雷伊市政档案馆工作了很多年，他允许我们对马卡隆股份公司地块的平面图进行拍照。他提出了一个非常美丽的说法，认为塞拉的雕塑没有被盗，而是被埋在某个不确定的地方。但造化弄人，这件雕塑被归档到了档案馆的地下室。"两个世纪后，哪件作品更有价值？是被藏起来的、不为人知的、两百年来无人见过的作品，还是一直陈列在博物馆巨大展厅里的作品？"事实上，阿尔甘达·德尔·雷伊，这座位于马德里郊区的城市，在没有打算、没有寻找、没有计划、没有想法的情况下，就拥有了一件被永远隐藏的宝藏，而且还知道这个被隐藏的宝藏会获得更大的价值。

我们记录了希拉里奥·阿尔瓦雷斯开车穿过马德里的情景，他强调说，生活对雕塑产生了直接影响，这是塞拉无法预料到的。"就像有些事会发生在我们人身上一样，在塞拉的作品身上发生了一些事。他的作品是他一生的大事。"希拉里奥内心深处最想知道的是，在这件作品身上到底发生了什么。"如果我们知道它被卖掉了，现在被做成了刀片，或者不知道被放在哪里的一个工业仓库里，或者说它被熔化了，那它的价值就会大打折扣。一无所知说明它的生命力还在，只要它还不为人所知，那它就会继续存在，对我来说，这才是最重要的。也许这就是人们去索菲亚王后博物馆参观雕塑时，才会以一种生动的方式感知它，想要了解雕塑背景的原因，因为他们知道它的前身已经不知去向。这一点恰好与伊西多罗·瓦尔卡塞尔的观点一致，他说，塞拉的雕塑最具艺术性的地方就在于它的消失。"

何塞·路易斯·富尔特斯，公路警卫。2009年1月。我报名参加了塞尔吉奥·德尔·莫利诺[1]举办的写作研习班，并将在马德里待五天。我时不时就会做出这样的怪事。这一定很糟糕。请注意，我从未想过要写作，但我却就在那里，在一个研习班里，其实这对我也没什么坏处。我下午的时间很自由。第二天，我想去索菲亚王后博物馆，但我却在莫亚诺街的摊位上逗留了比平时更长的时间，我想买本第一版的《荒野侦探》[2]。这是我很迷恋的一本书。这本书是我的一位艺术家朋友何塞·曼努埃尔·布萨斯在我心脏病住院治疗期间送给我的。这本书对我来说几乎是一种宗教意义上的启示，或者更确切地说，是精神意义上的启示。我将永远感谢我的心脏，它以心脏病发作的形式向我发出了严重的警告，我也将永远感谢我的一些同事，是他们的骚扰消耗了我的健康。我并没有将其理解为"下次你可以死了"，因为那是很容易做到的事情，而是将其理解为"富尔特斯，读一读罗贝托·波拉尼奥的书吧，别再胡闹了"。毕竟，生活就隐藏在微妙之中。

1　1979年生，西班牙作家和记者。

2　智利作家罗贝托·波拉尼奥（1953—2003）的小说，1998年出版。

书刚读到一半，有关波拉尼奥的很多东西以及受他启发而创作的小说人物开始引起我的共鸣。几天后，当我听到布萨斯在互联网上找到的赫罗纳广播电台的采访时，我听到了波拉尼奥的声音，我确信波拉尼奥完全有可能就是我三十年前在奥伦塞认识的那个波拉尼奥。读完这本让我着迷的小说，我再也无法忘记，可能我很多年前在埃尔韦德洛街的约波酒吧里见过罗贝托·波拉尼奥，这家酒吧的老板是一位逃离皮诺切特独裁统治来到奥伦塞的智利人。布萨斯和我在20世纪70年代末经常光顾那里。正是在那里，我接触到了波拉尼奥。有一天，我们聊了起来，他告诉我，他是智利人，正在寻找自己的祖先。这一寻找与真正的罗贝托·波拉尼奥的部分传记不谋而合，他的祖父出生在加利西亚。

　　我从未在任何地方读到过波拉尼奥去加利西亚，但我确信我在自己的城市见过他。我紧紧抓住我的记忆，即使它们是虚构的，我还是认真回忆着《荒野侦探》的情节，其中有一部分内容讲的是一位叫何塞·伦多伊罗的律师讲述他是如何在卡斯特罗韦尔德的一个露营地遇到阿图罗·贝拉诺（波拉尼奥的化身）的。另一部分内容讲的是作家艾迪斯·奥斯特坦白说，贝拉诺和他的朋友们用电话亭的电话打国际长途从不付费。他们来到电话亭，接上几根线，就可以通话了。这让我大吃一惊，因为在我的印象中，1979年波拉尼奥拽着电话线与外国人通话的画面就在我眼前。

　　我没有找到我想要的《荒野侦探》第一版。第二天下午，我终于参观了索菲亚王后博物馆。我住在墨西哥酒店，距离博物馆很近。在入口处，我又看到了在《格尔尼卡》展出时在布恩·丽池宫见过的那个人。他不停地和每一个进入博物馆的人搭讪："要我解释一下鲁本斯笔下的毕加索吗？与《格尔尼卡》无关。"他就是这样的人。我设法避开了他。如果你不理他就进去了，他就会对你大喊："社会主义者者者者者者。"

出于好奇，我走进了一楼的展厅，那里展出着塞拉的雕塑，这是经他同意的二次创作的作品。他并不是我喜欢的雕塑家，尽管我在毕尔巴鄂古根海姆美术馆参观《时间问题》时，他的作品给我留下了深刻的印象。但，谁又没有留下深刻印象呢？我还记得，就连经常自称在面对广受认可的艺术家时保持冷漠的评论家罗伯特·休斯[1]也承认自己被那些巨大的雕塑所震撼。

首先，我觉得名称就自命不凡：《平等 - 平行 / 格尔尼卡 - 班加西》。这无疑是典型的美国说法。伍迪·艾伦电影中出现的那些知识分子中的随便一位，只要提到某个概念，即使是事关最晦涩、最复杂的事物，也会认为自己已经融会贯通，并对其有了自己的终极解释。这只是一句口号。作者应该是在批评他的国家 1986 年对班加西的轰炸，在那次轰炸中，美军造成了许多平民伤亡。这时，我想起了《恶搞之

1　1938—2012 年，澳大利亚艺术评论家、作家。

家》[1]中斯图威讽刺的声音，其中有一集，在等待交通灯变绿时，他嘲笑科林·法雷尔说："原来你戴了一顶羊毛帽啊？是吗？是的。我明白了。现在只有三十六度，戴上羊毛帽更好，是的。你有想过你的鬓角吗？不，你没有。看来你还不是个白痴。哦，还有漂亮的 T 恤。'Phresco'，居然用 'ph'拼写。哇呜，真有趣。一般都是用 'f' 来拼写哦。你的裤子破了！啊，应该是故意的，对吧？没错，你就是个坏孩子。社会希望你穿完整的裤子，但你不听，呵呵。天哪，这太荒唐。对不起，傻瓜太多了。"他最后说道，他已经厌倦了取笑科林。

但实际上，这座雕塑真的在讲利比亚发生的事情吗？在我看来，塞拉试图为他的作品提供语义支持，但没有成功。这些几何、平行六面体的形状在解释什么？试图让我们感受到什么？试图向我们传达什么？艺术家是否能用几何抽象的作品来解释爆炸造成平民伤亡的这样戏剧性的事件？实体的冰冷是否能表达恐怖？然后提到了毕加索和《格尔尼卡》，并试图将自己与毕加索的光环联系起来。我想，这个联系有点生拉硬拽。塞拉留给我的印象肯定没那么深刻。

有时，当人们不知道该说什么时，他们就会说《格尔尼卡》。更有甚者，他以自己的风格再现《格尔尼卡》。我记得

---

1 一部由塞恩·麦克法兰创作的动画电视系列剧，1999 年开始在美国放映。

马德里阿尔甘达街上有一家小百货店，店主制作了流苏花边的《格尔尼卡》，并摆在橱窗里展示。但最庸俗的，莫过于评论家费尔南多·卡斯特罗[1]所说的一件事，他听说特内里费岛一家妓院的老板在门口摆放了一幅用四万枚硬币做成的《格尔尼卡》的复制品，硬币上有佛朗哥的头像，大小不一，磨损程度不同。他被这种恐怖景象所吸引，于是决定前往参观。他和朋友欧内斯特·留奇[2]一同前往。正当他们欣赏的时候，一个戴贝雷帽的人出现了，原来他就是妓院的老板，他对他们说："棒极了，是吧？""太棒了。"卡斯特罗回答道，并问他模仿的哪幅作品。老板看着他说："伙计，你是个文盲吧，模仿的《格尔尼卡》啊。"随后，他发现自己认识陪同卡斯特罗的人，于是便邀请他们喝了一杯，并在留言簿上签名。"兰德利诺·拉维拉[3]到此一游，这里真是蓬荜生辉。"他向他们告别时说道。他把留奇错当了拉维拉。真是个蠢货。

参观完塞拉的雕塑后，我去看了真正的《格尔尼卡》。我一直很喜欢它，虽然不像在布恩·丽池宫时那么喜欢。有时，为了打发无聊，我会站在画作前，望着天花板，看着卢卡·乔尔达诺的壁画，对毕加索视而不见。众所周知，人都

1　1964 年生，西班牙哲学家、美学家和艺术评论家。

2　1937—2000 年，西班牙经济学家、政治家，曾任西班牙卫生部部长（1982—1986）。

3　1934—2020 年，西班牙律师、政治人物，曾任西班牙司法部部长（1976—1979）。

有模仿性，看到别人做什么，自己也会做什么，所以过了一段时间，大家都在做着和我同样的动作。如果没有这样的滑稽动作，乔尔达诺的壁画在毕加索的实力面前会完全被忽视。

卡耶塔纳·布斯克茨，文物大队警察。2006 年 6 月。在我们看来，在地下寻找雕塑纯属无稽之谈，但因为我们太过绝望和困惑，以至于我们相信无论如何我们都必须这样做。整件事都太疯狂了。失踪本身也他妈疯狂，所以我们决定必须一查到底。虽然我们感到迷茫，但别无他法，只能选择放弃。因为已经失去，所以再无其他东西可失去，但或许我们还有点儿什么东西吧？一月底，我们录口供的时候，马卡隆股份公司的一名前雇员无意中点燃了线索这根导火索。"不是就埋在那里吗？也许他们在档案馆施工时把它埋在了泥土和瓦砾下面，或者是地基里面。谁知道呢！大家还见过更奇怪的事情。"他或许只是说说而已，或许我也这么认为。这个想法一直在瓦尔探长的脑子里回荡，它就像是一块拼图，忽然哪儿都拼不上去了。

这也是一件值得骄傲的事。雕塑失踪的消息已经传遍了全世界。我们有种感觉，全世界的人都无须背着我们，而是直接在我们面前嘲笑我们。尽管我们所做的每一项调查都陷入了死局，但我们也不能简单地将这件事束之高阁。瓦尔探长认真指出，经过反思，雕塑最终被埋在地下并非"完全不合理"，但"只是有点牵强"。在警方的调查中，你永远不能无视从裂缝中透入的一束光线。我们成功地说服了法官玛利亚·洛佩斯·查孔，她对查找可靠线索方面的疯狂程度丝毫不亚于我们。她是个缺乏同理心的女人，不但不幽默，而且还很固执，甚至梳头时一着急都可以用脑袋去撞墙。

通过文化部的历史文物保护分局和文化遗产与美术总局的协调，我们和塞特克斯历史文物综合管理有限公司签订了服务合同，目的是对马卡隆股份公司旧址周边的土地进行研究和勘察。

我们从建造该栋大楼的公司那里拿到了档案馆的平面图。我们必须知道水电线路的走向，可能铺设的钢缆或其他物品，以避免在挖掘的过程中造成失误。随着时间的推移，我们的期望也越来越高。至少在我们的想象中，挖掘工作也应由乱挖一气变成胆大心细。

我们还申请了技术干预行动组的介入，并随即开始了行动。到了指定日期，我们早上八点就做好了准备，等待塞特克斯的技术人员下令开始。法官提前一个小时就到了现场。从那天早上开始，甚至从几个月前开始，她的衣服就散发着烟草味。每次我们在她身边的时候，感觉她心情似乎都不太好。"警官，这是我们最后的底牌了。"她告诉我说，我不知道为什么要特别告诉我。"这一切之后，如果还没有结果，我不知道我们还能做什么，也许我们可以把马德里所有河流的水抽干。"她讽刺地补充道。我差点笑出声来。她脱外套的时候，我用眼角的余光瞄了她一眼，看到她猛地重重地拍了两下肩膀之后，我就不敢再偷偷看她了。

其中一名技术人员穿着衬衫，他一边向我们解释他们将如何进行挖掘，一边把袖子卷到胳膊肘上面。"我们要探测这里的土有没有被动过，根据雕塑的尺寸来探测自然地面标高是否有变化，并探测追踪周边是否有金属存在。"洛佩斯·查孔法官点点头，搓了搓双手。"我们开始吧。"她一边说，一边敦促每个人都像她一样抓紧时间。

花园是我们的重点关注区域，证人称那是马卡隆股份公司当时放置雕塑的地方。技术部门的工作人员注意到我们的情绪相当激动之后，建议我们稍微淡定一些。他们总是希望自己的行为不要引起太多的期望。"我们不希望任何人都失望，大家要记住一点，这是机器不是神。"这位我们称之为马尔克斯的技术人员在开始之前提醒道，"许多人最后感到失望，就会责怪雷达探测仪。"

但是，就在他们给你散布绝望情绪的同时，塞特克斯的员工，尤其是技术干预行动组的同事们，却列举出了近年来最重要的成功案例，免得你认为这些事没有警察技术部门也可以办到。因此，一边是不信任，另一边是兴奋，两者交织到一起，让我们能够以正确的心态参与到这项活动中来。在内心深处，我不断告诉自己雕塑会出现。当我们在大队向他们竖起中指时，所有人都将会突然停止嘲笑。

我们工作了半个小时，马尔克斯突然说出问题了。半小时是个时间节点，从这儿开始，你就不再担心事情会出现一开始就会出现的问题，不再认为自己运气很糟，而是会进入了一个充满信心的阶段。但这不过是你为了避免不祥之兆而想象的规则。马尔克斯连连摇头，仿佛在说"不，不，不，不"。这么多"不"让我感到紧张；法官也是如此，嘴里嘟哝着"别耍我，别耍我"。马尔克斯关掉雷达探测仪，走近我们在一张便携式桌子周围临时搭建的基地，默默地翻着说明书。"出故障啦？"法官问道。"先看看吧。"马尔克斯耸了耸肩回答道。没过多久，他便放下说明书离开了。他在雷达探测仪的显示屏上一番操作，终于发出了熟悉的声音。"看来可以用了。"他说，这次他肯定地点了点头，好像在说"可以了，可以了，可以了，可以了"。他冲我们竖起了大拇指。我松了一口气。法官刚刚掐灭了一支烟，又点了一支。在她手中，这些烟就像糖果一样，会让她呼吸得更加顺畅。

过了一会儿，追着雷达探测仪看的行为就变得无聊。除了单调乏味之外，什么也没发生。这时，有人端着一壶咖啡出现了。她是综合档案馆的服务主管。不再跟着看的肯定是疯了。她向我们解释说，她从第一天起就一直关注案件的进展。然后还说，她母亲曾在王宫工作多年。1989 年，委拉斯开兹的两幅画和卡雷尼奥·德·米兰达的一幅画被盗。"是她发现并告知警方失踪的不是三幅，而是四幅。弗朗西斯科·巴耶乌的一幅作品也失踪了。"这些画作被放在一个不对公众开放的区域——委拉斯开兹厅，因为这里最多曾存放过他的七幅油画。巴耶乌的画《圣卡洛斯·博罗梅奥》，长五十一厘米，宽三十五厘米，存放在隔壁房间。但它的失踪直到两个月后才为人所知。"有一天，一个匿名电话打到《国家报》编辑部，提供了非常有价值的信息。但匿名者不想在电话里说，于是便和一名记者约好了时间。'王宫画室的另一幅画也被盗了，是巴耶乌的《圣卡洛斯·博罗梅奥》。但他们隐瞒了这一点，而我的道德责任迫使我不得不说出来。'她坦白道。"

检查之后发现，巴耶乌的画的确丢失了。文物大队最终对两名画作管理员中的一位展开了调查，被调查者在失窃案发生后曾证实只丢失了三幅画。"联系《国家报》那个匿名者就是我的母亲。"服务主管说道。这些画至今仍下落不明。

听到马尔克斯的口哨声，我们都转过身去看。他在距离我们大约三十米的地方，示意我们过去。"我发现了点东西！"他喊道。法官做了个弹指的手势，一下子将香烟弹出数米远。

"我们探测到被动过的土方工程大约有五米，也许还要多一点，这一块探测到了某种金属的存在。"他报告说，语速也比平时快了一些。当时是下午一点，午饭前不久。我觉得午饭前似乎是有新发现的好时机。

"组长，我们需要挖掘设备。"技术干预行动组的一位同事对他的上级说道。组长伸出胳膊又收了回来，看了看遮在衬衫袖子里的手表。"一点钟，这个时间不太好。"我们默默地看着他。"我去申请一台挖掘机，这样我们明天早上第一件事就是开挖。我们先停下手中的活，在这个区域做个标记。我们做得很好，伙计们，我们做得很好。但，最重要的是，我们所有人都要脚踏实地，不要做白日梦。"

我开始给我们单位的探长打电话。她儿子当天早上因阑尾炎动了个手术，她正在医院陪他。"瓦尔，你肯定不会相信，"我对她说，"我们找到了。"她低声对我说让我等她一会儿，她去找个可以大声说话的地方。"这里禁止大声说话，但我喜欢大声说话。现在说吧，什么叫我们找到了？它出现了吗？"她扯着嗓子问道。"准确来说还没有。"我向她解释说，雷达检测到仓库附近的土地被动过，被动的尺寸和雕塑的尺寸一致。"我简直不敢相信。"她说。在我看来，她的语气似乎对雷达探测仪充满了钦佩。

那天晚上，我辗转难眠。每当我闭上眼睛，我的想象力就会变得天马行空，而这正是技术干预行动组组长所不建议的。我不断看到挖掘机将铲斗插进土里，挖出泥土，很多很多泥土，大堆大堆的泥土，直到最后触碰到了金属的东西。总之，我睡得很晚，起得很早，这简直都快成了一种国民习惯。八点钟的时候，我们所有人已经在阿尔甘达焦急地等待着挖掘机的启动。文物大队的所有成员都在那里，包括瓦尔探长，她的儿子已经去上班了。

大家在工作区周围围成了一个半圆。没有人想错过挖掘机将雕塑带入视线的精彩时刻。挖了十分钟后，正如我想到的那样，传来了铲斗撞击金属表面的声音。大家都向前迈出了一步。"他妈的。"瓦尔抓住我的胳膊大声喊道。站在她旁边的法官，紧紧捏着燃着的香烟，仿佛那就是一根栏杆。只有挖掘机司机似乎对这一切无动于衷。熄火之后，他拿着两把铁锹从车上下来了。我主动拿起一把，先跳了下去。当我弯腰往坑里看时，我估计它大约有一点五米深。我一下跳了起来，抬头往上看，看到的全是期待和紧张的面孔。探长点头示意我立刻开始工作。"好吧，"我说，"开干吧。"我果断地将铁锹插入土中。刚刚插入大约二十厘米，就听到了金属撞击的声音。我使出吃奶的力气，尽可能多地清除掉沙土，直到最后，展现在我眼前的是一小块生锈的表面。我用铁锹的尖尖敲了几下，为的是让撞击声继续响起。当越来越多的锈迹斑斑的表面出现在我面前时，我发现这个物体表面并不是平的，而是有一定的弧度。我们又失败了。可以这么说。显然，我们找到的不是塞拉的雕塑，而是一个旧柴油罐。当我继续清理泥土时，我清清楚楚地看到，这个金属上面还焊接着一个吊环。这一点，再加上一股淡淡的燃油味，证实这是一个废弃的旧油箱。

我停止了挖掘，抬头看见探长在摇头。她不停地晃动着双手，感觉像是要抽烟的样子，但她已经戒烟很久了。也许她还想象着旧烟蒂的味道，吸着我们可以说是思想上的隐形的香烟。起初，她只是轻微地比画着，后来就变得怒不可遏。直到最后，她开口了，或者说是爆发了："不是这样的，该死的，不是这样的。去他妈的。"说完便走了。法官也走了。下面只剩下我和挖掘机司机，除了停止挖掘之外，我不知道还能做什么。

"等等，等等。"文物大队的一名同事说道。所有人都停了下来：我的上司、法官，也包括我，而我在下面几乎没怎么动过。"如果这不是一个完整的被埋物，只是它的上半部分，用来掩盖被埋藏的雕塑呢？"他问道。"你的意思是它可能是用来掩盖雕塑的？"法官回到挖掘点问道。"完全有可能。"同事说。"我们为什么不在油箱上打个洞，然后放一个微型摄像机进去呢？"他提议道。突然，我们大家又都重拾了希望，就像你把一个溺水的人从水中拉出来，经过两分钟的抢救，他咳了几下又恢复了呼吸。

我向后退了一点，给技术干预行动组的同事让出空间，他们在几毫米厚的金属板上钻了一个孔，并把微型摄像机放了进去，摄像机上显示出这是一个直径一点五米的油箱，里面甚至还有一些柴油的残留物。

"我他妈就知道。谁让我还抱有希望呢。"我听见我的上司说。然后她又走了，法官也跟着走了。当我们设法从坑里爬上来时，所有的人都已经背对着我们离开了。我看了看露在那里的旧油箱，一想到它怎么会被埋在那里，我就懒得再想下去。这有什么关系呢？我踩着挖掘机的铲斗爬上地面，然后朝瓦尔探长和查孔法官走去，想及时听到法官建议说也许是时候结案了。"结案？你是认真的吗？"探长问道。"那你跟我说说，"洛佩斯·查孔一边说，一边抬起胳膊，双手叉腰，"我们还有其他选择吗？"瓦尔看着地面，然后坚定地抬起头。"有。给我们几个月时间。有时候做事不能直截了当，必须兜兜转转。两三个月，我只要这么长时间。"法官一脸的怀疑，但还是同意给她两个月的时间。"三个月不行，就两个月。"她警告说。

哈比尔·萨恩斯·德·戈尔比亚，艺术策展人。2013 年3 月。继巴勃罗·毕加索之后，对格尔尼卡大轰炸[1]的描绘就从未停止过。这就像是持续不断的滴水，或者一场雨，或者是另一种轰炸。每位参与其中的艺术家都以自己的方式审视着这一罪行和毕加索的画作。他的作品是一个标志，许多国内外的艺术家都为之着迷，并希望对其重新进行诠释。在大爆炸七十五周年之际，我们想在尤斯卡尔·巴斯克地区博物馆展出一些巴斯克艺术家的作品。我们将这次展览命名为"最后的格尔尼卡"。我们展出了内斯特尔·巴斯特雷特克西亚、卡梅洛·奥尔蒂斯·德·艾尔古埃[2]、雷米吉奥·门迪布鲁[3]和豪尔赫·奥泰萨的作品，同时还有两位当代艺术家安东尼奥·德·格扎拉[4]和胡安·德·阿拉诺阿[5]的作品。

1　指 1937 年 4 月 26 日，弗朗西斯科·佛朗哥国民军对西班牙巴斯克地区格尔尼卡进行的空中轰炸。

2　1944 年生，西班牙画家。

3　1931—1990 年，西班牙雕塑家。

4　1889—1956 年，西班牙画家。

5　1901—1973 年，西班牙画家。

在我理想的展览中，如果让我许下几乎不可能实现的愿望，我希望展出能够包含哈维尔·阿尔塞[1]的作品，尤其是他的标志性作品，比如《宫娥》或《解剖学课》[2]。从某种意义上说，这些作品在历史上已经被复制了很多次，根据他的理论，它们已然变成了"一次性"产品。哈维尔·阿尔塞会怎么做呢？他用记号笔在不易碎的纸上按照比例对作品进行重新绘制，然后将纸揉成一团之后并再次抻开，这样的画作就会避免过于精致的画工，而具有影印的美感。

在展览目录中，我们还列入了国际艺术家们创作的各种版本的《格尔尼卡》。例如，我们收录编年史团队[3]的故事，该团队从20世纪70年代就开始创作《格尔尼卡》的各种版本，在这些版本中，这幅画变成了反佛朗哥斗争的标志。独裁统治结束之后的几年时间里，人们经常在建筑外墙上看到画的复制品。贝尔法斯特[4]、柏林和加沙的《格尔尼卡》也名声大噪。

1　1973年生，西班牙画家。

2　原作是荷兰画家伦勃朗·哈尔门松·范赖恩（1606—1669）于1632年创作的油画作品，现存于海牙莫瑞泰斯皇家美术馆。

3　西班牙三位画家（马诺洛·巴尔德斯、拉斐尔·索尔布斯、胡安·安东尼奥·托莱多）在1964年成立的一个艺术团体，其目标是传递反佛朗哥主义和反对盛行的个人主义。

4　英国北爱尔兰的首府。

1955 年，纳尔逊·洛克菲勒[1]委托杰奎琳·德拉·波美·杜尔巴赫[2]将《格尔尼卡》改成了挂毯，至今仍在纽约联合国总部展出。这条挂毯得到了毕加索本人的认可。半个世纪后，李明维[3]创作了一个参与式画作，分为三个阶段。第一个阶段，李和八名志愿者在地面上仔细地勾勒出《格尔尼卡》的轮廓，并用黑、白、黄三种颜色的沙子将其填满。这个步骤耗时一个多星期，消耗了十五吨沙子。第二个阶段，参与阶段，公众被邀请在作品上行走。而"被摧毁的《格尔尼卡》"就是它的最后阶段，艺术家在这个阶段对表面进行了清扫，直到沙画的结构变得几乎无法辨别。

有些艺术家对《格尔尼卡》特别着迷。罗恩·英格利希[4]是这幅画作五十多个版本的作者。他认为这就是一幅"现代梦魇"，无法摆脱。他的版本时而完整，时而只有片段，同时使用了不同的人物和构图，或多或少地忠实于原作，并且倾向于将全球文化元素置于画作中，来谴责消费主义，谴责将娱乐作为战争，或者甚至是将战争作为娱乐。

还有理查德·塞拉的雕塑，标题就很奇怪，不但是一个空间体验，而且是将两个历史事件联系在一起的一次实践：

1　1908—1979 年，美国政治家，曾任美国第 41 任副总统（1974—1977）。

2　1920—1990 年，法国纺织艺术家。

3　1964 年生，美籍华裔当代艺术家。

4　1959 年生，美国波普艺术家、插画家。

秃鹰军团[1]对格尔尼卡的大轰炸，以及雕塑创作的同时发生的事件——1986年4月15日美国对利比亚城市班加西的袭击。这次轰炸是对西柏林[2]弗里德瑙区拉贝尔舞厅遭到炸弹袭击的回应，最后造成大量平民伤亡。这个舞厅是美国军队经常光顾的娱乐场所。炸弹被放在DJ台附近的一张桌子下，于凌晨两点爆炸。一名土耳其妇女和两名美国中士被炸死，二百二十九人受伤。美国政府指控利比亚特工是这次爆炸袭击的幕后黑手，十天后罗纳德·里根下令对的黎波里和班加西进行报复性袭击。他们将这次行动称为"黄金峡谷"行动，其目的是杀死穆阿迈尔·卡扎菲[3]，但只杀死了他十五个孩子中的一个。班加西有平民伤亡，但美国人简单地将其归因于错误。

奇怪的是，毕加索的《格尔尼卡》对塞拉并没有产生太大的影响。五年前，当纽约现代艺术博物馆为他举办大型回顾展时，凯纳斯顿·麦克夏恩[4]对他做了一次有趣而冗长的采访，这位雕塑家在采访中说，当他在耶鲁大学学习时，他的第一次旅行是去费城郊区的巴恩斯收藏馆。在那里，他第

---

1 一支由纳粹德国元首希特勒下令组织的军团，其目的是在西班牙内战中支持弗朗西斯科·佛朗哥的法西斯西班牙国民军。

2 1949年至1990年间对德国柏林西部地区的称呼。

3 穆阿迈尔·穆罕默德·阿布·明亚尔·卡扎菲，1942—2011年，逊尼派穆斯林，前任利比亚实际最高领导者、非洲联盟主席。

4 1935—2018年，特立尼达、美国双国籍策展人和公共演说家。

一次看到了塞尚，后来他才去的纽约。同一天，他还参观了弗里克收藏馆和纽约现代艺术博物馆。"奇怪的是，《格尔尼卡》对我的影响很小。"他说。当时他对《格尔尼卡》思考了很多，也很喜欢它的设计草图，但他始终把《格尔尼卡》只看作是一幅伟大的、受人喜爱的画作。"在我看来，《格尔尼卡》与印刷机、印刷有很大关系。可能是因为人物的内部阴影，或者是因为黑色和白色……我认为这是毕加索早期拼贴画的结果，其中的印刷内容是政治性的。毫无疑问，这幅画传达的部分信息是：'这是今天的新闻。'"

有一个非常有趣的故事将塞拉与《格尔尼卡》联系得更加紧密，尽管"有趣"这个词可能并不恰当。无论如何，时隔这么久，今天讲来，我还是觉得很有趣。故事的主角是托尼·沙弗拉齐，一位伊朗裔美国艺术家，20世纪60年代在伦敦一所艺术学校接受培训。1974年，为了抗议美国的国际政策，特别是与越南战争有关的政策，他决定专注于文字的理念，但不是纸上的文字，而是纽约现代艺术博物馆的大画作上的文字。当时，他刚刚读完詹姆斯·乔伊斯[1]的《芬尼根的守灵夜》，脑海里浮现出一句话："谎言，全是谎言。"他必须选择一幅画，于是他选择了《格尔尼卡》。

在约定的行动时间，2月28日上午，约有四十人正在观看毕加索的作品。沙弗拉齐跨过那道从未跨过的无形门

1　1882—1941年，爱尔兰作家和诗人。

槛，用樱桃红的喷漆在画布上写下了"全是谎言"。他当时想，这是选择一个清晰而有意义的句子的问题，所以他在前面添加了动词"杀"。写完后，他便转身离开了画作。当第一个保安走过来时，他把喷漆递给了他。很快，保安队长带着更多的保安来了，将他带到男厕所并对其进行搜身。当他出来时，有四五个人正在清理画作，还有很多记者，艺术家本人之前通过美联社提醒过他们这件事，当他们想知道他的名字是什么以及怎么写时，沙弗拉齐只是对他们喊道："我是一名艺术家！"

幸亏多年前纽约现代艺术博物馆的修复团队在这幅画作上涂了一层清漆，这五个字才可以在不损坏画作的情况下进行清洗。有趣的其实并不是这个，而是巧合的是，当时沙弗拉齐住在理查德·塞拉的家里，塞拉觉得有必要把他从监狱保释出来。

伊纳基·乌里亚特，作家。2005 年 6 月。二十二年前，毕尔巴鄂艺术博物馆委托理查德·塞拉创作了一件作品。这件作品由两块彼此平衡的巨大铁块组成。委托的原因是要举办一个有关建筑和雕塑之间关系的展览。但塞拉却没被邀请参加开幕式。原因是他在抵达毕尔巴鄂时会见了巴斯克艺术家协会。几天前博物馆内奥泰萨的一件雕塑被偷，该协会抗议博物馆的不作为。

不久，扩建工程开始施工，博物馆负责人将雕塑搬了出来，就这样随意地将两个大铁块像垃圾似的扔在街边。几个月之后。我去公园散步时看到了它们，我非常气愤。我由衷地同情这两个长方形的大铁块。它们本应彼此相依，而现在却被愚蠢而野蛮地肢解了。当时我正在为《邮报》[1]撰稿，有一天我与编辑部的人聊到了此事。他们刊登了一张照片和一篇文章进行谴责。铁块消失了。从某种程度上来说，我觉得自己有责任将它们从"无家可归"的命运中拯救出来，但我不知道它们去了哪里。我认为有人把它们以二三十万比塞塔的材料价卖给了收藏大亨普拉西多·阿兰戈。

整件事就像现代艺术一样荒诞不经。二十年前鄙视这件作品的毕尔巴鄂艺术界人士，如今却像圣人一样出席了古根海姆美术馆的盛大开幕式。那些偷走奥泰萨的雕塑并与塞拉会面的反叛艺术家们，在任何时候都不担心他们自己的雕塑会被毁坏和遗弃。

如果是我去做该做的事，我就会雇一辆运输车，把那两个被当作垃圾的大铁块运走，然后安放在托尼·埃特克西亚别墅的后花园里，而且也不会告诉任何人有关它们的故事。我想他们也无法向我索要。即使价值数百万，我不会卖掉它们。最令人惊奇的是：我不会告诉任何人。他们永远都不会知道，一上一下的这两个铁块是当代艺术的杰作。

1　西班牙北部毕尔巴鄂和巴斯克地区的一份主要日报，西班牙最畅销的大众报纸之一，创立于 1910 年。

苏珊娜·莱吉萨蒙，艺术学教授。1991年1月。1986年索菲亚王后博物馆开馆时，我没能看到那件雕塑展出。也就是从那几天开始，我开始注意他的作品。我和当时的男友准备一起去西班牙度假，他刚在巴塞罗那的出版社出版了一部小说，而我那时是想去看展览，同时还打算为《库伯斯》杂志写点东西。但后来我家里出事了。家里的情况一直比较糟糕，突然间变得更糟了。我母亲独自在罗萨里奥生活，她病得很严重，我不得不取消了这次旅行。再见了，假期。十天后她去世了，在她守寡二十二年之后，胰腺癌夺走了她的生命。

但到了1990年，命运又以另一种方式捉弄着我。这次我一点儿都不怕，因为我已经没有父母可以失去了。我八月份就来到了马德里。我的男友，不是四年前那位，在一家电力公司找到了工作。我也想找点事做，但那时我也不知道自己到底要找什么，所以没找到任何我感兴趣的工作。我仅限于更加了解了马德里，我觉得这座城市非常美丽。

十一月，萨巴蒂尼大楼彻底开放的几天后，我终于去了博物馆，意外地看到了《平等–平行/格尔尼卡–班加西》。我的天哪！我在展厅待了一个半小时，时不时地在这四块钢板之中穿行，仿佛它们组成了一个迷宫，让我找不到出口，或者说我也并不急于找到出口。这太棒了。作品促使你穿过房间去探索它。只有经过相当长的时间，当你掌握了它与其他类型雕塑的不同之处后，你才能在一个瞬间、在一瞥中将其视为一件物品，才能真正看清并了解这件雕塑。作为雕塑家，塞拉的作品不是让人观赏，而是让人去体验的。如果参观者开小差，或者关注其他事物时，就会去抚摸雕塑。但参观者最终都会分心去关注其他事物。触摸这位艺术家的雕塑作品应该是必须的。因为它们就像是野生动物，当你注视它们时，它们就会静止不动。

那天我没看够，于是周末我又去了。我对自己说："我应该采访一下这个人。"但怎么做呢？我一点儿主意也没有，于是便写信给我在阿根廷驻纽约领事馆的一位朋友。一个半月后，我收到了回信，我打开信封，看到的是塞拉工作室的地址。"行动吧！"我给自己打气。我喜欢做一些永远不知道结果是好是坏的事情。如果有一天我有一把手枪，我会仅仅因为好奇而去玩俄罗斯轮盘赌，想看看会发生什么。当我把写有十几个问题的信寄往纽约时，我就是这么想的：看看会发生什么。"会有回信吗？"是的，他给我回信了。在纽约，仿佛你所祈祷的最美好的事情总是每一个半月就会发生一次。一个半月后，我收到了一个巨大的信封，理查德·塞拉在信里对我提出的一些问题进行了回答。"你真是个天才，苏西。"我心想。在拆开信封之前，由于太过紧张，我不得不先坐在厨房的椅子上。

我对他的创作过程非常感兴趣。我想知道，是否每件作品背后的概念都耗费了他很多时间。他在回信中解释说，他不但绘了很多图，而且每天都在绘图，因为绘图是一门语言，但他的雕塑从来都不是从绘图中诞生的。"我的创作总是从模型开始，而不是从绘图开始，"他指出，"作品源于作品。"从这个意义上说，"我的创作从地点开始，与材料相关。希望我的脑海中已经有了它。"

如果有人问我，我最想知道的是什么，是什么让我爱上了塞拉，那就是他使用耐候钢的方式、作品的触感和表面。《平等－平行／格尔尼卡－班加西》几乎没有生锈。"那是因为它一直在室内。"他在信中解释道，"由于钢材在冷却过程中过热，氧化物会牢牢地附着在钢材表面。正因如此，氧化物呈现出均匀光滑的灰色。如果把钢材放在户外，与阳光、雨水和空气直接接触，不久就会产生锈斑，随着时间的推移，就会慢慢地被氧化，变成脏兮兮的土色。"

"这太贵重了。"我一边自言自语，一边读着他手写的回信。回信居然没有一处涂改。当时我还害怕自己说的是蠢话，因为我曾问他，是否考虑过为自己的雕塑作画。这是其他艺术家做过的事情，比如贾科梅蒂或索尔·勒维特，甚至毕加索。"绘画就像皮肤或者外套，可以有其他解读，但也不可避免地否认了作品的物质性。通常情况下，颜色通常与光学分辨率有关，其配色方案与雕塑所处的空间和地点关系不大。一般来说，色彩只是起到装饰作用，而这一点与我对雕塑的理解刚好相悖。"

当天晚上，也就是我在信箱中看到理查德·塞拉的信的那天，我开始为《库伯斯》写稿。这些事情充斥在我的脑海，我必须现在就开始行动。但是一切都是竹篮打水一场空。三天后，我再次打开信箱，发现了一封来自杂志主编利奥·瓦尔德斯写给我的信。"杂志停刊了，宝贝，不会再发刊了。下周就是最后一刊。这很好，不是吗？"他在信的第一段这样写道。我继续往下读，但信里其实就只有两段话，在另外一段他给了我一些联系方式，建议我联系他人继续发表我的作品。我把信塞进信封，已经完全没有心情继续采访塞拉。我太喜欢这个杂志了，我觉得天都塌了下来。我把塞拉的亲笔信也装进信封，将它们夹在比奥伊[1]的一本书里，就像放在鲸鱼的肚子里一样，让它们消失，但又不会完全消失。

理查德·塞拉，雕塑家。1972 年 9 月。我必须构建一种语言，让我能够以一种不可预知的方式工作，并激发出意想不到的效果。我希望自己能够重点参与的是创作过程，而不必刻意追求创作结果，同时也要努力使自己的想法别那么天马行空。当你认真思考一个想法如何实现时，你就不会在意最终的结果。一旦你专注于某个创作，而没有特定的目标，你就会全身心投入到过程中去。当我这样做时，我甚至

1　阿道夫·比奥伊·卡萨雷斯，1914—1999 年，阿根廷小说家、记者、翻译家。

都会怀疑自己是否在进行艺术创作，我会这样问自己：我能否保持创作的连贯性？

我的作品背景与创作有关，而创作的基础是如何在物理上激活与材料相关的手动操作。所以我列了一堆动词，并将它们与时间、地点、情况、物质、质量、重力联系起来加以表现。这些动词包括：弄卷、弄皱、折叠、存储、折弯、缩短、扭曲、脏化、起皱、粉刷、撕扯、撕碎、切割、剪切、分割、掉落、移除、简化、延迟、打乱、打开、混合、飞溅、打结、成形、倾斜、流动、弯曲、提升、镶嵌、焚烧、打印、淹没、涂抹、滚动、旋转、支撑、钩住、悬浮、延展、悬挂、收集。我还考虑了一些名词：张力、熵、自然、波、电磁、惯性、电离、极化、折射、同时性、平衡、对称、摩擦、平面几何、时间。另外，我还想出了一些其他动词，如抓取、拉紧、捆绑、堆放、聚集、散开、放置、修复、丢弃、匹配、分布、饱和、补充、包围、圈住、环绕、隐藏、覆盖、包裹、挖掘、捆绑、链接、联合、结合、轧制、熔合、铰链、标记、扩展、稀释、照亮、调制、蒸馏、拉伸、丢弃、擦除、喷洒、系统化、参考、强制、继续。

动词表建立了一种逻辑，根据该逻辑，雕塑的过程变得透明。任何人都可以通过观察痕迹来重建它。按照动词表创作的雕塑引入了时间的两个方面：制作它们的浓缩时间和观看它们的持续时间。

1967 年，我选择了动词"提升"。我拿起一块长方形的硫化橡胶板放在地板上，然后从中间把它提起。当你从中间提起它时，硫化橡胶就会保持直立状态。事实上你这样做时，它的内部和外部是连续的，这是一个拓扑问题，涉及表面、方向性、重力以及使其支撑自身等方面。这是材料对动词动作的直接反映。问题的关键在于，一个人无法预见自己的演变。那件作品可能会引导我后来的工作，但当时我并不知道，因为当时我只对与材料和环境相关的言语行为感兴趣。

梅塞德斯·莫拉莱斯，索菲亚王后博物馆副馆长。2003年7月。 2001年9月，博物馆馆长胡安·曼努埃尔·博内特[1]向我展示了收藏部首席策展人玛利亚·萨拉萨尔对理查德·塞拉雕塑报告的介绍性说明。萨拉萨尔提议将这件作品搬到博物馆扩建部分的位置，比如广场、礼堂大厅、图书馆，甚至露台。她指出："我们现在的情况就是，加固这些所选区域的结构根本不需要昂贵的费用。也许我们还应依靠这位艺术家，但首先我们必须明确他未来的命运。"

该报告由博物馆雕塑部策展人卡门·费尔南德斯·阿帕里西奥签署，她首先指出，"该作品存放在阿尔甘达·德尔·雷伊已破产的马卡隆股份公司的仓库中"。而且，早在

1　1953年生，西班牙艺术评论家、作家、展览策展人和博物馆学家，2001—2005年担任索菲亚王后博物馆馆长。

1995 年，首席策展人和雕塑部策展人就给馆长何塞·吉拉奥[1]提交了一份文件，她们认为有必要将作品转运到博物馆来；她们对作品在马卡隆股份公司的存放条件表示怀疑。"然而，转运工作并未进行，而且当时提出的保护理由仍然完全有效，因此，完全有必要对作品进行转运。"

对于在未来扩建的一楼内安放塞拉作品的可能性，费尔南德斯·阿帕里西奥强调说，必须考虑到重量和重力，并且《平等－平行/格尔尼卡－班加西》属于艺术家为特定地点和空间创作的一套作品。因此，在他看来，"是否把雕塑放进新的空间，应该由艺术家本人研究决定。"

两年过去了，6 月 2 日的时候，玛丽亚·何塞·萨拉萨尔又发了另一份内部文件，这次是给博内特和我的，提醒我们塞拉的雕塑"目前存放在仓库中，费用由博物馆承担。也许是时候在努维尔大楼的新空间里给它找个位置了，但这需要加固地板。我们正在寻找位置"。对于她在文件中的一些陈述，我认为有必要澄清某些问题。例如，管理层不知道这笔租金费用会开具何种类型的发票，因为迄今为止还没有任何此类付款需要授权。我也不知道博物馆与马卡隆股份公司就上述存放达成了什么协议，因此，我恳请她提供这方面可能存在的任何信息。除此之外，让·努维尔的扩建项目获得

1　1959—2022 年，西班牙文化管理者和艺术专家，1994—2001 年担任索菲亚王后博物馆馆长。

批准时，从未考虑过要在广场上安放永久性雕塑，因为广场被设定为一个针对不同空间和用途的中转和集散地。

十天后，收藏馆首席策展人在我的说明中指出："实际上，就仓库中的存放的作品目前还没有开具任何发票。"虽然作品在阿尔甘达·德尔·雷伊，在马卡隆股份公司的仓库中，"按照作品登记处负责人的说法，与其说是寄存，不如说是封存。"她坚持认为，由于该作品非常重要，"哪怕存放在自己的仓库中，也必须将其收回，并结束在博物馆以外的存储周期。"我们虽然做了记录，但事情到此也就结束了。

曼努埃尔·罗德里格斯，工业工程师。2017 年 12 月。
偷一个重达三十八吨的钢质雕塑，然后在炼钢厂按重量出售？或许有人认为这不可行，实际上，这是可行的，而且是完全可能的，但很显然，必须先对其进行切割，以掩盖其来源。如果你带着整件作品去炼钢厂，会出现几种情况。首先，它们无法放入任何熔炉；其次，虽然炼钢厂的任何一个员工都不会说："这居然是理查德·塞拉的雕塑！"但他们绝对会问这么大的东西从何而来。整体而言，这些钢块会引起太多人的关注，会给熔炉师傅、生产负责人、进行熔化计算的人……留下深刻的记忆。当有一天，有警察来询问时，他们会说是的，他们记得有一次，有几个奇怪的家伙带着几块巨大的钢块来熔化。如果你想偷任何东西，哪怕是当代雕塑，想要为了不被发现，你也必须对它进行切割。

　　怎么切割呢？用氧气和乙炔的混合物。每种气体你都需要几瓶。气体分别通过两根软管，软管应该有几米长，这样工作起来才舒适，然后，气体在喷枪中汇合。混合气体产生的火焰可以很好地切割与雕塑厚度一样的（约二十五厘米）的钢块。重要的是，这些碎块的直径不能超过五十厘米，这样才能通过大多数熔炉的炉口。如果炼钢厂实力雄厚，炉口高度也可以达到雕塑原件一点五米的高度。也就是说，五米长的雕塑大约要被切成十块。要知道的是，钢的密度为七点九克每立方厘米，也就是说，一个长、宽、高均为十厘米的立方体重七点九千克。

　　从时间上来说，每切割一点五米高的钢材大约需要四十分钟。对于含碳量较高并含有铬和钼等合金的耐候钢，切割速度就较慢，合金含量越低的钢材切割速度就越快。每切割四十分钟，大约消耗半瓶氧气和半瓶乙炔。一瓶约五十升的氧气通常售价约为六十欧元，一瓶乙炔则在四十到五十欧元之间。一个氧燃气割炬的价格约为三百欧元，此外还要加上喷嘴（因为会磨损）、橡皮筋、氧气瓶和乙炔瓶的减压器、软管、隔热手套和热辐射防护屏的费用。

　　还有其他切割雕塑的方法吗？有，热喷枪。虽然不那么精确，但切割钢块以便日后铸造也并不需要多么精细。我会用这种方法。因为热喷枪更简单、更灵活。首先，您不需要乙炔。热喷枪是一根空心金属管，长约一米，直径约二十毫米。管内装有富含镁或硅的细铁棒，一端通过喷枪与氧气瓶相连。开始使用时，只需用喷灯加热另一端。一旦达到合适的温度，就打开氧气流，氧气流通过细铁棒循环。此时，喷枪顶端开始点火，然后你就可以开始在雕塑上钻孔。枪尖的温度可以达到五千摄氏度。如此极端的温度具有巨大的破坏力，几乎没有任何东西可以抵挡，即使在水下也可以使用。热喷枪有许多优点，安装和使用都很便捷，而且几乎不会产生任何废料，只有氧气瓶和喷头。而且热喷枪还没有什么噪音，既没有机械效应，也不会振动。缺点是什么呢？喷枪会产生毒性和烟雾，同时释放出强烈的辐射能。很难完全保护使用它的操作员，所以操作员必须经过良好的培训。

无论你选择哪种方式，雕塑都不会简单地被切割。在处理钢板时，你必须这样来操作：如果它们平放在地上，你就必须把它们稍稍抬起来，因为需要空隙让产生的熔化物流走。叉车会非常有用。一旦切割完毕，就需要装车运输。你需要一辆带起重机的货车。传统的吊臂可吊起约五百公斤的重量。考虑到整个雕塑重达三十八吨，假设带有起重机的货车是四轴货车，其载重能力约为二十吨，那就要两次才能将所有货物运到炼钢厂。让雕塑消失计划的代价是否很高？是的。有利可图吗？几乎可以说没有。但这个方案是可行的。

内卡内·阿佩里巴伊，埃塔[1]成员。1997年10月。我们想炸死国王、部长、巴斯克自治区政府主席、顾问、那些可悲的艺术家，还有所有的上帝。一群人渣。当然，还有博物馆，不然呢？巴斯克地区被西班牙统治了几十年，而我们的政府和他们的朋友却为那座美术馆烧掉了二百三十亿比塞塔？

说实话，攻击古根海姆美术馆是一个很好的机会。针对戒备森严的美术馆，我们准备了几个备选方案。几个星期以来，我们一直在监视雕塑家理查德·塞拉。他的时间概念就如同钟表，每天早上在同一时间离开酒店，然后乘坐同一辆出租车去美术馆。有十几次他都在我的射程之内，射杀他就像杀死笼子里的兔子一样容易。同时被我们盯上的还有弗兰克·盖里。我们甚至还盯上了运抵的一些艺术品。针对艺术品的行动是全新的，我们可以在其被运往美术馆的路上下手，但最终我们放弃了这个想法，也放弃了对艺术家的行动，把重点放在了美术馆和当局身上。行动时间定在落成典礼当天，因为半个地球的人都在观看，这将具有全球性意义。

我们分析了所有的行动路径，没有太多的回旋余地。美

---

1 Euskadi ta Askatasuna，巴斯克祖国与自由，简称埃塔（ETA），西班牙和法国交界处的巴斯克地区的一个分离主义武装组织，成立于1958年。原为佛朗哥独裁统治时代西班牙北部巴斯克地区的一个地下反抗组织。佛朗哥政权垮台后，埃塔逐渐发展为从事民族独立活动的准军事反政府组织。2018年，埃塔宣布彻底解散。

术馆的环境非常受限，我们必须冒很大的风险。我们决定利用工作人员匆忙处理最后细节的机会，赶在周六落成典礼前及时到达。我们决定周一采取行动，对我们来说这是相对安全的时刻。我们激动万分，因为前一天，我们的同伙在举行世界自行车锦标赛的圣塞巴斯蒂安[1]安放了一枚汽车炸弹，造成了四名警察受伤。再见啦，兄弟！

我们的想法是冒充园艺师将十几枚反坦克手榴弹放入三个花盆，然后在周六的时候用遥控装置引爆。如果我们能想方设法把任何一个花盆搬进美术馆里，那就成功了。因为这些手榴弹在露天爆炸时会失去部分威力，相反，它们在封闭的空间内会具有更大的破坏力。我们将盆中的土壤用各种液体浸泡一下，这样，警犬就不会发现它们的存在。那个周末他们刚刚完成雕塑《芭比》的准备工作，那是昆斯[2]用鲜花做成的一只小狗，于是，我们便利用这个机会冒充了一家花店的员工。

下午三点五十分，安保人员比较少。我们乘坐一辆白色福特全顺小货车到达古根海姆美术馆，这辆车是在格尔尼卡[3]的同伙埃纳乌特·埃洛里塔提供的。凯帕开车，我坐在中间，

1　西班牙北部巴斯克自治区吉普斯夸省省会。

2　杰夫·昆斯，1955 年生，美国艺术家。1992 年他在西班牙毕尔巴鄂古根海姆美术馆前面创作了标志性现代化雕塑《芭比》，表面覆盖的鲜花每年更换两次。

3　西班牙北部巴斯克自治区比斯开省的一个小镇。

米克尔坐在右边。我们沿着伊帕拉古雷街向美术馆驶去。米克尔和我先下车，我们俩穿着绿色的工作服，我们俩卸下了第一个花盆，里面的几株植物特别显眼。在花盆底下，埋着用塑料包裹着的四枚比利时制造的"梅卡"反坦克手榴弹。去年，在环法自行车赛经过埃里贝里[1]和奥萨加比亚[2]的三天前，我们对那里的军营采取行动时使用过几枚。在奥萨加比亚，其中一枚手榴弹被扔进了一名军人家中，但遗憾的是当时家里没人。

行动很快就出了问题。一名巴斯克警察过来确认我们的身份。吃里爬外的家伙！我们先是看到他在用无线电进行联络，然后才意识到他是在查货车的车牌。原来联络只是假象。我们离他只有三米。就在他要发现我们的时候，凯帕掏出枪，一枪打中了他的后背。两天后，我在电视上看到，经过五个小时的手术，他还是死在了重症监护室。故事结束。

这一枪迫使我们向市中心跑去，几名巴斯克地区警察和市政警察在后面追。凯帕在埃纳奥街的埃斯科拉皮奥斯学校附近被抓。妈的！我成功拦下了一辆菲亚特马雷亚，把一个女人和一个孩子赶下车，强迫司机带我去萨里科地铁站。我在一个同伙的家里待了五天之后，他把我藏在箱子里带到了奥亚尔孙[3]，有人在那里等着把我送去法国。

---

1 巴斯克语音译，西班牙北部纳瓦拉自治区的一个市镇。

2 同上。

3 西班牙北部巴斯克自治区吉普斯夸省的一个市镇。

米克尔藏在加尔达卡奥医院。在医院停车场，他强迫一个人把车钥匙给他，然后驾车逃离，开了四公里，一直开到我们的一辆保安车旁。同一天，他到了法国。没有犯罪前科的凯帕的被捕造成了致命的后果。警察们让他唱歌。几个小时后的黎明时分，国民警卫队闯进埃纳乌特家的同时，也闯进了凯帕的家并逮捕了他的妻子。一切都搞砸了。周六，当我在电视上看到这座美术馆的落成典礼时，我感到一阵恶心。它只不过是《马德里区域自治法》的又一个孩子，一匹渴望摧毁巴斯克地区的特洛伊木马。

玛加·洛韦特，展览安装工。2008 年 11 月。他的雕塑是一个不断扩展、分形并走上新道路的行为。这些作品虽然极简，但体积庞大、技术复杂，向多个方向发散。在他这里，很明显的就是，雕塑是另一种东西，他拓宽了雕塑本身的定义，他不仅把雕塑从几个世纪以来的基座上取了下来，而且还将其转化为运动、时间和过程。他的许多作品制作时都是亲力亲为，甚至还亲自安装。他的雕塑可以同时告诉你很多故事，其中一个就是如何把那些又大又重的雕塑从一个地方搬到另一个地方。

说到塞拉，就不得不说说帮他提出一些想法的工程师、建筑师、施工技术员、制造作品的炼钢厂工人，甚至还要说说他所雇佣的运输公司的起重机操作员、司机、工人，是他们负责将雕塑从生产地德国锡根运送到全世界的展览地。没有哪个艺术家能像塞拉那样在艺术创作过程中涉及如此多人。从某种意义上说，塞拉就是一家公司。他需要几十个合作者全神贯注于他的工作。他总是与他人联系在一起。雕塑家不存在独来独往，除非是在项目的最初时刻。当然，从广义上讲，我们博物馆是塞拉的世界中不可分割的一部分，因为他与管理部门、策展人、馆长以及安装人员，比如我，都有联系。在博物馆和艺术家之间，还有一位非常专业的合作者，因为他的作品又大又重，需要专家来搬运。这些专家就是福克斯成就公司的工人。塞拉已经与他们合作了二十多年。

当我们开始讨论《平等 – 平行 / 格尔尼卡 – 班加西》返回索菲亚王后博物馆的细节时，我们立即联系了福克斯。塞拉无法想象，如果没有福克斯，他的雕塑该如何安装。事实上，当雕塑运抵马德里之后，福克斯的介入变得至关重要。该作品经海路从美国运到西班牙，几周后抵达瓦伦西亚。从那里开始，索菲亚王后博物馆组织了最后的陆路运输。

运送雕塑的两辆卡车通过阿托查庭院进入工地。德国人已经准备好了起重机和必要的机械设备，把雕塑运进大楼，穿过狭小的空间和长廊，然后将其准确安装在理查德认为需要安装的地方，这一直是他仔细研究的结果。我们一致同意将其永久展示在之前是旧书店的展厅里。

福克斯之所以能完成这项工作，是因为多年前，他们获得了一种利用空气压缩升降系统来移动大型负载物的专利。

利用压缩机和软管将空气通过汇流板传送至气缸，气缸可以将雕塑吊至空中，这样，只需几个工人即可轻松自如地推动雕塑，而无须使用重型机械。

出于结构原因，我们必须在外墙上开一个洞，让起重机的吊臂吊着雕塑通过该洞。第一天晚上，我们发现有安全问题，于是被迫推迟了行动。三天后，我们恢复了工作，我们使用桥式起重机、滚轮和导轨将雕塑的四个部件吊移至博物馆中，最后移到 102 展厅进行最后组装。我们使用叉车和空气压缩升降系统将各个部件吊装到位。它们有多重并不重要。十吨、二十吨，还是四十吨？这些都不重要。塞拉的雕塑理念不断演变，而且总是处在失败的边缘，但这代表着一种永恒的挑战，而且这种挑战最终都能成功。在这个世界上，没有什么事情是做不到的，无论它看起来多么困难。我们需要做的就是像塞拉一样，找到合适的人，将不可能变为可能。

布里奇特·品钦，艺术品经销商。2015 年 2 月。 世界上古怪的百万富翁比我们想象的还要多。我经常和他们一起工作。我必须承认，这并不会让我感到悲伤，因为我从他们那里赚了很多钱。是的，他们中的一部分为了满足自己的喜好或幻想，几乎无所不用其极，否则他们可能会很穷。让一件巨大的雕塑消失得无影无踪，然后将其存放在数千公里之外的瑞士、德国或克罗地亚的一栋豪宅之中？我很难接受这个推测。首先，如果你想把塞拉的作品加入你的精美收藏，那是因为你了解他的职业历程和创作理念，然后你也知道，塞拉的雕塑从他为其选择的地点移走的那一刻起就不再是艺术了。空间和时间也是雕塑。

此外，一个不惜一切代价、渴望得到塞拉作品的人，他可能碰巧非常富有，但或许有些低能，以至于他的奇思妙想就是他的命令，但他可能也是更愿意买而不是偷，不是吗？在西班牙，艾丽西亚·科普洛维茨[1]的花园里就有一件气势磅礴的塞拉的雕塑，其形状就像一艘随波起伏的船体。顺便说一句，为了安装它，花园的土壤还进行了加固。桑坦德银行基金会也是如此，他们有一件雕塑《垂直环面》，由两块朝不同方向弯曲的钢板组成，长十米，高五米多。

但最有趣的事情发生在美国富人身上。其中之一是米切尔·拉尔斯[2]和他的妻子，我认识他们是因为我调解了他们的一些收购案。拉尔斯1984年创立了丹纳赫公司，这是一家科技公司，如今已上市，估值超过四百五十亿美元。有一天，像许多亿万富翁一样，他们也进入了艺术领域。他们首先接管了马里兰州波托马克的一个狩猎俱乐部。他们建了一栋房子，为了装饰墙壁，他们决定开始购买艺术品。先是马蒂斯，然后是毕加索，当他们接触到一位曾在高盛工作过的纽

1　1954年生，西班牙亿万富翁、商业巨头和贵族女性。

2　1956年生，美国商人和艺术品收藏家。

约著名艺术品经销商时，他们开始收购伊夫·克莱因[1]、罗斯科[2]、波洛克、德库宁、埃尔斯沃斯·凯利[3]、杰夫·昆斯[4]的作品，当然还有理查德·塞拉，他们买了他两件作品。其中一个安放在别墅的花园里。这是一个名为《西尔维斯特》的巨大螺旋形雕塑，以纪念塞拉的朋友大卫·西尔维斯特[5]，一位曾多次采访过塞拉的英国艺术史学家。另一个名为《轮廓290》，坐落在占地八十公顷的庄园中央，周围有小径、树林和草地。虽然处于露天状态，但却受到大自然的完美保护和隐藏。

但是，关于私人雕塑，那要提到的则是小约瑟夫·普利策[6]和他的妻子艾米丽·普利策。他们所拥有的作品是塞拉构思的第一件安放在自然环境中的作品，位于圣路易斯的家族庄园中，该庄园地势高低起伏，难度很大。20世纪70年代初开始，他花了几年时间才完成这件作品。理查德有一次曾对我坦言："我对普利策收藏有些抵触情绪。每天早上我都必须经过马蒂斯和布朗库西的雕塑，旁边还有纽曼的作

1　1928—1962年，法国艺术家。

2　1903—1970年，生于沙俄时代的拉脱维亚，1910年移民美国，画家。

3　1923—2015年，美国画家、雕塑家和版画家。

4　1955年生，美国艺术家。

5　1924—2001年，英国艺术评论家和策展人。

6　1913—1993年，美国新闻工作者、出版商。因为他是美国著名新闻人物约瑟夫·普利策（1847—1911）的孙子，因此被称为小约瑟夫·普利策。

品、莫奈的其中一幅《睡莲》以及罗斯科的一些画作。"有一天，塞拉去小约瑟夫在城里的别墅看望他，注意到墙上挂着毕加索的《黄发女人》。"我被这幅画的强度震撼了，感到焦虑不安，不得不走到外面坐在地板上。如果我在这里失败了，那将众人皆知。"他说。在乔·赫尔曼位于圣路易斯的家中举行的一次晚宴上，塞拉因为害怕无法完成任务而喝得酩酊大醉，并攻击了在座的每一个人，包括小乔·普利策本人。这是一个灾难性的夜晚，幸运的是，每个人都忘记了这一切。

我的许多客户都希望再出现一个塞拉，也就是另一个塞拉，因为已经有了一个塞拉。所以说偷，那是不可能的。他们钱多得花都花不完。当然，虽然他们积累了大量财富，但许多其他客户还是希望能够拥有无数艺术家的作品，而这些艺术家却不包括理查德·塞拉。

马科斯·莫劳，拉维罗纳尔舞团编舞家。2016 年 4 月。 一天下午，曼努埃尔·博尔哈－维莱尔[1]打电话给我，邀请舞团在博物馆日之际探讨舞蹈与当代艺术之间的关系。是时候让他们敞开大门接触新的语言了，这将让他们从沉思的艺术转向人性化的、动态的、短暂的、情感的艺术。舞蹈突然

1　1957 年生，西班牙艺术史学家。2008—2023 年任索菲亚王后博物馆馆长。

出现在博物馆的大厅里，这是一种姿态，证实了长期以来一直在发生的事情：艺术学科正在相互融合、交叉。我们什么时候才能接受这一切？单一的东西已经结束了，不存在了。在这一点上我们并不是先驱，因为我们已经收到了巴黎和巴塞罗那毕加索博物馆类似的建议。伊冯·雷纳[1]、安妮·特蕾莎·德·凯斯梅克[2]、泽维尔·勒·罗伊[3]和威廉·福赛斯[4]等编舞家都曾在伦敦、巴黎、纽约和法兰克福的美术馆演出过。

博尔哈－维莱尔让我考虑一件博物馆里的作品。起初，我们考虑了毕加索，因为我们已经有了他的作品，但我们放弃了。我们的方案不符合博物馆的建筑特点。我和同事们在展厅里四处寻找完美的、最符合我们的理念和舞蹈编排的作品。维罗纳尔指的是由埃米尔·费歇尔[5]和约瑟夫·冯·梅林[6]发明的巴比妥酸盐，约瑟夫在维也纳旅行时尝试之后就睡着了。几个小时后，等他醒来时，发现自己身在维罗纳，于是便因此得名。这就是我们舞团的语言，一种催眠的、幽灵般的语言，带你踏上一场梦境之旅。这种语言就是某种身

1　1934 年生，美国女舞蹈家、编舞家和电影制片人。

2　1960 年生，比利时当代舞蹈编导。

3　1963 年生，法国舞蹈家。

4　1949 年生，美国舞蹈家和编舞家。

5　1852—1919 年，德国有机化学家。

6　1849—1908 年，德国医生。

体拓扑结构，试图将我们的动作伪装成地点。

突然间，我们看到了那件作品，这对我们是一个启示。我们毫不怀疑，这似乎是一个理想的起点，因为这就是我们要寻找的，一个零点，一个被英国人称之为一本书第一句话的"开头句"。当然，我们的舞蹈编排会达到另一个层次，目前虽然还不清楚，但定会从那里开始。选择塞拉的雕塑，不仅是因为其重量深不可测，同时也与塞拉本人的创作构思有关，也就是说，不是为了纪念格尔尼卡或班加西的受害者，而是作为一种空间实验。我们之所以对它感兴趣，还因为在一个一切都必须有目的、有明确用途的社会里，塞拉声称雕塑是一种无用的意愿。我们的舞蹈也秉承了这一理念，内容空洞，为艺术而艺术。

那天，102展厅里气氛非常特别。我们表演了两场，上午一场，下午一场。参观者意外地变成了观众，在展厅内全部贴墙站着。我们不知道我们的舞蹈和四块钢板之间会有怎样的现场联系。拉维罗纳尔舞团的每场表演都是一次通往隐秘之地的旅行。自成立以来，我们一直感到有必要创造新的平台和规则，让舞者能够拥有即兴创作的力量。

我们对舞蹈和雕塑的同时并存感到舒服，也看到了像前者这样活生生的艺术如何受到博物馆化的影响，博物馆化试图将伟大艺术作品中永恒的东西固定下来。这一点激发了我们。结果就是，舞台强调了舞蹈的短暂性，舞蹈发生，舞台存在，反之，舞蹈停止，舞台消失。当代性在两种表达形式的互动中熠熠生辉，一方面是运动，另一方面是重量、轻盈和重力，暗示着相遇和合作的可能性，而塞拉的朋友和合作者史蒂夫·莱奇[1]的音乐又强化了这种可能性，而我们却试图不将其用作乐谱或标准。我们不想遵循雕塑或舞蹈的任何节奏或结构，而只是强调两种语言之间的差异，以及它们彼此共存的容易程度。

与经常光顾剧院的观众相比，面对这些截然不同的观众对我们则是一种激励。我们周围的人说明了我们所处的位置，以及他们与艺术关系的自由度，同时也说明了时间和速度的脆弱性。这就是为什么在我们看来，把舞蹈搬进博物馆对观众和舞蹈都有好处，因为对于观众来说，他们面对的是未知的事物，而对于舞蹈，则需要在不习惯其语言的眼睛前接受考验，而这些东西有时会让你不断进步。

亚历山大·冯·贝尔索特，画廊主。1982 年 4 月。 欧洲，尤其是德国，是他最有归属感的环境。当你研究他的职业生涯时，你就会注意到这一点，而我也目睹过这一点。我们第一次见面，十分钟的时间，短短几句话就让我们了解了彼此。他来我画廊的目的是想为 1977 年的文献展制作一件雕塑，并向我介绍了这个计划。我非常感兴趣。这只是需要一些投资者参与投资的问题。但最后，我决定自己出资。

1　1936 年生，犹太裔美国简约主义古典音乐作曲家。

我预感我们将会组成一支伟大的团队。也就是说，一个总共由三个人组成的团队。当时，1977年初，我从波鸿画廊聘请了一位年轻的艺术史学家和蒙德里安学者克拉拉·维耶格拉夫来担任助理工作。当塞拉在哈廷根的炼钢厂工作时，她一边协助塞拉工作，一边拍摄影片记录作品的制作过程和铸造厂的工作情况。情况就是，他们很快就开始同居。我认为，在他母亲刚刚自杀的时候，克拉拉的出现给了他很大的帮助。1979年，克拉拉搬到纽约；两年后，他们结婚了。我们还是回到之前的话题吧。

塞拉需要找一家炼钢厂，而我与克虏伯家族的关系使我最适合帮助他。我们选择了距离波鸿很近的哈廷根的炼钢厂，该厂曾属于莱茵斯塔尔公司，后来被蒂森公司收购。这是一家拥有约五千名员工的大型炼钢厂。哈廷根是一座企业之城。每个人或多或少地都与炼钢厂有些联系。在开始创作雕塑之前，他想了解一下员工，他们是什么样的人，他们有什么抱负，他们是否喜欢自己的工作，他们的处境如何。一周后，他发现员工们根本不认同自己的工作，他们的行为就像机器。工作环境十分压抑。

塞拉喜欢参与雕塑制作的各个阶段。无论是作品的构思和制造，还是其浇铸和成型，他都全程跟踪。他以为自己遇到的是一群健康、英勇、为工作而生的工人，没承想发现的却是一群没有人性、没有自尊的德国人。炼钢厂就像一个洞穴，闷得让人窒息，比温度还要糟糕的是里面的噪音。三天后，理查德什么也听不见了。在那里，人们几乎不说话。那里几乎不允许交谈。工人之间的交流方式就是手势、口哨或肢体动作。

最后，他在哈廷根创作的作品是一件名为《终点》的雕塑，由四个梯形组成，宽三点五米，高十二米，厚七厘米，轴向半径倾斜六厘米。雕塑有一个开口，你可以通过这个开口看到天空。理查德决定将其安装在距其所在城镇最近的城市波鸿。我们把它安放在了火车站。火车经过的地方距离它只有四十厘米。与铁路交通的吻合让他非常满意。但之后，最糟糕的事情发生了，基督教民主联盟成为反对这件作品的喉舌，整个鲁尔河谷张贴了十万多张反对《终点》的海报。

我感觉自己与塞拉的命运永远联系在了一起，因此四年后，当纽约为他提供三个地点，让他在曼哈顿市中心安装尽可能多的作品时，我决定至少资助其中一个。他一如既往地想在自己的家乡取得成功，因此他仔细研究了雕塑将要所处的环境。第一件作品名为《旋转弧》，这是一面长六十米、高三点五米、略微弯曲的钢墙，位于荷兰隧道出口处的空旷闲置地带，这条隧道从哈德逊河河底横穿而过。这个雕塑一是从高处可见，二是面向驾车者，被认为是一次巨大的成功。第二件雕塑由我的画廊出资建造，以运输工人联盟的名字命名为《TWU》，由三块十一米高的钢板组成，垂直放置在西百老汇街、伦纳德街和富兰克林街交叉路口的狭窄三角形中。这片区域的人对理查德钦佩只是相对的，因为不久之后雕塑上就出现了涂鸦"杀死塞拉"。第三件雕塑是弗利联邦广场的《倾斜的弧》，由于一位法官发起的反对运动，这件雕塑开始引发一些问题。不过，艺术引发激烈争论并不是一件坏事。也许这一切会有好的结果。

费尔明·希梅内斯·兰达，艺术家。2010 年 2 月。当代艺术是对成功的无限推崇，而我却开发了一个注定要失败的项目，一种对失败的讴歌。启迪于杜尚的虚薄[1]理念，我决定实施一场全然无用却浪漫至极的无声反叛。在这种艺术模式中，最重要的是被看到，而我却选择躲藏，用荒诞幽默为我的小动作加冕。从本质上讲，这也是对快乐的重新思考，对艺术庄严外表的粉碎。太多的艺术作品都过于严肃。

我通常对大事持怀疑态度，相反，那些站在伟大艺术史对立面，习惯制造丑闻却屡遭惨败的桩桩小事更深得我心。我设计的作品《北极》就是其中之一，那是物理学、当代艺术基础设施、博物馆安全、监控与国内风俗习惯的虚薄结合。我的第一次尝试失败了，这是一种失败中的失败，这种情况时常发生，而我的一些小计划也时常胎死腹中。比如有一天，我尝试用鱼线将卡玛隆·德·拉·伊斯拉的唱片绑在鞋上，从法雅客[2]出来后，走了好几米远，但结果却不尽如

---

1 马塞尔·杜尚提出的一个概念，指那些短暂、微妙、不可确定的事物虽幅度极小但能使环境发生改变的现象。
2 一家法国零售企业，其销售范围主要包括数码产品、书籍、唱片等。

人意。试错法是我在艺术创作中经常用到的方法，它会使结果更具价值。

事情是这样的，去年我在希腊旅游，在雅典街头做了一些即兴的小活动。当我走进考古博物馆时，打算用冰箱贴将一张写有雷贝蒂科音乐歌词的纸贴在一座铁制雕塑上。雷贝蒂科作为一种音乐流派可以追溯到 19 世纪，受到锡罗斯岛[1]和塞萨洛尼基[2]等城市底层人民的青睐，事实上，从词源角度来说，雷贝蒂科指的是"地狱里的人"。由于该音乐起源很边缘化，歌词讲述的是悲惨的爱情和不幸的生活，因此它通常被拿来与探戈、法朵[3]和布鲁斯相比较。

然而，正如我所说，我失败了。我选择了阿尔特米西昂青铜像，它于 1928 年在希腊优卑亚岛北部的阿尔特米西昂角海域海底被发现。专家将其溯源至公元前 460 年左右，介于仿古主义和古典主义之间。该雕塑不再像前一个时期那样面朝前方、姿态静止，而是表现出了一定的活力。他的右手处在投掷物体的状态，或许是一支长矛，但长矛丢失的确切原因不得而知。雕塑身高超过两米，但不清楚的是，它到底是持有霹雳的宙斯还是持有三叉戟的波塞冬。

那天博物馆里人不多，当我走近雕塑，把纸放在上面，并把磁铁也放上去时，它们直接掉落在地。那一刻我才意识

1　希腊的一个小岛，位于爱琴海。

2　位于希腊北部，是希腊第二大城市。

3　葡萄牙的一种音乐类型，时间可追溯到 1820 年或更早。

到雕塑的材质并不是铁，而是青铜，而磁铁不能吸附铜制物体。回到瓦伦西亚后，我复盘了这次行动，决定继续执行下去，于是我把目光投向了另一家，也是离我最近的一家博物馆——瓦伦西亚艺术博物馆。然而我却遇到了一个难题，博物馆现在由康苏埃洛·西斯卡管理，俨然是一段非常艰难的时期。警察是为人民党服务的，而人民党无异于就是一个犯罪组织，我非常反对西斯卡及他糟糕的管理。为了安慰我在雅典的失败，我的初始计划是对一座先锋派的铁制雕塑开展虚薄行动。铁制雕塑的先驱胡里奥·冈萨雷斯立刻浮现在我的脑海之中。但我有些胆怯，害怕康苏埃洛·西斯卡，害怕被抓现行，给我带来致命的法律后果。这一次我连失败都没有做到。其实也可以说我做到了，毕竟不去尝试也是一种失败。

还有其他选择吗？当然有！理查德·塞拉！他可是一位现存的最伟大的钢铁雕塑家，他的历史与厚重的材料和纪念碑式的手法紧密相连。《平等－平行／格尔尼卡－班加西》附上我的磁铁，这再有意义不过了。一个简单、临时，甚至持续不了几秒的动作就能让伟大的作品显得不那么重要。从道德层面来看，这种行为也无伤大雅。况且，如若事态变得不可收拾，像索菲亚王后博物馆这样的博物馆，在曼努埃尔·博尔哈－维莱尔这样通情达理之人的管理下，对我的态度会比瓦伦西亚艺术博物馆更友好。

此次行动恰逢马德里国际艺术博览会。一个周六的下午，我独自一人去了索菲亚王后博物馆，手里拿着一张前一天从中国餐馆拿来的菜单，就是那种服务员随账单给你的小册子，以便你用冰箱贴将其贴在冰箱上，任何时候只要你想吃，或家里没有食物当晚餐时，你都可以叫外卖。不知为何，博物馆里挤满了人。人太多了。即便如此，我还是走近了塞拉的作品，那是一件由四块高达一点五米的巨型钢板构成的雕塑。这对我来说很有利，因为我可以轻松地躲在一块钢板后面，然后神不知鬼不觉地从口袋里取出菜单和磁铁。

贴好之后，我若无其事地走开了，紧接着开始装出一副刚进展厅就被贴在雕塑上的东西震撼了的样子。"天哪，这是什么？"我厚颜无耻地自问道。于是，我谨慎地拿出相机拍了几张照片以此记录我的行动。就在这时，恰好经过的保安定是感到了蹊跷，他便走近雕塑，发现了上面贴着的菜单。他生气地一把将菜单扯下，一脸嫌弃地塞进口袋。紧接着他看了看我，似乎觉得是我干的，但又没有确凿的证据，只能用眼神死死地盯着我，盯得我心里直发毛。不过，我已经拍了照片，于是我便慢悠悠地走出展厅。当保安消失在我的视野时，我开始夺路狂奔。

贝伦·贝尔梅霍，编辑。2018 年 6 月。我对胡安·塔隆的写作方式很感兴趣，我想和他取得联系，避免他正在创作新的作品，但却还没有出版商。我读过他的《奥内蒂的厕所》和《诗的末日》，有时还会在哈维尔·德尔·皮诺的广播节目中听到他的一些合作作品。我拿到了他的邮件，于是两年半前，应该是一月中旬，我给他写了封邮件，邮件中解释说，作为一名编辑，我一直在努力寻找新的声音，并且注意到了他的声音，也许可以考虑一个长期合作计划。"我鲁莽地写这封邮件是想问问你是否愿意和我们一起出版一部小说。"我向他坦言道。

没过多久，他就回复了我。他人很友好。我的感觉就是，我的提议对他来说听起来不错，或者说来得正是时候。有时真的是天从人愿。他和我聊了他想坐下来写"一部拖延已久的纪实小说"的愿望。之所以他还没有动笔，那是因为这个愿望需要他在马德里生活三四个月来收集材料，而目前他还负担不起这么久的生活。"我要做足够多的事，才能在我的城市生存。"他告诉我，"你可能想知道这本纪实小说是关于什么的。这是一个合乎逻辑的问题，但我认为最好当面回答，因为这是一个很长的故事。我们不应该第一封邮件里就把所有的事情都说清楚，也把所有的事情都做完，还是留点东西给下次见面吧。"于是，我们约定在他来马德里时见面。那是二月的第二个星期。

星期六的时候，我们在下圣巴勃罗大道的克拉里塔餐厅见了面并共进晚餐。首先，我们谈到了新闻界以及他对足球和马德里竞技队的热爱。然后我问他以前写的书，以及他是如何在阿尔雷维斯出版社出版《诗的末日》的。那本小说让我着迷。令我非常震惊的是，他的代理人曾向一家知名出版社推荐过这本书，而该出版社的一位助理编辑却拒绝了，理由是"作者很有趣，我们很喜欢他的写作方式，同时也预测他的前途一片光明，但我们却有点儿进退两难，因为《诗的末日》打动不了我们。首先，因为这本书之前用加利西亚语出版过，但最重要的是，我们需要一本更伟大的书，才能在我们的出版社首次介绍这位作者"。真正令人好奇或滑稽的是，胡安与阿尔雷维斯出版社签约几天后，这家知名出版社的编辑再次联系了他的代理人，询问小说的情况。

那天是胡安的生日，他在晚餐结束时无意中向我说了这个，当时已经快第二天了。结束后，我们去了一家名叫"雷阿里达德"的地方喝酒，那家店是阿霍经营的，她是一位诗人，我最近刚刚出版了她的著作。在那里，我们开始谈论他的计划。在那之前，我们一直在聊别的，仿佛要开始谈论是什么让我们走到一起时，我们必须先处理次要的问题。

这本书讲述的是理查德·塞拉的雕塑失踪的故事。我不得不承认，这个故事我完全没听说过。也许我当时没有关注媒体。有时我对记者或编辑非常生气，便会抵制报纸几天时间。也许就是在这段时间发生的事情。无论如何，我觉得胡安的想法非常好，是个绝妙的想法，但我们还没有讨论这部作品的结构，也没有讨论它是否会更像一部报告文学而不像小说。真正让胡安着迷的是如何掌握司法案件的情况，了解警方的调查情况对他的创作至关重要。"没有司法案件就没有小说。"他说。他认为，有必要详细了解历史文物大队的调查路径，调查方向，询问了哪些人，被询问的人都说了些什么。这对我来说真的太精彩了：这些调查肯定是一场冒险。我主动提出帮助他。

接下来的三天，胡安一直待在马德里。我们借此机会继续见面并谈论这本书，同时也就他与我们签约的条件达成了一致。除此之外，在他为小说收集资料期间，我们同意为他在马德里提供住宿。反过来，我也着手开始帮他办理法律手续。我天生乐观，还有些肆无忌惮，这给了我很大的希望。想着这事不可能那么难。但我不得不承认，那一刻我有点儿飘了。我一时不知道该从何问起。我突然想到可以咨询玛利亚·阿贡德斯，她是我的一位朋友，曾与我一起获得了管理学硕士学位，当时她正在文化部工作。她每周都会和文物大队的负责人开会，了解某个村镇可能发生的抢劫事件，或者失踪物品寻找的进展情况，等等。阿贡德斯帮我联系了一名警察，几天后我给她写了封邮件。

与此同时，我突然想到给阿尔甘达·德尔·雷伊的第二法院打电话，因为我认为这是调查审理此案的法院。我太天真了，以至于我觉得最直接、最容易的方法就是正确的方法。但胡安本人建议我不要这么做。最容易解决的问题留到最后，必须先解决最难的问题。我给阿尔卡拉·德·埃纳雷斯[1]的一位法院秘书打了电话，她是我的一个朋友的朋友，

---

1 西班牙马德里自治区的一座城市。

也许她能指导我如何和阿尔甘达法院打交道。她向我解释说，要查阅该案件，首先要做的就是向院长办公室提交一份申请，说明为什么要查阅该案件以及出于什么目的。此外，在该申请中，还必须注明案件编号或诉讼编号。"稍后会提供。"她用官员们常用的一种措辞和语气说道，这也就暗示着之后她什么也不会做。你的要求将会进入无尽的等待。我问她是否需要很长时间才能"提供"，她没有给出一个具体的时间，但她确实澄清说，阿尔甘达的法院和阿尔卡拉的法院一样，都很缺人手，马德里市政府没有向他们提供更多的工作人员，他们的工作很糟糕，等等。"我能想象。"我回答道。"哎呀，不管你怎么想象，我们的实际情况都比你想象的还要糟。"

我亲自去查了案件编号。事实证明，生活中有时必须装一下傻。实际上，我也写了信给文物大队，询问他们如果知道案件编号，是否可以提供给我，并想借此机会问问是否有可能调阅文物大队的记录，看看他们都调查了什么。"我很想满足你的要求，但我必须查询一下。"一位警察在第一次回复中这样告诉我。这让我想起，当我说我很想做某事，但不幸的是，我发现这是完全不可能的，因此我就躲开了我身边那些厚脸皮的人。

在随后的回复中，之前那位警察告诉我，如果没有一系列的许可证，这是不可能的，首先得是阿尔甘达法官的许可证，而这些我们都没有。"我可以告诉你的是，与理查德·塞拉雕塑有关的所有东西我们都送到了第二法院，在那里登记的预审编号是 183/06。"183/06，这个编号将永远刻在我的脑子里。

一位作家朋友建议我联系文物保护分局的卡洛斯·冈萨雷斯–巴兰迪亚兰。我几乎没有得到任何结果，因为他只给了我一个该大队的电子邮件，而我已经给这个邮件写过信了。我还试了其他的路子，但都没有结果。例如，我与诗人路易斯·阿尔贝托·德·昆卡[1]进行了交谈，他是我的朋友，多年前曾担任文化部部长。他告诉我，自从他离任后，就再也没有与该部的任何管理人员联系过，而且他也不认识大队里的任何人。太遗憾了，因为如果他认识某个人，我们就会得到结果。路易斯·阿尔贝托真的是这个世界上最慷慨的人。除此之外，我还求助了一位政治家朋友和诗人——博尔哈·森佩尔[2]，他告诉我他会和警察局长伊格纳西奥·科西多谈谈，但这个最后也是无果而终。

几个星期以来，我一边忙着手头的工作，一边寻求解决问题的办法。例如，我联系了司法权总委员会的最高法院通讯主管克里斯蒂娜·奥内加，我不记得我在哪本书的推介会上见过她。她过了很久才给我回信，建议我联系马德里高等法院的新闻主管路易斯·萨拉斯。路易斯·萨拉斯什么也没

---

1   1950 年生，西班牙语作家、翻译家。曾任西班牙文化部部长（2000—2004）。

2   1976 年生，西班牙政治家。

告诉我。我的意思是，他甚至都没有回复我的邮件。他的同事何塞·曼努埃尔·加西亚·马丁也是如此，没有任何回复。我觉得他们应该是两位非常忙碌的绅士。当我联系索菲亚王后博物馆新闻主管孔恰·伊格莱西亚斯时，得到的也是无声的沉默。当我写信给国家检察官办公室时更是如此，几天过去了，几周过去了，我都没有收到任何答复。我开始意识到保持乐观是多么困难。除了我这里没有任何结果之外，胡安那里也没有结果，他都想自己去打官司了。

四月初，因为需要放松，我便去巴黎旅行了一趟。一天晚上，当我连上酒店的 Wi-Fi 时，收到了胡安发来的一条消息。他说希望我假期愉快，然后告诉我说他已经受够了，一个人心甘情愿碰壁的次数是有限的，他已经累了。他不能再继续等了，因为不知道何时才可以查阅法律案件。"结束了。我不干了。也许，与海明威的说法相反的是，人是可以被打败的。"他认输了。"这几年我最好忘掉塞拉的事。有些事从来不是一次就能做成的，要经历很多次，直到最后一次才能成功。"他向我坦白他已经开始考虑另一部小说了。也许他意识到，真正的想法，你可以实现的想法，从来都不是你最看重的想法，而是你不太看重的想法。

第四部分

找到了吗？

拉蒙 · 塔隆

毫无疑问，所有有趣的事情都发生在暗处。人类对自己的真实历史一无所知。

路易 – 费迪南 · 塞利纳，《长夜行》

你知道，他是那种在开始之前就要做很多事情的人。

埃斯特 · 加西亚 · 洛维特，《桑切斯》

复仇是一种技术性的、近乎官僚的行为，既不悲伤，也不快乐，更不有趣。

阿尔瓦罗 · 恩里格，《我现在放弃，仅此而已》

拉蒙·索托，出租车司机。2005 年 6 月。毕尔巴鄂会讲英语的出租车司机不多，因为我通常都是为公司、酒店和机构工作，所以我不在街上或出租车站等待乘客。我出生在纽瓦克，所以会说英语。我父亲是加利西亚人，在 20 世纪 60 年代末与叔辈们一起移民到了美国。在那里，他遇到了我的母亲，她来自多诺斯蒂亚[1]，是和两个兄弟移民美国的。他们俩相识之后就结婚了，然后生下了我。妹妹出生的时候，雪下得很大；弟弟出生的时候，里根当选。我父亲在采石场的一次事故中去世了。第二年，也就是我十七岁生日的前两天，我们回到了西班牙。一切都结束了。因为我的叔辈和堂兄弟们决定留在美国，所以我会时不时地回美国，因此，我的英语说得很好。还有就是，我的妻子是爱尔兰人。

1　Donostia，音译巴斯克语地名，西班牙语地名为 San Sebastián（圣·塞巴斯蒂安）。

六年前，我拿到了出租车驾照。最初并没有计划要考取驾照，但一切都是那么巧合。当时，出现了那么一个机会，而我这种不善于把握机会的人却一下子抓住了。一方面，把握机会这种可能性对我来说微乎其微，我甚至从未想过自己会以驾驶汽车为生。另一方面，我不知道是否有人会在十五岁时对自己说，他想成为一名出租车司机。也许有人会，但我却不会。直到突然间，我成了一名出租车司机。但从一开始，我就有点儿像私人出租车司机，这要归功于英语，让我免去了这个职业固有的辛苦。当有一天你开始与一家公司合作，然后与另一家公司合作，再然后与一家酒店合作，消息就会慢慢传开，当有人需要接送外国客户时，他们就会找你。就这样，有一天我开始与古根海姆美术馆合作。每次他们要接送艺术家、知识分子、演讲者等人物时，他们都会给我打电话。

　　四月中旬，他们告诉我，他们需要我提供一个半月的服务，接送一位美国雕塑家在毕尔巴鄂周围活动。我答应了。我喜欢接送艺术家，尽管有时他们性格有点特别，甚至有点糟糕。

　　那天，我按照约定的时间来到洛乌[1]机场。我随身带着一个小牌子，上面写着他的名字：理查德·塞拉。他带着两

1　Loiu，音译巴斯克地名，西班牙语地名为 Lujua（卢华），西班牙巴斯克自治区比斯开省的一个市镇。

个巨大的行李箱出现了，同行的还有一位女子，原来是他的妻子。他戴着一顶鸭舌帽，穿着蓝色牛仔裤。我们礼貌地互相打了招呼。一开始，我和他保持着距离，因为有些客户不需要你与他们聊一些不必要的内容，但我更喜欢他们。你可以让自己变得友善一点而不那么让人厌烦。出租车司机不是气氛担当，车内安静一点也不会影响到我。我通常会打开古典音乐广播，声音调到很小。相对于关掉广播，我更喜欢别人要求把声音调大点。

他开始问我一些问题，比如为什么我能说一口流利的英语，我是在哪里学的。为了能够让他更好地理解，我告诉了他我的一部分生活之后。他便开始问我，我父亲做什么工作，我在他们国家的情况，我为什么回到西班牙，等等。我给了他一张我的名片。他告诉我，两天后他必须去港口，因为他的雕塑作品要乘船运抵，他让我去酒店接他。

那天，天灰蒙蒙的，但没有下雨。他问我想不想看看大家如何卸载他的作品。这就是艺术家让我着迷的地方，他们会突然变得异常慷慨，哪怕你只是一名出租车司机，他们也愿意把你当成更重要的人。"待在我身边，好吗？想问什么都可以问我。"我已经和博物馆达成协议，塞拉在这座城市逗留期间，我都听从他的安排，所以，陪在他身边我不会有任何损失。

在港口看到的一切让我感到惊讶和钦佩。他在出租车里向我解释说，这是视运公司[1]的一艘巨大的货轮，船体蓝白相间，为了更好地装卸货物，只有一个箱形货舱，里面装有从德国运来的巨型钢板。在港口，一台我以前从未见过的、如此巨大的九轴移动式起重机已经准备好将这些钢板从船上卸下并送到岸上。令我震惊的是，港口、货轮、起重机、雕塑等，尽管这一切规模都很巨大，但所有的活动都井然有序，只有几个人在操作，规模在他们面前都不值一提。其中一个人戴着头盔，站在梯子上，正在将吊臂的链条钩在钢板上的临时把手上。钩子固定好后，他移开梯子，另外几名员工在起重机吊起钢板时，随着钢板移动，以避免它们撞上货轮。

"这样一座尚未安装的雕塑由八块钢板组成，重约二百四十吨，"他说，"对于不习惯与钢铁打交道的人来说，这个重量很难想象，是不是？"

他告诉我，他工作的一个方面，就像构思和设计雕塑一样有趣，那就是将它们组装起来，展示给世人。真正的挑战在于，把所有这些沉重的部件从港口运进博物馆后，拼接成一座雕塑。"这根本不容易，因为在这种情况下，我们使用的不是直的钢板，而是弯曲的钢板，此外，必须考虑的是，它们将被安装在博物馆中，而博物馆地板无法承受二百四十吨的重量。这听起来是不是很疯狂？"

1　德国杜伊斯堡的一家船运公司。

我告诉他，我不认识像他这样的艺术家。我的印象是，在他的工作中，他接触的不是其他艺术家，而是工程师、建筑商、测量员、运输商。"没错！我更像是一个实业家。为了完成我的作品，我需要很多人的合作。我不是一个画家，只需要他自己，或许一个模特，或许一道风景，或许他脑子里的一个想法。我是人们的催化剂。如果没有很多人的帮助，我不可能成为现在这样的雕塑家。我需要与他人建立联系。哪怕是来自毕尔巴鄂的出租车司机。"说完，他深情而有力地拍了拍我的背。

直到开馆典礼那天，我每天都带他去博物馆。总体上来说，虽然我觉得他是那种喜怒不形于色的人，但我还是觉得他一看到我就很开心。那是一种低调的开心，因为很难察觉，所以你可能会误以为他很谨慎。但我有一种能力，能够看穿人类面具之后的真实身份或真实感受。这就是为什么，尽管看起来不像，但我知道他很高兴见到我。

有一天，他告诉我，他最好的朋友是一位有影响力的作曲家，创作了二十多部歌剧，曾三次获得奥斯卡最佳配乐提名，20世纪六七十年代曾在纽约当过出租车司机。事实上，当时，新晋艺术家、演员、作家、摄影师或音乐家每周在纽约当几天出租车司机是很常见的事情。"他们无法靠做自己最喜欢的事情来谋生，所以他们靠开出租车来维持生计。"他们几乎都为同一家公司工作。"他们争着上夜班，凌晨一点结束的夜班，这样他们就不用停车去拉那些醉醺醺的乘客，他们要么吐在车里，要么找不到钱，要么不知道住在哪里。"他告诉我，在那个年代，出租车司机最后拿到的费用是计程表显示的一半左右，再加上全额的小费，而且他们无须支付保险费、燃油费或轮胎费。他补充说，那些年里当出租车司机唯一的坏处就是随时有可能被杀。每年约有十名出租车司机被杀。这是个不小的数字。即使没有被杀，也很容易被抢劫。每年会发生两千多起抢劫案。"但如果你没有被杀，也没有时不时被抢，那么这份工作就是一份好工作，因为你赚到的钱就可以被用在艺术、文学、音乐或戏剧上。"

让·努维尔，建筑师。2013 年 5 月。从卡塔尔博物馆管理局大楼楼顶俯瞰，多哈的美景尽收眼底。这是一座非常养眼且令人目不暇接的城市，我曾惊艳于它的建筑布局。虽然我很容易被迷住，但我并不需要什么或美丽，或复杂，或荒谬的东西，只要它在我面前就足够了：我全神贯注地凝视着它，尽管我可能在思考其他事情，抑或什么都没想。当我回过神，身后传来了高跟鞋的声音，我转动椅子，看到谢赫·阿尔·马亚萨[1]正在走来，我便起身朝她走去。

和谢赫打招呼就像和时钟打招呼一样。如果我能贴在她身上，或许我会听到嘀嗒声。因为约好的工作，她出现在大

1　原名阿尔·马亚萨·宾特·哈马德·本·哈利法·阿勒萨尼，1983 年生，现任卡塔尔元首塔米姆·本·哈马德·阿勒萨尼的妹妹。

厅里，然后很有力地和你握手之后说道："我们还有一小时十五分钟，对吧？"最后，我们从桌子边站起来的时候，既没有晚一分钟，也没有早一分钟，从某种意义上来说，这就是种催眠术。我想，我从未见过像她一样能如此驾驭时间的人。

条件允许的情况下，我们开了一次例行会议。我们开会并不是因为出现了问题，或者爆发了危机，而是因为我们每六个月开一次会。我们详细查看了国家博物馆的工作进度，包括在按期完工方面可能遇到的困难。当我意识到这一点时，谢赫·阿尔·马亚萨说"七十分钟了"。当然。她并没有起身离开，而是在会议的正式时间结束后，我们花了一些时间聊了聊伦敦和纽约，以及即将在泰特美术馆[1]和纽约现代艺术博物馆举办的一些展览。作为卡塔尔的埃米尔[2]的妹妹，她刚刚被《艺术评论》[3]评为世界艺术最具影响力人物，而她领导的卡塔尔博物馆管理局每年在艺术方面的投资高达十亿美元，因此她始终被大家关注。除此之外，她是一位非常健谈的人，不过我们并没有详谈，因为那天晚上我们还要见面，在埃米尔和理查德·塞拉的陪同下共进晚餐，他来多哈的目的是在沙漠中寻找可以安放其作品的地方。他也在为卡塔尔在全球的艺术力量探寻方向。

1　一家收藏现代艺术作品的英国美术馆。

2　卡塔尔的君主。

3　一家总部位于英国伦敦的国际当代艺术杂志，创刊于 1949 年。

仅仅过了几个月，塞拉和我在同一个地方又见面了。巧合的是，去年十二月我也在多哈，当时他在为一座名为《7》的雕塑揭幕，这座雕塑高二十四米，位于贝聿铭[1]设计的伊斯兰艺术博物馆旁边的海湾上。

这是一顿愉快的晚餐，结束时已近凌晨一点。三天后，我要途经马德里回到芝加哥，但我同意推迟一天再走，因为当我们从餐桌上起身时，理查德建议我第二天早上陪他去基克里特沙漠。他说："这将是一次小小的冒险，没有路标、地图或道路的指引，只有经度和纬度坐标、风沙和几辆不太现代的吉普车。""理查德，你认为我们的年龄可以做这样的事？"我问道。我马上就六十八岁了，如果我没记错的话，他离七十五岁也不远了。这两个年龄段，无论哪个都不适合拿着地图去探索未知的道路。虽然说实话，我一直想迷失在沙漠里，然后死去，很多年后人们仍在怀疑我是生是死。所以，我沉默了一会儿，脑子迅速地过了两遍，最后说道："为什么不呢？"因为我已经六十五岁了，而且已经目睹了一些朋友的死亡，而他们在稍早的时候还声称自己正处在人生的巅峰，所以，当面对一些让我心存疑虑的提议时，我经常告诉自己："去做吧，让，或许你再也没有机会了。"

我让助手稍稍调整了一下我的日程。清晨五点，我们和塞拉的随行团队一起坐上了几辆吉普车，向沙漠中的布鲁克

1　1917—2019 年，美籍华裔建筑师。

自然保护区进发。出发的时候天已大亮。我们花了一个多小时才到达那里。我们在一片荒无人烟的地方停了下来，周围全是小块的石膏高地。"就是这里了。"理查德说道，而且他在车完全没有停稳之前就打开了车门。

"就是这里是什么意思？荒无人烟？"我一边问，一边环顾四周寻找可以看到的东西，但什么都没看到。理查德随后开始解释说，在建造雕塑《7》期间，有一天他与谢赫·阿尔·马亚萨共进午餐，她问他："你能为我们的景观建造一件作品吗？"塞拉看着她，反问道："什么景观？"她说："沙漠。"

我们所站的地方确实是一道风景：只有沙子和空旷的地平线。"这是我最喜欢的地方。就是这里了。"理查德自言自语地大声说道。我什么也没说，只是觉得那是一个很容易爆胎的地方。在我看来，除了蜥蜴或迷失方向的骆驼，很可能一连几个星期都没有人经过那里。"几个月后，气温将达到五十摄氏度。这些部件安装好后，钢铁会变得很烫，只有疯子才敢用手去触碰它们。"他希望这是迄今为止他所有作品中占地面积最大的雕塑。"它将占地约一公里左右。"他的想法是沿着这个空间依次排列四块大钢板，高度与我们周围的石膏高地一样高，然后在炎热、盐碱的环境中以极快的速度生锈。"短短几个月内，它们会从灰色变成橙色，橙色变成棕色，棕色变成深琥珀色。当你正面看它们时，从透视效果来看，每一块钢板都会让下一块钢板黯然失色。"

我们在那个地方待了将近两个小时。塞拉和他的合作者进行了各种测量，拍摄了数百张照片。在他这个年纪，能如此沉浸于自己的工作，着实令人着迷。他表现出了三十岁雕塑家的活力，只是动作慢了一些。回到吉普车上，他才终于完全放松。我钦佩他即使在如此荒凉的地方也能集中精力，并且必要时就能工作的能力。

我们聊了聊接下来几天要做的事情。他问我在马德里停留期间是否计划去参观索菲亚王后博物馆。我向他坦白道，事实上，我在西班牙停留期间没有其他想法。"我一直对我的'孩子们'很感兴趣，只要有机会，我就会去看望他们。"我说。2005 年，博物馆扩建，增加了三个新展厅，感觉时间已经过去了很久，但对我来说，这个伟大的工程仍未完成，所以我无法忘记它。当然，我为博物馆设计的新空间（临时展厅、礼堂、图书馆、储藏室、书店、办公室、咖啡厅和餐厅）是一项伟大的成就，将旧萨巴蒂尼大楼的面积扩大了百分之六十以上。但今天，索菲亚王后博物馆的使用情况仍与我的设想相去甚远。"这座建筑在抵抗，在适应，但他们当时向我承诺的事情至今仍未实现，"我感叹道，"在扩建博物馆时，阿尔瓦罗·西萨[1] 本应在街道下面建造一条供汽车通过的隧道，这样便能阻止噪音，为博物馆提供一个安静的空间。但遗憾的是，博物馆却没有这样的空间。噪音无处不

1　1933 年生，葡萄牙建筑师。

在。因为扩建工程进行期间，该项目被取消了。但当时他们向我承诺的是，将在未来几年内完成这个项目。我认为未来几年就是现在，比如，今天。因此，当我访问马德里时，我就会提醒那些能够开展这项工作的人，他们不应该忘记自己的承诺。"

塞拉说，他与博物馆的关系特别好。听到他丢失的雕塑原作仍下落不明，我感到很震惊。出于某种奇怪和错误的缘由，我确信它应该被找到了。"你确定他们没有找到，还是说他们莫名其妙地忘了告诉你？毕竟，西班牙人是一个非常特别的民族，他们既能做到最好，也能做到最坏。"我开玩笑的同时，仍然对自己的困惑感到难以置信。

索菲亚王后博物馆就像是一根导火索，在返回多哈的途中，我们一直在谈论我们与西班牙的关系。我承认，在危机到来之前，我工作室收到的一半作品需求都来自西班牙，所以我与西班牙的联系也非常紧密。"虽然我的作品还没有厉害到可以像你一样获得阿斯图里亚斯亲王艺术奖[1]。"我评论道。他一边笑，一边看着窗外的沙漠。"我可是费了九牛二虎之力才得到的。"他头也不回地说。我猜他指的是失去的作品。"而且，在之前的四年里，我每次都进入了决赛，但最后却没有得到。"他的话让我笑了。"在这方面我也被你打

---

[1] 1981 年由西班牙阿斯图里亚斯亲王基金会发起建立的由其头衔命名的奖章，以表彰那些在艺术、文学、社会科学、科学技术、交流与人文、国际合作方面做出杰出贡献的人。

败过。"2006年，我曾和安藤忠雄[1]、奥里奥尔·博希加斯和莫内奥[2]等同行一起入围候选名单，但我却没能进入决赛，最终是佩德罗·阿尔莫多瓦[3]赢得了奖项。

就在这时，吉普车发出了异响，几秒钟之后，我们就看到引擎盖上冒出了烟。司机松开油门，让车辆缓缓减速，直到完全停下来。我们仍然还在荒无人烟的沙漠边缘。"你说你想死在沙漠里？"塞拉问道，语气中带着那种只有乐于助人、几乎愿意做任何事情来实现他人梦想的人才会有的气势。

乌韦·皮克汉，工业企业家。2006年5月。电话响了，是塞拉打来的，提醒我们两周后他将来锡根。"朋友，我们准备好了。"我用德国式的热情说道。第二天，他再次打电话提醒我们，他不是两周后到，而是一周后到。对于德国人来说，即兴发挥几乎是不太可能的，但显然他很匆忙，生命是短暂的，也许只有半天。我向他保证，我们已经做好了准备，再次展现了德国人的可靠，并渴望开始制造新的作品，同时向他展示已在进行中的雕塑的进展情况。他表示说，新的作品不会像以前的那样让我们的生活变得复杂，因为之前我们总是担心无法完成他心目中的作品。现在，我们只需要生产光滑的铁块，无须弯曲。他说，事实上，这只是复制一

1　1941年生，日本建筑师。

2　1937年生，西班牙建筑师。

3　1949年生，西班牙电影导演、编剧和制作人。

件作品，因为原作已经丢失。我们估计需要四五个月的时间，钢材才能呈现出塞拉想要的外观。他必须为明年纽约现代艺术博物馆的回顾展做好准备，为此我们已经制作了几件雕塑作品。

塞拉不仅是皮克汉工程公司最著名的客户，而且也改变了我们看待业务的方式。1960年，我的祖父还在为马车车轮生产轮辋，而今天，在投资购买了能够生产塞拉复杂而具有纪念意义雕塑的机器之后，我们还制造石油钻机、大型涡轮机和巨型船舶起重机……虽然我们一起制造的第一个作品已经过去了很久，但我们都记得在炼钢厂的那件作品。那是1997年。在那之前，他除了和自己国家的炼钢厂合作之外，还与德国的其他炼钢厂合作。1997年，我即将大学毕业。那天，我父亲通过传真收到一张简单的纸，上面用铅笔画了三四条弧线，而且笔触相当粗，当时我还不知道理查德·塞拉是谁。"您能把纸上画的东西变成大钢块吗？"发传真的人问道。就这样，通过一份来自纽约的传真，我们的关系开始了。

他在巴尔的摩的一家主要生产商倒闭了，他的德国经销商亚历山大·冯·贝尔索特正在欧洲寻找一家工厂，生产一种非常特殊且具有挑战性的雕塑。近十几家德国炼钢厂都拒绝了他。我们对艺术一无所知，但我们刚刚买了一台新机器，我们认为与这位雕塑家合作会让我们从中受益。起初我们很难绝对认真地对待他的项目。我们邀请他来见我们。他向我们解释说这是一件艺术品，而我父亲告诉他，艺术家们都像是疯子。他是一位经验丰富的建筑商，习惯于和各种各样的人打交道。但当他见到塞拉时，他们却聊了很长时间，最后他说可以，我们可以做这个工作。多年来，我们发现，那些在大空间、大规格雕塑领域工作的人都会遇到瓶颈。相反的是，塞拉则不断挑战极限，始终站在巅峰，领先于其他人。他知道如何将想法转化为技术。他很固执，总是说一切皆有可能。他觉得没有不可能的雕塑。只要能想到，就能做到，只需找到正确的技术即可。

我们从他身上学到了很多东西，以至于在接下来的几年里，我们开始得到了建造各种大型工业设备的合同。例如，通过加工他雕塑中的钢铁曲线，我们就可以制造出用于建造化工厂和制药厂的球形储罐。对于塞拉，我们的工作更多是手工操作。所有的部件都独一无二，与众不同。它们不是工业化生产的，而是需要大量人力和训练有素的工人。

这件雕塑的雏形可以在传真的图纸中找到，这是他职业生涯新发展的结果，当时他刚刚开始玩圆锥曲线、双圆锥曲线和椭圆。第一件作品就是一个巨大的挑战。该雕塑由三块长二十六米、高三点五米的钢板组成。它们是三块板，一部分弯曲成圆锥形，另一部分弯曲成椭圆形，即圆锥椭圆形，三块板之间形成的通道内，每一端都会产生向内和向外倾斜的变化。虽然是雕塑作品，但要想达到这样的尺寸，也需用到在重工业上使用的同样的机器，更不用说，我们还得推倒工厂的一堵墙来放置钢板。我们使用了一台校车大小的压力机，通过长而钝的刀片施加一千四百吨的压力，几英寸厚的钢板在未被加热的情况下慢慢地被压弯，几个月后，这些钢板就呈现出塞拉要求的形状。有时，如果我不去学校，我就会去炼钢厂看看，塞拉都会在那儿。无论什么时候，他都和其他员工一样，处在工作的核心位置。

这件雕塑曾在洛杉矶当代艺术博物馆展出，后来被弗朗索瓦·皮诺[1]收购。坦白说，当皮诺来炼钢厂检查雕塑生产状况的那天，我们也不知道他是谁。我父亲开着他的大众高尔夫带他在城里转了一圈，他听那个人告诉他说，他的父亲是个农民，他十六岁的时候就辍学了，因为同学们都嘲笑他的出身，他很沮丧。但他下定决心要干一番大事业，最终他做到了。雕塑作品完成并通过海运运往美国后不久，我们得知皮诺收购了佳士得拍卖行，几年后又收购了古驰、伊夫圣罗兰和巴黎世家等奢侈品牌。这些都是 1997 年他来访时我们无法想象的。之后，理查德·塞拉对我父亲说："弗里德赫尔姆，我们必须做更多的作品。"他将第一个作品命名为《皮克汉的进步》。后来，在世界各地著名的公共场所、公司总部或大型博物馆，如纽约现代艺术博物馆或古根海姆美术馆，确实出现了更多这样的作品。据我们计算，过去二十年的时间里，我们已经为塞拉制作了五十件大型雕塑。

1　1936 年生，法国富商。

制造这些钢铁巨人会令人上瘾，其结构规模和特征几乎不可能不令人折服。此外，将他的想法付诸实践也是一种冒险精神。他将钢铁变成了能够悬浮的东西，几乎变成了音乐。在没有草图和模型的情况下，他就可以吊起重达数吨的巨大部件，而无须任何焊接或铆接技术便可将其固定在一起。制造出扭曲的椭圆令人兴奋，这是他对早期底部和顶部半径不同的圆锥形做出的演变。如果你把它们倒过来，站在它们之间，一个会远离你，另一个会倾斜。他想建造一件包裹整个空间并同时向外和向内倾斜的作品。但一开始他并不确定自己能否做到。

20 世纪 90 年代，他曾前往罗马参观四泉圣嘉禄教堂[1]，博罗米尼[2]设计的椭圆形穹顶就坐落于此。他幻想着扭曲那个空间。他请与弗兰克·盖里一起工作的航空航天工程师帮忙切割出模板，以便按照他的想法建造出形状。他们设法确定了长轴和短轴的坐标以及旋转的角度，并建立了一个计算机程序来固定倾斜图案的线条。但美国的炼钢厂要么没有必需的机器，要么认为钢材缺乏必要的耐受度而拒绝了这个想法。塞拉告诉我们，他向美国所有他认为可以解决该问题的制造商发送了一张包含计算机程序副本的软盘，但没有一家愿意接受。他甚至去了韩国，韩国人愿意承担风险，但却

---

1   意大利罗马的一座巴洛克风格的天主教教堂，由弗朗切斯科·博罗米尼设计，修建于 1638 至 1641 年。

2   弗朗切斯科·博罗米尼，1599—1667 年，瑞士、意大利建筑师。

没能制造出他想要的宽度的板材。最终，他在马里兰州找到了一家对这项挑战感兴趣的造船厂和炼钢厂。他们有十二到十五米长的大型机器，在第二次世界大战中用来弯曲战舰的铁板。他们花了一年时间制造出了第一块部件，后来又制造出了三块，但有一天造船厂却倒闭了。后来塞拉听说了锡根，听说了皮克汉炼钢厂，他在这里找到了他要找的疯狂的人。这个国家没有人比我们更疯狂了。

何塞·路易斯·梅里诺，艺术评论家。1997 年 5 月。奥泰萨和塞拉约好上午在古根海姆美术馆见面。那时距离美术馆开馆还有五个月，但塞拉的雕塑必须在开馆当天安装完成。这是美术馆收到的第一件作品，将被单独陈列在鱼形展厅。雕塑名为《蛇》，重达一百六十二吨，由三条蜿蜒的钢板组成，长十五米，高四米。把这样的雕塑放在你面前是一个很大的挑战。它好似金字塔一般，单单在远处欣赏还远远不够，你需要探索其内部，就好像作品里藏着一段故事，只有穿过它才能感知。两位艺术家一起穿行其中，任由材料在内部营造的氛围感包围。走出雕塑之后，奥泰萨评价说《蛇》"超越了弗兰克·盖里为博物馆外形设计所做的一切"。

十五年前，当塞拉第一次到毕尔巴鄂参展时，就见识过了豪尔赫的作品。他承认说："我被他的雕塑深深吸引，甚至到了痴迷的地步。"随着时间的推移，奥泰萨也逐渐了解塞拉的作品，于是他们终于有机会见面了。就在他们在古根海姆美术馆会面的前几天，豪尔赫邀请塞拉到他位于萨劳斯[1]的家中做客，塞拉则邀请他参观《蛇》的落成。

两天前，豪尔赫打电话给我。"来和我们吃顿午饭吧，"他提议道，"到时候会有人在古根海姆美术馆门口接你。"我兴奋不已。那天，一辆出租车准时停在我身旁，车门打开，是富恩特拉比亚[2]的医生胡安·巴勃罗·萨巴拉，他请我上车之后，车便向餐厅开去。到达餐厅时，理查德·塞拉、奥泰萨、雕塑家内斯托尔·巴斯特雷特克西亚、塞拉的翻译皮埃特罗以及豪尔赫的贴身陪同贝戈尼亚都已经在那里了。大家相互做了介绍。出于礼貌，我送了塞拉自己的一本书。不久我们便大谈特谈起来，内容几乎都与艺术相关。奥泰萨非常健谈，喜欢长篇大论。我则对塞拉的文学爱好产生了兴趣，因为他提到了一位诗人，一位我不太清楚的诗人，于是我拿出笔记本，写下了"查尔斯·奥尔森"，以及他的一首诗的题目：《我，葛罗斯特的马克西姆斯对你说》。他还提到了其他作家，如塞缪尔·贝克特[3]、爱德华·艾斯特林·卡明斯[4]和威廉·巴勒斯[5]。我意识到我应该利用和他相处的每一分钟来更好地了解他。

1　西班牙巴斯克自治区吉普斯夸省的一个市镇。

2　西班牙巴斯克自治区吉普斯夸省的一个市镇。

3　1906—1989年，爱尔兰作家。

4　1894—1962年，美国诗人、画家、作家。

5　1914—1997年，美国作家。

尽管如此，塞拉谈论最多的还是豪尔赫。开始用餐后，乔恩·因特克斯奥斯特吉也加入了我们，并送给塞拉一本关于奥泰萨作品的书，从这以后，这位美国人就不断地指出并谈论书中他最喜欢的雕塑作品。他最喜欢的是那些最简单的作品。"奥泰萨在西班牙创造了美国的极简主义。"他说道。我注意到豪尔赫听到那些故事时两眼放光。

塞拉来了兴致，开始讲起他的童年，讲他如何用绘画来讨母亲欢心，母亲如何倾尽全力希望他成为一名艺术家。"敬你的母亲。"奥泰萨举起酒杯说道。理查德笑着告诉我们说他母亲在 20 世纪 70 年代中期自杀了。皮埃特罗翻译他的话时，餐桌变得悄然无声。就在没人知道该如何接话的时候，奥泰萨总能找到该说的话，他说："她选择了完美之路。"大家都笑了，最敏感微妙的时刻被抛掷脑后，我也趁此接话，讲出一段索福克勒斯[1]在《俄狄浦斯王》中的片段："不要说一个凡人是幸福的，在他还没有跨过生命的界限之前。"豪尔赫又一次妙语连珠，说我们一直在用英语和西班牙语交流，"到头来却讲起了希腊语。"

艺术家们在餐桌上相互聊着，度过了一段令人愉快的时光。之后，我们前往毕尔巴鄂艺术博物馆参观奥泰萨的常设展览，并拍摄了纪录片的部分片段。他们就是两位巨人，走在一起。豪尔赫拄着拐杖，虽然天气不冷，但还是穿着羊毛

1　前 496/497—前 405/406 年，古希腊剧作家。

开衫；理查德穿着短袖，戴着帽子，一只手一直插在口袋里。他们时不时停下来评论几句，虽然皮埃特罗离他们很近，但由于语言的原因，他们并不总是能听懂对方的话。如果奥泰萨想让塞拉注意什么，就会举起拐杖，指指这里，指指那里。拐杖俨然成了他的手指。塞拉则会点点头，如果他也需要指什么，他也会这样做，但不会把手从口袋里拿出来。

他们在媒体面前站好位置并相互拥抱。记者们听到了他们之间非常赞美、深刻并富有智慧的话语。塞拉对着镜头说了一句令我印象深刻的话："奥泰萨是现世最好的雕塑家。"他说，他对雕塑家毕加索、胡里奥·冈萨雷斯和奥泰萨都有一种特殊且强烈的钦佩之情，他认为奥泰萨在20世纪50年代末创作出了令人惊叹的全新作品。豪尔赫对这些赞美无动于衷，直到告别的时候，他对塞拉说："哪怕是你离开了，你也会永远在我心里。"第二天，我和他通了电话。我发现他真的很开心。他告诉我，他家热闹非凡，不断地接到电话和传真。"我认为塞拉让那些一直看低我的小丑们现出了原形。"

玛利亚·洛佩斯·查孔，调查法官。2006 年 9 月。老实说：我打算结案，但每当我觉得有这种可能性时，瓦尔探长就会出现在我的法院，头发梳得整整齐齐，喷着发胶，穿着西装长裤，香气扑鼻，然后对我说："法官大人，再给我们一个月，就一个月。"然而，一月又一月，再给一个月，探长大人，已经十个月了，我们还没有取得多大进展。"瓦尔，我们还要这样讨价还价多久？"我问她。一个月一个月的加法看似很悲伤，但还没有到变成减法的地步。在得知我的最终意图两天后，我一看到她出现在法院，就提醒了她这一点。

当我们在法院门口擦肩而过时，我走上前去问道："你想请我再给你一个月？"她笑得很勉强，仿佛墙上画着的那种笑脸，很假。她似乎已经在那里待了好几个小时，从黎明前就开始了，浑身散发着一股被风吹雨淋过的雕塑的气息，甚至连表情都有点儿僵硬。我停下来把烟抽完。我不喜欢半途而废，除非遇到不可抗力。香烟值得尊重，哪怕它的目的是慢慢杀死你。"您也抽烟？"当我看到她从外套里掏出一个被压得半瘪、皱巴巴的烟盒并向我借火时，我很惊讶地问道。"一个月前我又开始抽了。"她一边吸着烟，一边无奈地说。

每当看到有人戒烟后又开始吸烟时，我几乎总会记起我妹妹的前男友。他是一位记者，戒掉了十五年的烟瘾之后，他过得很好。他自己感觉好多了，能做运动，爬几步台阶也不喘，衣服也不难闻了。但是，据他说，他的文学风格有点儿变化，和以前不一样了。他说自己写得更糟糕，不但没有信心，而且风格也更粗糙。写作时手指夹着烟，或者把烟放在烟灰缸上，显然给了他极大的自信。事实上，感觉不是他在写作，而是香烟。没了香烟，他不得不重新学习写作。戒掉烟的他不咳嗽了，感觉棒极了，双手自由的同时，也空了。于是他又开始抽烟。"烟可以弥补一切。"他说。

"给我五分钟，就五分钟。"她请求道。我看了看表。其实我并不着急，我甚至可以和她一起待五十分钟。那天的日程安排除了有重要的事以外，并没什么急事。我们把烟头埋在石米里。我一边把手搭在她的背上，一边提议道："我们进去吧。"我感觉她很热，猜想她外套下一定是大汗淋漓。我们默默地穿过走廊，到了我的办公室后，我试图把最近坏了的百叶窗拉上去。整整那一周和之前一周的几天，百叶窗就坏了，这让人很不愉快。百叶窗拉到了一半，现在上不去，也下不来。为了偷偷抽根烟，或者呼吸几口纯净的空气，或者只是对街上路过的人喊一声"丑八怪!"，我不得不弯腰探出头去。这些事情让我怀疑生活到底是容易还是艰难：是否需要一个多星期的时间，才会有人来修理法院的百叶窗?

"瓦尔，你对百叶窗了解多少?"我善意地问道，说不定还能瞎猫碰上个死耗子，被她修好。我指着一把椅子，示意她慢慢地移走上面的文件，然后坐在上面，这样就会舒服一些。"我知道有很多螺丝要松一下，而我又不擅长拧螺丝。我还知道，如果螺丝是十字螺丝，而你只有一把一字螺丝刀，或者相反，螺丝是一字螺丝，而你只有一把十字螺丝刀，这都是不行的。"虽然感觉她懂得很多，但其实只是一点点。但最重要的是，她似乎是在做无用功，生怕我让她修理故障。我宁愿采取行动，也不愿去管百叶窗。如果我给它足够的时间，也许它自己就会好。

我们面对面站着，沉默中弥漫着烟草的味道。如果由她来决定，也许我们可以这样待上好几年。时间过去了两秒，就这我都觉得太长了，我便伸手拍了一下桌子。这是一种健康的方式，提醒我们不要再浪费时间，开始谈正事吧。声音让她反应过来，她打开随身携带的文件夹。"如你所知，我们一心想找到那件该死的雕塑。"她说。我没有说风凉话。对于像我这样的人来说，现在结案也为时过早。"我们不撞南墙不回头，"她毫不掩饰地笑着补充道，"也许我们会有新的收获。"这一次是她用手猛地拍了一下文件夹。"您看一下。"她把几张打印出来的照片推到我面前。"这是赫苏斯·马卡隆。"她解释道。在这些照片中，有几张是他的单人照，其余的则是和他人的合影。"这些是他的家人和前雇员。"她说。

这些照片差不多有十几张，我不明白它们意味着什么或者想展示什么。我把它们当作版画似的翻看了几遍，完了之后就把它们排列整齐地放在一边。我不想再用手去碰它们，因为已经看得够多了。

在那一刻，探长承认他们一直在对赫苏斯·马卡隆的行踪进行"或多或少的全面监视"。当时，他的证词是如此令人信服，调查大队的工作人员都很清楚，他不可能对雕塑的失踪负责，但几个月后，同样的事情让他们产生了怀疑。当所有的疑点或很多疑点都集中在一个人身上，怎么可能不被怀疑呢？"如果我们错过了他呢？没有什么值得怀疑，这不很奇怪吗？"她有些夸张地问道。起初，我觉得这个推理很绕或者说很勉强，但我连吭都没吭一声。"也许我们把他从嫌疑人名单中排除得太早了。我们对自己说，不着急。我们再次谨慎地把他列入名单，并在之后的日子里开始跟踪他。"她解释说。正是通过这种方式，他们在洛斯莫利诺斯镇发现了一栋房子，旁边有一个仓库，房主是他妻子的家人。"在第一次跟踪调查中，他和他的一个兄弟一起开着一辆小货车来了。引起我们注意的是他们从车里取出来的东西：两个巨大的氧气瓶、一根软管，以及露在塑料袋外面的，在我们看来是喷灯的东西。你不觉得好奇吗？"那一刻我也没吭声。也许是因为我不想吭声。我当时什么都不信，只是静静地听着。"那天，马卡隆在房子旁边的仓库里待了大约一个小时，然后和他的兄弟一起返回了马德里。"

他们一直监视着他的行踪，三天后他又出现了。陪着他的还是第一次那个人，但另外还有一个人，据他们调查，这个人在马卡隆股份公司工作了二十多年。"法官大人，让我们感到惊讶的是，他们这次从车上搬下来的是乙炔瓶、工作服和防护面罩，正如这几张照片中看到的那样。"她一边说，一边拿起我排列整齐的照片，沿着桌子铺开，直到找到她所说的图片。"这里，"她补充道，并把食指放在其中一个乙炔瓶上。她按得很用力，手指尖都变白了，"那天早上，他们在仓库待了大约两个小时。从我们所待的地方，透过窗户，好像看到了氧气和乙炔混合产生的火焰的光。中途他们停下来吃了午饭，下午又在仓库待了总共两个半小时。"说完，她便休息了一会儿。

"很好，"几秒钟后我评论道，"除了一些不错的照片，看来我们还有了一个良好的开端。但是，瓦尔，您告诉我，结论是什么？你想说什么？"她清了清嗓子，像只火鸡似的，艰难地咽了咽口水："我们认为赫苏斯·马卡隆可能在毁坏理查德·塞拉的雕塑，而雕塑一直藏在那个仓库里。"我瞪大了眼睛。"哇呜！"我脱口而出，"那文物大队打算……"我补充道，而且故意没把话说完。"我们希望您能授权搜查那间小仓库。"我想，搜不搜查不是个人喜好的问题，而是遵守法律的问题，所以，我觉得没必要把这句话说出来。"马卡隆可以用这些氧气瓶和乙炔瓶做很多事情，而且都很值得怀疑，是不是？"我问道。她迟疑了一下，然后不停地上下点着头。"相对来说是，"她指出，"利用氧气和乙炔来切割我们正在寻找的体积如此之大的钢板雕塑，这是为数不多的方法之一。"

瓦尔非常清楚，入室搜查会损害房主的宪法权利，所以，这一程序的有效性需要得到保障，因此，如果不是现行犯，或者未得到利益方的同意，采取这一措施必须通过一项理由充分的命令来执行。"我怀疑搜查是否具备合法性、必要性和强制性原则。"我说。"也许马卡隆愿意让你们警察进去，进行友好访问。"我忽然想到说。瓦尔抿了抿嘴，似乎想给我一个飞吻。"无论如何，我今天会考虑的。继续监视着吧。"我对她说道，并同意下午下班后给她打电话。

罗赫里奥·贝斯特罗，卡车司机。2008年10月。"确定所有的文件都齐全了吗？"我连着问了老板两次。我有把实际问题问两遍的习惯。应该说这不是一个坏习惯，因为我不想在最后一刻出现任何不愉快的意外。虽然这与我个人的喜好相反，但我已经是这方面的专家了。的确如此。每当有人告诉我一切都安排妥当，不会出任何差错，特别是我的老板告诉我时，我就会想，实际的意思是一切都差不多安排妥当了，除非有意外惊喜，否则就会出差错。两个表达之间总差一个"差不多"，实际上也就是这个"差不多"毁掉了人类很多伟大的工程。如果你是一名卡车司机，你可能会因为每公里时速、因为一分钟、因为一份文件、因为货物中的几公斤垃圾而被吊销驾照。在我们的脑海里，一切都是完美的。当你离开幻想的肥皂泡回到现实，你就会遇到很多"差不多"，这时，浪漫也就结束了。

"你还记得伊巴罗拉[1]雕塑的事吗？"我问老板。我没有给她说话的时间，我只是提醒她一下。我知道我不需要提醒她，但我还是这么做了。生活中，有一些事情你必须重复。"特殊运输的所有文件也都齐全了。"我嘲讽地说道。但到了

1　1930年生，西班牙画家和雕塑家。

紧要关头，文件却不见了。该在的东西却不在了。晚上，我在一辆轿车和两辆警车的护送下离开了加林多。一切似乎都很顺利。理论上来说也很完美。我一到阿穆里奥，有人就拦住了我，说是因为缺文件，但我却不知道具体缺什么。这下一点儿都不顺利了。这个雕塑并不像其他东西，它重二十八吨，高五米，长十米，而且第二天中午必须运到洛格罗尼奥[1]。届时，他们将开始安装。他们非常着急。你知道政客们是怎么想的：他们想在一周内举行落成典礼。文化部部长和拉里奥哈[2]主席都将出席活动。这是一座献给恐怖主义受害者的雕塑，但顺便说一句，雕塑相当丑陋。但我想，丑陋并不妨碍献给受害者，光是办理这次运输的许可就花了将近二十四个小时。

"这次保证会很顺利。我们会用两辆卡车，这样我们就不会超重，因此我们根本不需要特殊许可证。"伊莎贝尔保证道，脸上时不时露出一丝微笑，但这并不能保证什么。她还把手搭在我的肩膀上。但这又是另一回事了。她想说服我，但我也的确被说服了。事实上，我也只是喃喃自语一下。

两天后，我们一行四人开着两辆卡车出现在了瓦伦西亚港。办完手续后，一切都进展得很快。这甚至让我产生了怀疑，就像当你因为事情进展顺利而感到奇怪时，你马上就

1　西班牙北部单省自治区拉里奥哈的首府。

2　西班牙北部一个单省自治区。

会开始想事情会在哪个方面出错。货物是四块非常沉重的钢板，外面裹着非常厚的木板条。其中两块长五米，宽一点五米，其他两块都是边长一点五米的正方形。这四块钢板组成了一座雕塑。"去他妈的艺术家，"有人说，"他们把这叫作雕塑，其实就是废铁。当然，是非常昂贵的废铁。"他补充道。我认识一些艺术家，我见过他们戴着手套在车上帮忙搬运作品。就好像作为一个艺术家，面对不同的情况，首先得让自己是个工人。我尊重他们，所以我什么也没说。每个人都可以成为自己想要的样子。想当艺术家？那就当艺术家喽。虽然这么多年来，我也遇到过那些自认为自己是神而不是工人的人。

那些巨大的钢板，在起重机面前就像是孩子们的积木，移动起来轻而易举。他们将钢块平均分配给两辆卡车并固定好。伊莎贝尔说得没错：每辆车的装载都没有超过二十吨，也没有超过需要申请特殊运输类别的尺寸。我想，好吧，让我们看看她这次是否真的说对了。

在索菲亚王后博物馆租用的两辆车的护送下，我们在午夜前出发了。天开始下雨。行驶了大约五十公里后，我们在瓦伦西亚出口遇到的一支农村巡逻队让我们减速，但在最后一刻，又让我们继续前行。情况不错。我的搭档话很少，也许是为了省着点说话，我也如此。我们打开了收音机。我们俩都对运动不感兴趣，所以我们调到了一个音乐电台，后来我们收听了克里斯蒂娜·拉斯维涅斯[1]主持的《午夜畅聊》[2]。一位听众打进电话说，她要抛弃丈夫和四岁的儿子，和一个她最近认识的男人私奔，一种不可抗拒的力量让她爱上了这个男人，这个男人让她大开眼界，让她看清了她所过的荒唐而无聊的生活。我和搭档面面相觑，难以置信。他突然冒出一句："真他妈瞎扯。"然后，我们俩继续沉默。同样，在下一个电话中，一位女士要求上一个打电话的清醒一下，不要让她的家人失望。然后她说自己已被诊断为癌症晚期。如果幸运的话，她还会有几个月的生命。如果她有丈夫和孩子，她想和他们共度最后的时光。

我开了近两个小时的车，经过格拉哈·德·伊涅斯塔[3]之后，我们决定在第一个服务区停车。起初我们打算就在车里吃点三明治，但最后还是决定算了。我已经开始非常需要一杯浓咖啡来让自己保持清醒。时间过得飞快，而我也不停地留意着货物。我已习惯了想着货物，每隔两三分钟我就瞥一眼后视镜，看看一切是否顺利。以至于多年来，这已经渐渐变成了一种奇怪的习惯。它运载的不是雕塑，不是涡轮机，不是建筑材料，不是游艇，也不是风力涡轮机的部件，而仅仅只是个"货物"。

我们四个司机在靠近吧台的一张桌子旁坐下。从那里我

1　1978 年生，西班牙记者和主持人。

2　西班牙赛尔电台（1924 年成立）1989 年创办的一档节目。

3　西班牙卡斯蒂利亚 – 拉曼查昆卡省的一个市镇。

们可以透过窗户看到并排停着的卡车，保安车就停在卡车的两侧。车上的人没有下车。这样更好。我觉得他们的话比我们还少。对我来说，最累的事情莫过于撬开人们的嘴让他们开口说话了。

当时，咖啡厅里除了我们和一位坐在吧台前吃着冷三明治的神秘旅客之外，再无他人。这位旅客三十岁左右，身材又高又瘦，她上身穿着背心，脚上却穿着牛仔靴。当我在路上遇到这样的人时，我总在想，是什么情况让他们来到这里，他们要去哪里，为什么要在这么冷清的时候出现。我也在想，这些人是否也在想，我的生活是什么样的，而且总是在路上跑，我的卡车里装着什么重要的东西，或者根本不重要的东西，不停地从一个地方跑到另一个地方。这是一种秘密游戏，它一直陪伴着我，让我的旅途充满乐趣。终其一生驾驶卡车、日复一日地穿越一个国家甚至几个国家的领土时会带来一种孤独感，而对于那些不了解这种孤独感的人来说，是很难解释清楚这种秘密游戏的。

我们没有逗留太久。到达马德里之前，我们也不会再做任何停留，除非出现意外情况。这次换我的搭档开车，同时也打开了音乐。"你认为这个雕塑要花多少钱？"在我们出发后不久，一首歌刚听到一半的时候他问我。"不知道，"我一边说一边耸了耸肩膀，"应该很贵。"我一边用拇指搓着食指，一边补充道。"很贵是多少？说说看，一千欧？十万欧？一百万欧？三百万欧，还是一千万欧？"当代艺术在我看来就是个笑话，纯粹的营销，所以它可能会花那么多钱，甚至更多，我说。这并不完全是我的想法，但当我在马德里国际艺术博览会上卸下一组雕塑，从一位画廊老板那里听到这个想法时，我觉得这个看法不错，值得记住。我也经常听说，在艺术领域，最重要的是想法。"你知道吗，在 20 世纪 60 年代，有一位艺术家将自己的粪便装在九十个金属容器中，贴上标签、编号、签名，然后出售。所有这一切都由他自己完成。也就是说，他不能只是拉屎，然后让助手来完成工作，因为事实上就没有这样的助手。每罐重三十克，销售价格相当于当时的金价。""你在瞎编吧？""我是认真的。我不记得那人叫什么名字了。罐子的标题是《艺术家的屎》。这应该是对艺术市场的一种批判。艺术市场开始变得如此疯狂，以至于艺术家只要简简单单签个名，作品的价格就会飞涨，哪怕只是一罐典型的屎。我听说去年有人花了十二万欧买了一罐自然包装的屎。"我的同伴开始大笑起来。"我宁愿不知道这些钢材花了多少钱。"他一边说，一边用拇指指了指身后的钢板。

　　这是一段舒适的旅程。我把无聊的旅程称为舒适，是因为在旅途中，什么也没有发生，而且你也不会想睡觉。我们只花了五个多小时就到了目的地。一辆当地警车在等着我们，以方便我们前往索菲亚王后博物馆。虽然天还没亮，但这座城市已经开始苏醒。我们到达时，起重机已经准备就绪。有六名工人互相说德语，一种我甚至连"你好"都听不懂的语言。还有一个穿着运动衫、头戴鸭舌帽的男人来到岗亭迎接我们。他用西班牙语说了"你好"和"这次旅途怎么样，朋友们"，说的时候还带有外国口音。有人向我解释说他是雕塑家。

玛尔塔·奥拉瓦里亚，计算机程序员。2009 年 12 月。 我有上班前一大早出去跑步的习惯，每周三次。我喜欢早起，七点钟的时候，我几乎总是在门口做些拉伸运动。清晨，我有种惬意的自由感和力量感，仿佛维多利亚的所有街道都属于我，或者相对于汽车或其他行人来说，更属于我一些。前段时间，当我经过巴斯克地区当代艺术博物馆周围的广场时，我发现那里多了两座雕塑。那是什么？因为它们是概念性的，所以我无法想象它们的含义。我没有听说过或读到过任何关于它们的信息。突然间，它们就像从天而降，或者更确切地说，好像它们是从地底下冒出来的一样，永远长在了那里。我喜欢它们，我甚至开始把它们作为我跑步路线的路标。当跑到这里的时候，我知道自己已经跑了二点五公里，所以我会绕过它们，就像绕过一个圆形转盘，然后跑步回家。

几天后，我发现这两座雕塑的作者分别是爱德华多·奇利达和理查德·塞拉，我从未听说过他们。我上网查了一下，发现雕塑属于阿拉瓦省议会，该议会同意接收这些雕塑，用来抵还受经济危机影响的房地产控股公司乌尔瓦斯科集团无法偿还的五百万欧元债务。奇利达的雕塑价值二百七十万欧元，理查德·塞拉的雕塑价值二百二十万欧元。

并非所有人都对这次收购感到满意。有一天，我偶然读到一封赫苏斯·玛利亚·兰达扎巴尔写给《邮报》社长的信。他在信中说道：为城市文物增添一件艺术品，应该让每个公民都感到满意。而现在这种情况，我担心那些热爱这座城市的其他人会和我一样，对此感到愤怒。我指的是著名雕塑家理查德·塞拉制作的名为《芬克尔八角形》的雕塑，阿拉瓦省议会将其作为纳税人的税款进行了收购。这么个"东西"让我们花费了二百二十四点四万欧元。（是的，你没算错，按照旧货币换算的话是三点七三亿比塞塔。）如果再加上必须是艺术"专家"才能欣赏理查德·塞拉想通过这个重达三十五吨的庞然大物表达什么，那就太离谱了。大家还是散了吧。特别是对我来说，这似乎是一个真正的笑话。博物馆馆长认为它"特别、不朽、重要、有力"，但"对话"展览的策展人表示："这是一件供观众在其周围走动、感知并将其转化为一种体验的作品。"好吧，我建议他们把这些话放在雕塑旁边，这样，那些像我一样愚蠢的人就可以敞开心扉欣赏这种前卫艺术，但同时也别忘了把近四百"公斤"的造价放在雕塑旁边。对于不了解这座雕塑的市民，也可以邀请他们了解一下。它是一个八角形的自氧化锻钢，位于正门右侧。好一个璀璨的原石！

然而，我每周都有三次机会走近那个八面体，用手触摸它，因为钢铁的触感会给我带来愉悦的感觉。显然，它之所以被命名为《芬克尔八角形》，是为了向锻造它的芝加哥芬克尔炼钢厂表示致敬，其灵感来源于罗马式建筑柱子的力量。

我承认我无法欣赏雕塑艺术，但由于它位于巴斯克地区当代艺术博物馆外面，我知道十七分钟后我就能回到家，洗澡，吃早餐，然后去上班。从某种意义上说，我们已经成为朋友。说实话，我见到它和想到它的次数比我见到和想到的许多人还要多。我不明白作者想通过它表达什么，但它总是在那里，忠实地看着我每周绕着它走三遍。当我到它身边时，我很高兴见到它。我想，它一定也很高兴看到我。

兰迪·肯尼迪，艺术评论家。2012 年 9 月。作为报纸的艺术撰稿人，我的职责之一就是时不时思考哪些在世的艺术家死后值得讣告，并开始收集有关他们的资料。我知道这听起来不太好，但是报纸不是音乐。在《纽约时报》上，讣告是非常特殊的版块，一开始没有人想为它写稿，但当你终于为它创作时，你会意识到讣告正是讲述一个有开端、发展和结局的故事的最完美方式。有时，事实上是很多时候，不可避免地要在一天甚至更短的时间内匆匆写完。然而，对于那些非常杰出的人物，报纸肯定会高度关注他们的死讯，你就必须得做好准备。当主人公还在世时，就得提前准备好一份讣告。

《纽约时报》存档了约一千二百份已经写好的讣告以应对最坏的情况发生。在这些情况下，你只需对它们进行审查，必要时进行更新，然后发布。否则，一天之内不可能写出一篇完整的、资料翔实和文笔优美的传记。报社有三四位全职撰稿人，他们大部分时间都被用来撰写所谓的每日讣告，每篇字数二百到一千不等。他们早上一到报社，就会问："今天谁去世了？"然后便开始调查。之后便是我们这些外部人员，负责更特殊的工作。就我而言，作为艺术版块的编辑，我有一个小档案库，里面都是一些在世的人物，他们总有一天会死去，值得我们用三四千字来讲述他们的故事，而这不是几个小时就能完成的。当然，有职业操守的人不会向你透露档案里的人都有谁。

在讣告的世界里，可能会发生奇怪的事情：你提前很久就准备好了讣告，结果你却先死了。例如，物理学家詹姆斯·范·艾伦[1]在 2006 年 8 月 9 日去世后立即发布的讣告就是这种情况。讣告的署名是小沃尔特·西格·沙利文[2]，而他却于 1996 年 3 月 19 日逝世。

经常会有艺术家问我，他的讣告是否正在撰写中。这不是好奇，而是自负。几周前，我去玛丽安·古德曼画廊[3]看

1　1914—2006 年，美国科学家。

2　1918—1996 年，美国《纽约时报》记者。

3　位于美国纽约曼哈顿，1977 年开业。

格哈德·里希特[1]的展览。去年，泰特现代艺术馆为他举办了一场精彩的回顾展，称他为国际当代艺术最伟大的人物之一。在古德曼画廊，他探索了概念绘画的新途径，从90年代的一幅画作中提炼出极窄的横向色带，进行非常精细的拆分、反射、重组和重复，将它们打印出来，裁剪开，然后像洗牌一样，手动重新排列，最后再次拍摄。

开馆仪式结束时，我遇到了理查德·塞拉。我们互相问好，聊了聊里希特和其他事情。他告诉我，得知罗伯特·休斯上个月去世的消息，他非常难过。他很喜欢我为休斯写的讣告。塞拉是那些总能在谴责性的评判中存活下来的艺术家之一。事实上，休斯在毕尔巴鄂古根海姆美术馆参观《时间问题》展览时，他甚至说过，塞拉在21世纪的地位相当于布朗库西在20世纪初的地位，毕尔巴鄂的作品是他看过的最好的当代雕塑展。关于这一点就有很多东西要说，几乎可以载入史册。这是第一次有人能赋予钢铁以力量和密度，以及人类的情感导向。我们认为原属于石头的共情和释放被他延伸到了钢铁。面对巨大的椭圆形和螺旋形作品，人们不禁要问，如此巨大、看似简单的事物怎会如此不可预测。当路易十四将吉安·洛伦佐·贝尼尼带到巴黎，让他重新设计卢浮宫时，他对路易十四说："别跟我谈小项目。"休斯觉得，这句话可以成为塞拉在毕尔巴鄂的座右铭，因为他的八件雕

1　1932年生，德国视觉艺术家。

塑作品让弗兰克·盖里设计的建筑黯然失色。在世的艺术家中，能够创造出这种结构的人为数不多，甚至凤毛麟角，其中令人惊叹的复杂性几乎是从看似简单的前提中自然而然地发展而来的。

如今，独一无二的休斯已经不在了，我便向塞拉坦白说，他的讣告不是那种拖到最后一刻才完成的工作，而是我经过长时间的思考才写出来的，而且从 1999 年他遭遇车祸之后便开始定期更新。那年，他在澳大利亚拍摄一部关于他的国家的纪录片时遭遇车祸，某天垂钓之后，他驾车逆行，迎面撞上了另一辆汽车。他昏迷了几个星期，事故给他留下了严重的后遗症，迫使他不得不拄着拐杖走路。这一坦白让雕塑家陷入了沉思，过了一会儿，他突然笑着问道："你告诉我说已经开始写我的讣告了，难道说我的死会让你们措手不及？"

我也笑了，说道："理查德，我做梦都没有想过会当面告诉你，我已经开始为你写讣告了。我能怎么办呢？你是伟大的人物之一，我可不想成为那个在几个小时内即兴写完你生平故事的人。"

露丝·蒙特罗·埃斯普埃拉，历史学学士。2018 年 8 月。第一次参观毕尔巴鄂的古根海姆美术馆给我留下了非常深刻的印象。大多数人是对那栋建筑感到震撼，而我则是因为理查德·塞拉的雕塑作品。我对他几乎一无所知，但我却爱上了他的那些作品。人们会对巨大的铁块一见钟情吗？当然会。一个人可能会被某些物质的、无生命的、承载着某种象征意义的东西吸引，而且会对它们产生人类的感情，这种情况当然存在。在毕尔巴鄂的所见令我念念不忘，回到马德里几天后，我去了索菲亚王后博物馆，看了看塞拉在那里的作品。我以前去过几次，甚至与它擦肩而过，都不曾注意到它的存在。进入展厅，我独自站在这座雕塑前。这里没有其他人，仿佛自己踏上了另一个星球。我有种塞拉已经被世界遗忘的感觉。我发现地板上有一摊水渍，这进一步增加了我的孤独感和被遗弃感，我觉得自己就是个受害者。

离开展厅时，我已经在考虑围绕这座雕塑创作一篇故事。我从二十出头就开始写作。20世纪80年代，在我开始写作后不久，我的一部短篇小说获得了文学奖。我非常惶恐，于是便停笔了很长时间。虽然我的专业是历史学，但我却开始在银行工作。在银行工作了好几年，金融危机爆发后，我便申请离职离开了。于是我又开始经常写作，还报名了克拉拉·奥布里加多[1]的写作培训班。有时候，我停一段时间又重新开始，停下又重新开始，就好像来来回回是一种常态，或者说是一种理想的状态，可以让我的生活变得与众不同。

参观完索菲亚王后博物馆后，我的脑海中不断浮现出故事中的人物，于是我便查找了有关《平等 – 平行 / 格尔尼卡 –

1　1950年生，阿根廷裔西班牙作家。

班加西》的信息。我得知它在几年前已经不翼而飞，博物馆里的那座雕塑其实是件复制品。原件轻而易举地消失得无影无踪。但我觉得这简直是天方夜谭。这座如此庞大、沉重的雕塑怎么会轻易消失呢？肯定是有人把它藏在某个地方，这一坚信让故事逐渐清晰起来。我一口气把故事写完，边写边想每一刻故事的发展。我不是一个喜欢做计划的作者。我想把文章发表在《惊奇报》上，这家报社最近在接收爱情故事投稿，我的作品正好符合要求——一个女人和一座雕塑的爱情故事。

故事是这样的：童年的每个夏天，我（故事主人公）的朋友内雷亚都会到小镇上的叔叔家住几周。叔叔家开了一个废品收购站，每年夏天，姑娘们就成了这片地盘的主人，在锈铁围成的洞里穿梭玩耍，用钢管打架，爬上废铁堆成的小山，睡在散架的座椅上。孩子们渐渐长大，叔叔婶婶慢慢变老，内雷亚来小镇上的次数也变少了。她进入大学学习艺术。就在这段时间，她迷上了理查德·塞拉。一天，内雷亚告诉我，她去古根海姆美术馆看了塞拉的作品，如果她凑够了钱，还要去美国看这位艺术家的作品展。她还说索菲亚王后博物馆定制了一件塞拉的作品，但是后来把它弄丢了，于是塞拉同意做一件复制品。

过了一段时间，我又见到了内雷亚，当时她已经失去了父母，开废品收购站的叔叔婶婶又在一个雨夜出车祸去世，她更加孤苦伶仃。后来，内雷亚继承了废品收购生意和叔叔的房子，他不久前患上了第欧根尼综合征，屋子里杂乱无章，物品堆积如山。她第一个想法就是卖掉废品收购站，继续学习艺术。后来，我继续住在镇上打理父母的超市，与内雷亚重逢，我们重新探索了房子后的废铁堆，发现房子后废品站的铁堆里散发出的特殊气味。在这段时间里，我们每周末都会见面。一个星期天，内雷亚说她要在镇上待一段时间，在卖掉房子之前把东西整理好，以免损失什么重要的东西。她花了几个月的时间，把叔叔家珍藏的物品装了几麻袋。就这样，她发现了叔叔隐藏的爱好，比如收藏武器，还有罗马天平、电热毯、犁铧、马镫、马蹄铁等，甚至还收藏了乐器，尤其是小号。

她花了几个小时谈论她的壮举：收拾出来的东西有些卖了好价钱，还把叔叔家堆积起来的文件整理得井井有条。有一天，我正要去送货，敲了门，但没人应。房子开着门，于是我把包放在厨房。我好像听到了某种声音，便上楼到内雷亚的房间，从房间里可以看到堆满废品的那块场地。然后我发现，在这块场地中央，内雷亚已经清理出了四块巨大的钢块。废品在它们周围形成了一个巨大的长方形。四块钢块平行摆放，裸体的内雷亚站在其中一块旁边。我一直站在窗前，直到她抬头发现了我。内雷亚坦白了一切。这些长方形或正方形钢块组成了消失的理查德·塞拉的雕塑。她说，在她回来的几周后，也就是叔叔去世后不久，她发现了它。但是由于某些原因，她迟迟没有报警。无法想象这件作品为什么会在她叔叔手里，也不知道它是怎么运输到这里的。她坦白，她的睡眠质量越来越差，任何声音都会把她吵醒，因为害怕有人知道这个秘密，害怕有一天叔叔的同伙会出现。

每天早上一起床，她就会确认雕塑是否还在场地中央。她喜欢抚摸这块钢块。一想到要失去这座雕塑，就非常害怕。某天她去了马德里索菲亚王后博物馆看那件复制品。她尽量不与它独处，否则她会情不自禁地触碰它，或者做出其他可能露馅的举动。她知道，如果没有其他人，在监控摄像头的监视下，她可能无法抵挡诱惑，感受摸起来的手感是否与原作相同。雕塑就摆放在创作它的地方，她接受。但是，又没有完全接受，因为她知道，每个人在博物馆里看到的只不过是原作的复制品。而她，只有她，每天清晨都与原作融为一体。

我写了几稿，每一稿都改变了叙述者的视角。完成后，我在写作培训班上读了一遍。他们建议我删掉一些段落，精练一些。但在我看来，一个字都不多余。它也不符合传统爱情故事的定式。当然不符合。在我看来，文学作品总要尝试摆脱传统模式。于是，我把它寄给了《惊奇报》的编辑，我坚信这是一个爱情故事，因此它最终可能会出版。

安赫莱斯·冈萨雷斯·辛德，文化部部长。2009 年 4 月。
虽然很不情愿，但新部长还是要继承老部长的各种东西，办公室、汽车、保镖、秘书、难以入目的装饰，有时甚至是部分议程。例如，当我接任塞萨尔·安东尼奥·莫利纳[1]之时，向理查德·塞拉授予艺术与文学勋章的事便落在了我的肩上。在此之前，国家还没有这种用来对外国艺术家访问我国时表示敬意的勋章。莫利纳亲自设立此勋章的目的，是要表彰那些在国际上为传播我国文化而做出努力，以及那些将其职业生涯的一部分献于与西班牙文化直接相关的个人或集体。但莫利纳却没有时间给他颁发，只好由我代劳。

十二月中旬，《国家官方公报》颁布了相应的皇家法令，规定文化部部长将在一场庄严的仪式上向塞拉颁发奖章和认证徽章。我想，他可能是考虑到自己的任期会更长，所以准备了一些法令，一边在接下来的几个月里向扎希·哈瓦斯[2]、克劳迪奥·马格里斯[3]、汉斯·马格努斯·恩岑斯伯格[4]、奥斯卡·尼迈耶[5]和琼·贝兹[6]等人物致敬，但现在授奖的差事却轮到了我。总之，我觉得你得承认，播种与收获有时不一定是同一个人。

当然，当我一上任就看到摆在我眼前的议程时，我问了

1　1952年生，西班牙作家、诗人，曾任西班牙塞万提斯学院院长、文化部部长。

2　1947年生，埃及考古学家。

3　1939年生，意大利作家、翻译家。

4　1929—2022年，德国诗人及作家。

5　1907—2012年，巴西建筑师。

6　1941年生，美国乡村民谣女歌手、作曲家。

自己和其他人一样的问题：为什么塞拉是第一个获得勋章的人？显然，我们需要在他的雕塑丢失后对他进行补偿。在我们找不到原作的情况下，经他同意制作一个新的雕塑，并将其作为博物馆永久收藏的一部分展示是不够的。这枚勋章只是一时的小小补偿：真正的补偿将随着真品的找到而到来。他已经四次入围阿斯图里亚斯亲王艺术奖，也许他也会赢得这个奖项。

我们把活动安排在本月最后一个星期二的下午。我上任才半个月，完全就是个新手，但这并不是我第一次在索菲亚王后博物馆参加活动。上周，我在胡安·穆尼奥斯回顾展的开幕式上首次亮相，该回顾展已在伦敦泰特现代美术馆和毕尔巴鄂古根海姆美术馆展出，并获得了极大的赞誉。那是一场神奇、充满诗意和趣味的展览。你会觉得穆尼奥斯的作品出现在博物馆的每个角落，花园里、走廊上、礼宾室里、三楼的露台上，当然还有展厅之中。那些胡安·穆尼奥斯的同道之人，矫矫不群，不可名状地笑得死去活来，既滑稽又骇人。

因此，距离首次亮相不到一周，我又回到了博物馆，而且是同一天还去了两次。上午，索菲亚王后陪同进行国事访问的卡拉·布鲁尼[1]与萨科齐[2]，而我则前去陪王后。三月份，

1　1967 年生，法国籍意大利裔著名歌手和超级名模，前任法国总统尼古拉·萨科齐的妻子。

2　1955 年生，法国政治人物，第 32 任总统（2007—2012）。

胡里奥·冈萨雷斯的百余件作品展开幕，他显然是布鲁尼最喜欢的雕塑家之一。与我们同行的还有曼努埃尔·博尔哈·维莱尔，他戴着的领结可以让人们讨论整整一个星期。穆尼奥斯回顾展无疑是明星展览，但布鲁尼却对它视而不见，我想，只有像布鲁尼这样的人物才有资格选择无视，这样的人物在全世界或许也是寥寥无几。

下午，回到美术馆后，作为一名初出茅庐、热情仍未减半的部长，我严格按照议程对塞拉进行了应有的表彰。仔细想想，我们所求的宽恕寥寥可数。活动场地毋庸置疑地选在了《平等 – 平行 / 格尔尼卡 – 班加西》展出了几个月的展厅。这件作品我多年前只在照片上见过，如今在实物面前，我感觉自己就像是面对一个陌生人，很高兴见到它。"原来你就是那个被人们津津乐道的著名雕塑啊。"我低声自语，似乎想要再补充点什么，但又什么都想不到。活动开始前几分钟，博尔哈·维莱尔做了介绍，理查德·塞拉用一个轻微的手势邀我在作品的部件之间走一走。"如果我们不走，作品便不存在。"他解释道。

他告诉我，他已经在西班牙待了一个多星期，前一天刚从纳瓦拉回来，在那里，他获得了荣誉博士学位，并第一次参观了奥泰萨博物馆。"我还去了莱雷修道院，当院长说他知道我的作品时，我感到十分惊讶。"

在我看来，他是一个和蔼可亲的人。这或许超出了我的预期，但这是我与造型艺术家相处时经常遇到的情况。一般来说，艺术界的人比我在电影工作中习惯打交道的人要慷慨得多，他们是音乐家、作家、导演或演员，给人的感觉就像明星，但他们更加开放、好客和宽宏大量。他们更愿意与你分享他们的工作，向你解释作品背后的涵义。就算你是个傻子，他们也毫不介意；就算你很无知，不了解他们的作品，他们也不会贬低你。这一点总是让我感到惊讶和欣喜。他们有一种教书育人的天职，他们喜欢对那些接近他们的人施展这种天职。博物馆馆长也一样如此，他们超级慷慨，以至于他们最喜欢的事莫过于被邀请带你看一次展览。相反，电影导演总是认为自己无须向你解释什么。作家也是如此，当你向他打招呼时，他总是将你视为他的追随者。这样完全荒谬的情况从不发生在艺术家的身上。艺术家是天生的诱惑者，他们会征服你。可以看到塞拉正是这样做的，他试图用自己的作品诱惑你。除此之外，他给我的印象还是个精致的人。尽管年事已高，保留着一丝上个时代魅力的同时，也散发着挑逗你的魅力。我之所以有这样的印象，是因为那天他穿了一双他兴许不觉得好看的鞋子，走起路来颇有些难堪，而他还以背部疼痛为由为这双鞋开脱。

　　显然，他看上去不像是许多评论家称为的世界上最重要的在世雕塑家。他还展示了他很强的幽默感。我们在展厅走动时，我问他对失踪作品的命运有何看法。"我想，在西班牙，每天早上都有成千上万的男人用它刮胡子，可能还有很多女人用来脱毛。虽然我的妻子和一些朋友都坚信雕塑依然存活于世，没有被大卸八块，而且总有一天会重见天日，比方说在我死后。"他说道。剃须刀的意象让我记忆犹新，我非常喜欢这样的想法。毫无疑问，在他的脑海中，这座雕塑已经被熔化在某个熔炉之中，熔制后的钢材被出售，并快速踏上数以万计新征程，这样，每天都有成千上万的男人和女人使用它。

塞尔索·加西亚，文物警察。2006 年 9 月。因为母亲的身体问题，我请了五天假。母亲是个从不生病的女人，而这次她确实病了。无论是父亲在世时还是去世后，我都从未听她说过"我不舒服"。这是她蔑视同龄人的方式，让他们看到她的抵抗力无限强，只有当她被一头刚从白俄罗斯马戏团逃脱的大象踩到，她才会死去。她拥有完全健康的基因。我看起来和她只有一点点相似。二十年来我病过两次，病得无法工作。两次听起来很少，但与一位近四十年来从未停止过经营生意的女人相比，那就太多了。母亲在乌塞拉[1]有一家杂货店，也许是世界上最小的杂货店。星期四的时候她打电话告诉我她不舒服。

当她说出"我病了"这句话时，我很难理解。当然，我很担心，因为在我的想象中，如果她不舒服，那一定快要死了或者已经死了，而那个电话则是她最后的傲慢和内心优越

---

1   西班牙首都马德里下辖的一个区。

感的表现。探长让我休息几天，毕竟，我已经很久没休息了。我陪了母亲一个星期，直到她从一种怪病中康复过来，重新恢复生机。我陪她去了杂货店，在那里待了一个小时。我几乎都不记得它有多小了。母亲和几个顾客挤在一起。其余的空间都被货物、柜台和一台永远开着的收音机所占据。当你走进去时，所有的东西都靠得很近，以至于你担心看久了都会撞到什么。

我从杂货店直奔卡尼利亚斯。由于倒数第二次寻找理查德·塞拉雕塑的努力依然没有结果，文物大队的人都心灰意冷。我们需要鼓舞士气。距离我们上次取得重大成就已经快一年了，当时我们从塔拉戈纳[1]的一个市场上抢救出了失踪四十多年的18世纪法国画家亨利·安托万·德·法瓦纳的画作。这幅画作之前属于一位老人，他住在卢瓦尔河[2]地区塔尔西[3]的一栋老房子里，房子里堆满了画作，有些有价值，有些没价值。时间一天天过去，法瓦纳的画作突然就消失了。这幅画作是房主一位姑姑的遗产，这位姑姑很有艺术感。没有人看到任何陌生人进出过这栋房子。

多年来，人们对这件作品的命运和盗贼一无所知。后来我们发现，这幅作品被一对路过塔尔西的西班牙夫妇偷走了。他们听说了这位老人和他的收藏，并注意到房子里没有

1　西班牙加泰罗尼亚自治区塔拉戈纳省的首府。

2　法国最长的河流，流程 1020 公里，最后注入大西洋。

3　法国中北部卢瓦－谢尔省的一个市镇。

任何安保措施。和来时一样，他们离开小镇时，没有人注意到他们带走了作品。时间就这样一天天地过去了。男人是家庭医生，女人是美术老师。他们一直把这幅画挂在比克[1]的房子卧室的更衣室里，无论穿衣还是脱衣，他们都会欣赏这幅画。这幅画一挂就是三十多年。后来，女人去世了，三年后，男人也去世了。他们没有孩子，只有一个侄女住在塔拉戈纳，她把叔叔婶婶的财产卖给了城里的一个古董商，而这个古董商又将它们出售了。一位顾客提醒我们，这幅画可能是亨利·安托万·德·法瓦纳的真迹。警界的快乐是短暂的。几乎就在我们找回法瓦纳画作的同时，我们又接到塞拉雕塑丢失的通知。

雕塑强加给我们的严酷现实让瓦尔探长一行人越来越沮丧。阿尔甘达的法官刚刚拒绝了我们搜查赫苏斯·马卡隆位于洛斯莫利诺斯的房子的请求，我们怀疑作品可能藏在那里。可以说，这是一种看似合理的可能性，考虑到案件的特点，这几乎是我们唯一能够承受的结果。但也正是因为这些特点，这种可能性的概率极其大。

法官认为，我们的请求不符合住宅不受侵犯的要求。尽管他的决定像盆冷水浇在文物大队的头上，但我们仍然对房子进行监视，同时想办法在不损害赫苏斯·马卡隆权利的情况下了解房子内的情况。这栋房子位于一个由四五栋住宅组

---

1 西班牙加泰罗尼亚自治区巴塞罗那省的一个市镇。

成的小居民区，其中的路面还未铺设，所有住宅都被灌木丛包围。幸运的是，从居民区路面的某一处，可以看到一座小屋，我们怀疑马卡隆是在那里毁坏的雕塑。我们把标有电话公司名称的小货车停在了小屋那里。

经过几天的休息，到达警察局两小时后，我们接到了卡耶塔纳·布斯克茨从洛斯莫利诺斯打来的电话。她刚刚看到一辆卡车停在房子旁边，三个人开始往车上装切碎的钢材，主要是钢板和横梁的碎片。"这就像在棺材里看到自己的尸体，惊恐、难以置信，尤其是遗憾全都交织在一起。至少可以说，这让人愉快不起来。"卡耶塔纳沮丧地说道，"就像我们挖出柴油罐那天一样，我又燃起了希望。"

马卡隆连着几天都在拆除某种架子，虽然乍一看很难看出是什么，但无论如何，都不会让人想到塞拉的雕塑。对于一个凭空的想法来说，这个结局令人失望且平淡无奇。不过我个人恐怕从未想过会有不同的结果，因为我不是那种容易抱有幻想的人。第一批口供录完之后，我就对这件雕塑有了一个非常个人的看法。我确信它永远不会出现。根本就没有雕塑，根本就不存在雕塑，它已经被熔化了。谁知道这些材料可能会变成多少种不同的东西：脚手架、电池、锤子、锁、铲子、椅子、建筑物、道路、护栏。我注意到了一些情况，比如这件雕塑总是被放在户外，从公路上完全就可以看到，而且从1996下半年开始，这个仓库就再也没有被用过，而且也没有任何监控。于是我就明白了，那四块巨大的钢板对于来自卡纳达雷亚尔[1]或梅霍拉达[2]的拾荒者来说就是个巨大的诱惑。

我有足够的经验知道这些人的能力。我不明白瓦尔的团队为何低估了这些地区的吉卜赛人，我们知道他们盗窃了无数的铁和铜，然后将其卖给炼钢厂。当然，从这里或那里拿走几公斤废铁和一下子偷走四十吨废铁是不一样的。难道吉卜赛人没有能力组织如此复杂的偷盗吗？首先，这起偷盗案表面上看起来很复杂，但真实情况是否如此，我觉得还有待商榷。确实，梅霍拉达的吉卜赛人没有带有吊臂、一次可运输近二十吨货物的四轴卡车。但问题是：他们需要吗？我见过他们中有些人，在没用任何手段的情况下，都能做出连自己都不敢相信的事情。例如，上个月，一位同事告诉我，托雷洪的一家五金店遭到抢劫。这并不是什么大不了的事，但事实是，两个有着七八个月身孕的吉卜赛人成功地抢走了一个重达二百公斤的保险箱，将其带到街上并用雷诺快车运走了。那两个女人有手段吗？当然有。她们有力量、有智慧，做好了应对一切的准备。最重要的是，他们拥有一些我们不知道是什么的东西，就是用这种东西设法做出了令人惊叹的事情。当然，他们还有最重要的一点：他们没有什么可失去的。

---

1 位于西班牙马德里的一系列非法定居点。

2 西班牙卡斯蒂利亚－拉曼查托莱多省的一个市镇，位于西班牙中部。

我的推测是，卡纳达雷亚尔的一伙人从仓库后面的路上看到了这些钢块，或者是有人告诉他们钢块就在那里，任何人都可以看到，而且无人看守。可以肯定的是，他们从事情一开始，也就是仓库被废弃时，就开始行动了。他们看到后就想：这么多吨钢铁，每公斤这么贵，我们就多运几次吧。显然，他们没有想到这是艺术品。但这是按重量算钱的啊。当然，他们无法全部拿走，因为他们既没有设备也没有预算。那怎么办呢？我赌一根手指头，他们是用热喷枪切割的，这种喷枪轻巧，而且便宜。他们将钢块切割成两千公斤或者更轻的碎块，这样他们就可以用绞盘系统将它们吊到拖车上，然后再拖上一辆日产雅特龙或雷诺客货车。这是他们经常使用的交通工具，载重量可达三千五百公斤。

他们有的是时间。这项工作可以在几天或几周内完成。最明智的做法是把它们带到卡纳达雷亚尔，或者任何他们觉得舒服、安全、没有目击者的地方，然后在那里把它们切割成更小的碎片，也许有两三百公斤，可以用其他废料伪装起来，一点一点卖给炼钢厂。

如果你打算按重量卖掉钢铁，那在手段有限的情况下，用自己的车辆、绞车、两三个无所事事的堂兄弟和热喷枪来执行任务，这才是偷盗唯一有利可图的方式。如果执行一场野心勃勃的偷盗，用到卡车、大型起重机、氧燃气割炬和承担偷盗风险的操作员，花费的费用可远比你从任何一个炼钢厂那儿挣得多。

我很难相信有一天，也许十年、二十年后，会有人承认真相。即使不承认是自己偷了雕塑，也会承认知道是谁偷的，怎么偷的。但对我来说，更难想象的是，这座雕塑可能会以最出人意料的方式、在最意想不到的地方、完好无损地出现。不过，从另一点来说，我的经验会淡化我的信念或想象，因为经常会出现相反的情况。

理查德·塞拉，雕塑家。2005 年 7 月。毕尔巴鄂古根海姆美术馆的鱼形展厅是世界上唯一有能力展出像《时间问题》这样的作品的地方。当博物馆邀请我考虑新的合作时，我其实已经在心里想了很长时间。这个雕塑就是专门为这个地方设计的。这确实是一个复杂的展室，我认为古根海姆美术馆在邀请我入驻时，就已经意识到这样一个空间在艺术方面并不成功。在这里举办的展览从未取得过特别好的效果，但这并不是因为作品质量不高。如果你在三千平方米的展室的墙上挂画，感觉就像是贴了张玻璃纸，这是行不通的。挂画注定要失败。如果展出摩托车或老爷车，那这个地方就不再是博物馆，而是变成了贸易展览会，所以这也行不通。多年后，负责人终于意识到一切都行不通。当他们联系我时，我告诉他们这必须是一个长期展览，而且我也没有打算只展出两三个月。他们评估之后给了我至少二十五年的展出时间。虽然不是永恒，但也和永恒差不多了。

我们在这里看到的所有这些作品都是从无到有创作出来

的。我们都是这样开始的。我们不是从钢材开始，也不是从我所说的外壳开始。我们从空性开始，空性产生了围绕它所需的东西。我感兴趣的是，空间和材料一样重要，而这种情况只出现在极少数地方，比如只出现在某些建筑作品和某些风景中，但这又并不是只出现在建筑或自然中的事情，至少从我对待它们的角度来看是这样。

当你进入这些作品时，你会获得一种体验，不但会引发对过去和现在的不同思考，而且会引发不同的心理状态和情绪，但它们所做的并不是投射图像。所以，当你进入这些作品，从一件作品走到另一件作品时，你会发现时间的方向取决于你自己的身体与你所走过的道路之间的关系。

一旦这些部件被组装起来，这个大展室就会被视为一块城市环形场地，人们的行动轨迹就会穿过并围绕这些部件。在我看来，它们不能被视为单独的雕塑，而是一个庞大的躯体。它们是八个巨大的雕塑，其概念是躯体性的，这个则基于你在空间行走时的心理感受。你在炼钢厂一件一件地制作它们时的感觉与在博物馆里看到它们在一起时的感觉截然不同。

除非你走到它们中间，否则你不可能知道它们是什么样子。你可以从模型中了解外观，但你必须在它们之间穿行，看看自己的身体如何感知作品的运动，如何随着它们之间缝隙宽窄的变化而调整自己的身体。

我认为很多人都是从"是什么"开始的。如果你从"是什么"开始，那肯定是因为你打算塑造一个形象。如果你从"怎么做"开始，你就会想知道作品是如何制作出来的，而我对过程的兴趣一直远胜于作品本身。我一直更关心"怎么做"，事物是怎么形成的。

20世纪70年代，我得出一个矛盾的结论：雕塑的各个部件相互靠在一起时，所产生的不稳定性也导致了作品趋于平衡，但同时也造成了作品坍塌的可能。也就是说，各个部件相互靠在一起，稳定性和不稳定性将同时存在。有那么一刻，我开始认为这些不稳定的作品，各个部件之间没有焊接点，作为物体本身很有趣，但你却无法进入其中，穿过它们。而这正是我想要做的，进入并穿过它们。于是，我便开始把作品的各个部件分开，它们之间有时甚至互相都不接触。

一旦作品占据了整个展室，我发现行走对于深入了解它们、体会作品概念的变化、预测将要发生的事情至关重要，而这正是时间成为一个重要因素的时候。《时间问题》这一作品中的奇特之处在于，人们的移动与对将要穿越的地方的心理预期会导致感官的强化，因为人们必须注意自己将要去哪里和已经去过哪里，以及空间如何随着作品的重力矢量而变化。一旦到达雕塑的中心，空间似乎就会旋转并向上延伸，从而抵消重力。在这些作品中，重量并不是一个明显的问题，因为几乎感觉不到。

我之所以把这组作品命名为《时间问题》，是因为如果我们以现代艺术为例，就会发现它是一种反方向性和反时间性的东西，它周围的一切都与存在相关，要么是参观者观看物体的存在，要么是参观者观看画作的存在。在这里，时间发生了变化，因此时间的方向不在物体上，而在参观者身上。参观者沿着蛇形路线或者螺旋形路线行走时，时间就会被拉长或压缩，但每个人都以个人和不可转移的方式体验着时间。

我不希望来到这里的人们只是从一个部件转到另一个部件。我们的组织方式不是这样，而是，无论你在哪里，即使你改变了方向，你仍在作品部件之间行走，或者从一个部件的外圈走到内圈，所以，空间总是会把你拖向一端或另一端。

拉米罗·翁塔尼翁，结构装配工。1984 年 5 月。当伊纳基·奥乔托雷纳上午出现在炼钢厂时，我们正忙得不可开交。那是一年多以前的事了。他形象很鲜明：秃头、个子很高、留着红色小胡子、一双又大又长的手，把手插进口袋里时，他总是留一半在外面。奥乔托雷纳是美术博物馆值得信赖的人。他有一家货运公司。他做得很不错，或者说几乎很不错。我想，你永远不可能知道别人过得怎么样，只能知道他看起来怎么样。

"我有一件不紧急、但很重要的货物。"他对我说。我对他的话半信半疑，因为他正在用起重机搬运一根铁梁。我认识奥乔托雷纳好几年了，对他来说，所有的货物都很重要，只是有的紧急，有的不紧急而已。"拜托你哪天给我一个不重要的货物。只是出于好奇，我想看看它是什么样的。我想了解一下它。我相信我们会成为朋友。"我请求着说道。他笑了，挠了挠头。他总是挠头。每当他挠头时，他的头在他那只平流层似的大手下面仿佛变成了鸡蛋。我摘下手套，停下手中的事情，饶有兴趣地说："奥乔托雷纳，让我看看，这次又是什么。还有，你有火吗？"

他把我带到仓库外面，那里停着他公司的一辆没有标志的货车。他打开车门，从手套箱里拿出一个打火机。"你留着吧。"他说。我看着打火机，上面写着"为民主中间联盟[1]投票"。尽管如此，我还是点燃了烟。"那个重要的东西在哪儿？"我一边问他，一边吐了口烟。他打开后门，指着里面说："在那儿。"我看着他，"啊哈。那是什么？你想让我用它做什么？"我挠着脖子问道。他又挠了挠自己的光头。"我们必须把它摧毁，然后熔掉。"我生性好奇，即使有些事与我无关，我也会问。提问又不要钱，你必须好好利用。哪怕他们让我少管闲事，我也不介意。我喜欢我所做的事，这是我要冒的风险。这并不是说我对这样答复的理解是错误的，

1　Unión de Centro Democrático，西班牙历史上的一个选举联盟与政党联盟，于 1977 年 5 月由各个新成立的中间派及右派团体成员组成，在1983 年 2 月因内部分歧及选举失利而告终。

因为我也经常这么说。"少管闲事"是我最喜欢的五百个西班牙语短句之一。我看了一眼车内堆放着的四块长约一百二十厘米、厚二点五厘米的方形铅板，然后问他这里面有没有什么有趣的故事。

"我不知道你是否相信我，你看到的是一件贵重的艺术品，或者说它曾经是，但艺术家已经决定它不再是了。"他说。我相信他，因为他很少开玩笑。总的来说，奥乔托雷纳是一个脾气暴躁的人，哪怕是开玩笑，他也会很严肃。他的笑很内敛，从不外放，有种想让人后退的奇怪效果。如果你在他身边静静地待一会儿，你就能听到他的怀疑声，然后引得他胸部发出轻微的喘息声。

"也就是说，我们面对的是一件曾经的艺术品。"我总结道。他轻轻地点了点头，仿佛在说"正是"。"这位艺术家是谁呢？"我问。"理查德·塞拉。"我对他没什么印象。"一位思想坚定的现代艺术家，他认为自己的作品一旦离开了创作空间就不再是艺术品。"我没有点头，等着他告诉我更多的事情。沉默了一会儿，也许奥乔托雷纳在等我评论，他开始解释说，毕尔巴鄂艺术博物馆刚刚结束了一个展览，展出了多位雕塑家和建筑师的作品。其中一件名为《纸牌屋》的作品就是车里的那件。在一些展览中，为了节约运输成本，雕塑家允许在展览国对原作进行复制，展览结束后，他下令将复制品销毁。"这就是我来这里的目的。"他一边说，一边举起双臂，仿佛那就是一对翅膀，任由它们自由落下，重重地打在腿上，然后又被弹起。

"伙计，我们说的重量是多少？"我问。"我们说的是每块铅板重二百五十公斤。"我走进仓库，把叉车开了出来。我们把雕塑装好之后，我把它运了进去。我把铅板堆放在不太碍事的地方，并告诉奥乔托雷纳我会尽快把它们送进熔炉。这是放慢的一天，也许接下来的几天也是如此，但雕塑家的愿望将会实现。"一切都交给我吧。"我补充道，这是我五百个常用短句中的另一个。"我相信你。"他说，在简短地谈论了各种事情后，他道别离开了。

那天晚些时候，我和几位同事谈到了这些铅板的存在，以及按照雕塑家的明确意愿将其熔化的必要性。"那是雕塑吗？"一位同事问道。当它被安放在博物馆里展出时，它曾是一座雕塑，而现在只是一吨堆叠着的铅，没有任何意义，他不明白，这两者之间有何区别。"我刚刚告诉过你，它曾经是一座雕塑，现在不是了。"我强调道。

然后我就忘了这件事。大概过了一周，奇怪的一周。事实是，在奥乔托雷纳来访的两天后，出现了一名男子，他表示自己想熔掉一把枪。他是突然出现的，所以并没有人见过他。如果有人在你面前说"枪"，你很难不紧张。我不知道为什么，居然会有同事问是什么枪，好像我们熔掉与否取决于他的回答。男子说就是一把普通手枪。"你想看看吗？就在我的背包里。"他指了指背后的包说道。我们不想看到。该男子说，他发现这把手枪藏在父母家双层墙的墙洞里。他想不惜一切代价把它毁掉。这可能是真的，但如果不是真的，他也会这样为自己圆谎。我们不能就这样把枪熔掉，因此建议他把它交给国民警卫队。

几天来，枪的事一直被大家挂在嘴边。他真的把它放在背包里吗？我想知道带着枪生活会是什么样子。我并不是说用一把枪，比如说，时不时地射击几个碎番茄罐或几个橙色芬达易拉罐，来度过一个愉快的下午。我只是说，在客人衣柜的床单里藏着一把枪，因为害怕用手去抓，所以从来没有拿出来过。它就在那里，在那个黑暗的地方，你不想再知道关于它的任何事。你甚至不会用它，也许你甚至不知道它的用途，但同时你又不会放手。有一天，我们都会爱上一件无害的物品，比如一块手表或一张非常舒适的沙发。但我想，有些人偶尔也会情不自禁地爱上一个危险的物品。

当枪的事情渐渐平息，我们已经忘记它时，我又想起了那件雕塑。我问了一下，得到的答复是，订单已经履行，作品已经熔完。我在电话中告诉了奥乔托雷纳这一切。然后，我就彻底忘掉了这件事。

感觉过去了几个月，但实际已经一年多了。上周，两位生日相隔一天的同事在其中一个人的家里举办了一场烧烤派对。那是一栋漂亮的房子，只有一层，还有一个很大的花园。我以前从未去过那里。我们大约有二十个人。天气晴朗，你可以穿着短袖站在花园里。他们烤肉的时候，我拿起一瓶啤酒，用我还没扔的、上面写着"为民主中间联盟投票"的打火机的一端撬开了瓶盖，然后在院子里转了一圈。靠近烧烤架后面的地方，有一张用四根石腿和一块铁板做成的桌子。我走近之后才注意到，那不是铁板，而是铅板。"狗娘养的东西。"我大声说道，语气中夹杂着惊讶和厌恶。我开始大笑起来，但不是因为这一幕很有趣，而是因为它太令人震惊了。我简直不敢相信自己的眼睛，看到这一切我都蒙了。

"阿尔贝托！"我朝主人喊道。他站在花园中间看着我。我挥挥手示意他过来。阿尔贝托正看着准备烤肉的火，不慌不忙地走了过来。"这他妈是什么？"我一边问，一边用指关节敲门似的敲着桌子。"这个吗？铅板。二百五十公斤的铅板。"他似笑非笑地回答道。"也许是二百五十公斤的理查德·塞拉？"他盯着我，摇了摇头。"听我解释，"他戏仿地说，"我把另外三块铅板放进熔炉的时候，觉得这个铅板做花园桌子的桌面会很好看。"他解释道。慢慢地，我意识到这并不重要，雕塑已经被彻底毁坏了。那些铅板只是灰烬，虽然再重，但也只是灰烬。我没有带任何东西来参加派对，所以我看着他，指了指桌子说："这是我给你的生日礼物。"

米罗斯拉夫·克林斯曼，工程师。2007 年 6 月。"在福克斯成就公司将雕塑安装在纽约现代艺术博物馆之前，必须有人陪同。"乌韦·皮克汉说道。他虽然没有向我解释希望那个人是我，但当我问他是不是希望我去的时候，他点了点头。"你在这间办公室还看到有其他人吗？你是我最信任的人。"他又补充道，"你必须和这件作品形影不离。"两天后，理查德·塞拉亲自给我打电话表示感谢："我知道把雕塑当成一个孩子来陪伴似乎很荒谬，但我需要确保不会发生任何奇怪的事情，并且在转运过程中不会出现任何意外。这件作品已经让我烦透了。"

这是一次冒险之旅。我在船上待了十五天，这也许是我经历过的最大的心理挑战。这是我第一次乘船旅行。我甚至都没有和妻子一起乘船游览过挪威峡湾。事实上，我也没有妻子。头两天我一直在呕吐，那感觉一点儿也不好受。在船上的时间，除了船员不工作的时候能与他们聊聊天，剩下的就只能自己消磨了。你只有你自己，但这也并不让我感到沉重，因为我喜欢独处。我知道有时孤独会让人无法忍受，但对我来说不会。我想皮克汉应该知道他要选谁，我也能想到炼钢厂里有很多人都坚持不了两天这样的旅程。我想，我对读书的喜爱不亚于独处，也正是这两个爱好在这次旅程里拯救了我。我的行李箱里装了近十本书。

踏上纽约的兴奋程度丝毫不亚于踏上北极或月球表面。我可以徒步出发，直到精疲力尽再停下来，这个简单的想法让我感到快乐。我们是星期五靠岸的，但雕塑要到周一才能卸货，于是我便带着行李下了船，前往位于哈德逊广场的酒店。我刚登记入住，就有人拍了拍我的后背。我转身一看，是理查德·塞拉。我简直不敢相信。他一把把我拉过去，给了我一个拥抱，并向我介绍了他的妻子。"别住酒店了，兄弟。"他说，"来家里住吧。"我没有和他客套便答应了。"下周一你可以回到这里或任何你想去的地方，但在那之前你就是我们的客人。"

这是一个平静但又令人兴奋的周末。有一天，我们出去吃饭的时候谈到了艺术、钢铁工业、无产阶级和60年代的艺术家们，甚至还谈到了我在船上读到的书的作者：多甫拉托夫、比尔·布莱森、哥白尼、康德、弗吉尼亚·伍尔夫……星期一，我们开始工作了。就像之前要求的那样，我一直站在雕塑旁边，仿佛就是它的影子。我没有拿任何工具，没有做任何费力的活，没有打扰那些把雕塑搬往纽约现代艺术博物馆的工人，到了之后，更没有打扰他们把雕塑搬到展厅。当一位身材魁梧的搬运工问我是谁，在那里做什么时，我只是指着作品说："我是它兄弟。"

《平等－平行/格尔尼卡－班加西》在塞拉巨大的旋转的椭圆作品面前变得不值一提。几乎所有的雕塑都有一个共同点，那就是它们都由皮克汉铸造。在花园里，我再次看到了《交错2》，这是20世纪90年代的一个竖式开放的夹层雕塑，由四个几乎相同的锥形截面组成，沿着三条通道从一边倾斜到另一边。这些通道让我得以探索该作品和其他作品。置身其中，我感觉有些线路的旅程可以永远持续下去，这让我既兴奋又不安。我从未在炼钢厂之外接触过塞拉的作品，可以说在博物馆里的体验是截然不同的。

周二上午，《平等 – 平行 / 格尔尼卡 – 班加西》圆满完成安装。福克斯成就公司的工人们搬运重物的轻松程度令人惊讶。在塞拉的指挥下，雕塑在他们手中看起来就像玩具。当最后一块钢块放入地板上画好的矩形中时，他说道："好了，好了，终于好了。"然后，他靠在矩形钢块上面，从裤子的后兜里掏出一个便签本和一支铅笔，不知道在便签本上画了些什么。之后，他看向站在四五米开外，尽职扮演影子的我，做了一个"结束了"的手势。"你什么时候回锡根？"他一边问我，一边像木匠那样把铅笔夹在耳朵上。"明天下午。"我说。"今天晚上和我们一起吃顿晚饭吧。"对我来说，这似乎不是一个问句，也不是一个我可以拒绝的提议。他让我七点在纽约现代艺术博物馆门口等他。

我准时到了。一分钟后，塞拉也到了，但没看到他妻子。他对我说："我们还得等两个朋友。"我连着抽了两根烟。他告诉我说库尔特·冯内古特[1]的烟瘾肯定比我的还大。有一次他曾对冯古内特说，他考虑起诉菲利普莫里斯国际公司[2]，因为冯古内特还没有患上应得的肺癌。

"他们来了。"他一边说，一边指着对面人行道上走过来的一对夫妇。他们走得不紧不慢，就好像没人在等他们一样。塞拉向我介绍了他的朋友希莉[3]和保罗·奥斯特[4]。我表

1　1922—2007 年，美国作家。

2　世界上最大的烟草公司，总部位于美国，旗舰品牌万宝路。

3　希莉·哈斯特维特，1955 生生，挪威裔美国女作家。

4　1947 年生，美国小说家、诗人。

现得很亲切的同时，尽量掩饰着我对他们两人的钦佩之情。事实上，我从未读过她的作品，所以我也不得不掩饰这一点。我总是告诉自己必须读一读她的书，但我最终总能找到其他选择。

我们坐上一辆出租车前往餐厅。塞拉坐在前排，我在后排坐在两位作家中间。然后，出现了几乎和保罗·奥斯特小说里一样的情节：奥斯特开始和出租车司机争论应该走哪条路，最后，司机还是按照他要求的路线把车开到了餐厅。吃饭期间，我们俩结下了兄弟般的友谊，因为我们俩都喝了麦卡伦[1]，也因为我们俩时不时地出去抽烟，然后坐在人行道的长椅上谈论德国和卡夫卡。

何苏埃·希梅内斯，拾荒者。2003 年 8 月。我一直努力让自己过上最好的日子，做个好人，体体面面地活着。所以大家都很欣赏我，不管你去哪儿，都不会有人说我何苏埃·希梅内斯的坏话。以前，我都是推着推车，冒着一无所获的风险，满城市寻找废铜烂铁，之所以这样做，是因为有时候运气好也能捡到东西。尽管这样，拾荒是我唯一能做的，我只能照样干下去，因为我几乎一无所有。我会翻翻集装箱，或者去工地看看，那儿会有工人建房子，赶上趟的话，还会有管道工换水管。不过方便的还是你有熟人，他

---

1 苏格兰麦卡伦酒厂有限公司生产的同名威士忌。

直接把不要的东西扔给你。如果有，最好；如果没有，就算再少，我也会整点东西回去，两手空空，我是不会回家的。实在没搞到东西，我会跟家里打电话说不回去了。推车捡废铁的日子里，每天早晨我都会先把推车停在咖啡店，然后去喝一杯不含咖啡因的现磨咖啡，这可是干活必备的。喝完过后我就开始干活了。为了能够赚到十二三欧，我就像个奴隶一样，每天步行三十公里跑遍整个城市。

半年前我和我的小舅子花了六百欧合伙买了一辆小货车，我的那部分钱还是借来的。有了小货车，你就可以去工业区、垃圾场、垃圾分类站，甚至还有农村，那里有破烂不堪的房子，还有许多废弃的地方。日子渐渐好了起来，家里还换了电视。刚开始的时候，我们和国民警卫队之间还出了点小状况。那天，我们像驴一般忙这忙那地干完活正准备回家，警察拦住了我们。当时是小舅子在开车，开得很好，他本就计划要去考驾照的，只不过当时我们还正在捡破烂攒学车的钱。"你有驾照吗？"警察问我。"我有，但说实话，我不太喜欢开车。"我告诉他，"不过换我来也是没有问题的。其实我小舅子很会开车，他也喜欢开车，比我喜欢多了，而且他还很谨慎，当然，只是现在还没有证件证明他能开车。现在我来开，求您不要给我们开罚单。"

他们要求看看车里装着什么。"都是些破烂，警官，一些不值钱的玩意儿。"我一边如实回答，一边打开了车门，"就是一些杂七杂八的东西。一个铁炉、一些铝线、一个铁门、一把犁还有一些窗框。"留着胡子的警察想知道这些东西是从哪儿来的。"就是那边，警官。"我解释道。"是村子里的一些人给我们的，他们是好人，世上还是有好人存在的。"我小舅子说道。有些东西被丢在废墟里，我们是从那儿捡来的。他们半信半疑，做了记录就放我们走了。那天下午，我们就把所有东西卖给了废品站。奇怪的是警察第二天找到我们，称有个女的断定我们偷了她家的东西，而另一个女的，也就是她的邻居，说看到我们破门而入后扛走了一些东西，她们甚至记下了小货车的车牌号。我拒绝承认，因为我向来遵纪守法。还有一个女的说我们把附近一户人家的铁门拆掉了。我现在已经记不清她们说我偷了什么，反正都是谎言，就因为我们是吉卜赛人，现在我们以所谓的盗窃罪名等待审判。如果那些坏人所言正确，"我天打五雷轰"，我对那狗娘养的胡子警官说。现在想到这个我就气不打一处来。

捡来的炉子、铁门、犁和铝线一共卖了四十欧。这算什么？什么都不算，顶多就算是可怜的施舍。废铜烂铁就是这样，无时不在，无处不有，但它们值多少钱呢？一文不值。但如果没有了它们，你便无路可走。你得走了大运才能捡到好东西，可谁又能有这般运气？穷人能有吗？吉卜赛人能有吗？我不认识这样的人。倒是我妻子的老乡，他三四年前还真的找到了好东西。这家伙和他的合伙人，还有他合伙人的堂弟，他们有一辆不错的皮卡，突然一夜之间，他们开始运起了钢材，而且钢材越来越多，源源不断。但我很想知道他们从哪里弄来这么多钢材。我妻子说应该是用机器制造的。或许是这样，但我不相信。我们其他人拼死拼活踏遍整座城市就为挣那十欧，而他却在一周内就运送了数千公斤的钢材。那可是数千公斤啊。感觉他都要发大财了，但还是不肯说货从哪儿来。当然，他肯定不说。就因为证件齐全，他可以开着皮卡在整个马德里的工业区晃悠。时间慢慢过去，一天晚上，他喝得半醉的时候说漏了嘴，说他们卖了二十吨钢材，没准更多。都传言说是住在托雷斯·德拉·阿拉米达的合伙人的妹妹在一片空地上看到几块巨大的铁块半埋在地下，妹妹就把事情告诉了她哥哥。但他没说那块空地在哪儿。他们花了一个星期把铁块切割成块，然后和其他废料混在一起，一点一点地卖给马德里、托莱多、塞戈维亚还有其他我不知道的地方的铸造厂。"多少钱？你们挣了多少钱？"我紧紧逼问。"我不记得了，老兄。"他说。他怎么可能不记得。"你要是不想告诉我就直说，不要跟我说你不记得了。你又不是百万富翁，百万富翁可以不知道自己有什么，因为他们没必要知道。但是我们对自己口袋里的每一分钱都很清楚。"我生气地说道。"我对你说，我真的记不清了。你知道的，我不爱记账，而且花钱大手大脚，这个口袋进，那个口袋出的，快得很。就这点钱我还得分三份。"我想这对我来说是最糟糕的事情，我错过了所有的钱。钱应该得到尊重。

胡安·塔隆，作家。2020 年 12 月。2009 年，我和塞萨尔·艾拉一起参观了索菲亚王后博物馆之后，便开始迷上了《平等 – 平行 / 格尔尼卡 – 班加西》。当时他正在马德里宣传他的新作，尽管他在一年内出版了很多作品，但因为有一些还是在新成立的或者非常小众的出版社出版的，所以很难说他的新作到底是哪一部。对他来说，不存在最后的一部，只存在倒数第二部。塞萨尔不敢相信，一座重达三十八吨的雕塑会消失得无影无踪，按照他的说法，这座雕塑完全有可能被误认为废铁。"把雕塑送进地狱，从此杳无音信，而且再也没有人说这座雕塑是个奇迹，你不觉得不可思议吗？"他一边开着玩笑，一边研究着复制品，一边在复制品中间走来走去，步伐如同钟摆，缓慢而睿智。按照他的理论，雕塑消失是市场运作带来的结果。"你还不清楚吗？我敢肯定，雕塑是被艺术家本人偷走的。也就是说，是他想偷，或者说是他让偷的。记住这个理论，总有一天，真相会大白于天下，你会来找我，说我是个天才。"雕塑失踪之后受益者是谁呢？"除了雕塑家本人，谁也不会受益。依你所言，他复制了这个雕塑，然后现在放在纽约现代艺术博物馆进行永久性展出，这可是件了不起的壮举。你不觉得这是个大生意吗？那些根本不知道理查德·塞拉是谁的人，也不知道他的作品配得上艺术之名的人，第一次听到了他的名字。一连几天，全世界所有的电视台和报纸都会对他津津乐道。虽然只是因为博物馆弄丢了他的一件作品，但他的名字却能为亿万人所熟知。"

那天之后，我开始考虑创作一部关于雕塑丢失的小说，但这个想法却始终无法摆脱其抽象性。事实上，我除了有强烈的愿望想要厘清这个想法之外，就再也别无他法了，但这一切都迷雾重重。我时不时会感到一种可怕的恐惧，担心会有其他作家对塞拉的作品感兴趣。虽然我还未开始写，但我告诉自己必须动笔了。这是我惯用的工作方法。对小说的渴望，提笔创作和结束创作的愿望，逐渐占据了我的大脑。我曾梦想过一个高潮时刻，当我的脑海萌芽出一个想法时，我会对自己说："我有主意了！"这是一个奇妙的发现，如闪电般照亮了我的大脑。一切都还未完成，但从某种意义上说，已经完成。小说构思已经完成，剩下的就是动笔了。

我对未来的那本小说想了很多，以至于我觉得自己有足够的能力去预测现实，我看到小说已经写完，不仅写完了，而且还获得了好评和奖项，然后被翻译成十五、二十种语言，同时还被翻拍成了电影或纪录片。我总说，我最好的小说永远是我尚未写的那两三部，是我曾经构思过但被我永远抛诸脑后的那两三部。那些绝妙的想法永远都不能变成现实。

我在创作初始期都充满热情，但典型的问题就是，热情达到一定程度就开始衰减。这就好比是恋爱的过程，一开始你可以给出千万种理由来解释自己为什么如此喜欢一个人，比如懂得如何穿得有品位，会修水龙头，会用吉他弹奏《水之间》[1]，或回到曾经卖给你劣质产品的商店去据理力争，等等。是的，这一次，我也慢慢泄气了。所有的困难都汇聚到了一起，形成了阻碍我前进的瓶颈，我不知道该如何讲述那个故事。我告诉自己，迟早要想出办法来打破僵局。我鼓励自己，解决困难的火花终将会迸发出来。但同样的火花，也会让我失望，写出另一部小说。如此简单，又如此可怕。我会因为一个想法而放弃另一个想法。我会抛弃塞拉和他的雕塑几个月，甚至几年。然而，我没有任何想法的时间越长，我的思路就越清晰，碰巧想到雕塑的那天我这样告诉自己。这纯粹就是统计学，但我内心深处并不太相信统计学。否则，我已经写了三点六部小说了。

最终我意识到，只有在我拿到法庭案件材料的情况下，我才有希望写出这本书。这样一来，我就会知道警方都做了什么，他们从证人那里获得了哪些证词。根据这些信息，我就可以展开小说的故事、人物和结构，我就会感到更有动力而开始写作。我汇总了 2006 年以来出现在报刊上的所有信息，对其进行深入研究，并开始采取一些措施。当我向身为检察官的妹妹请教如何着手时，她问的第一句话就是："你知道法庭案件的编号吗？"

也就在那几天，我和来自埃斯帕萨出版社[2]的贝伦·贝

---

1 西班牙弗拉明戈吉他演奏大师巴科·德·卢西亚（1947—2014）1973年创作的弗拉门戈伦巴舞。

2 西班牙行星集团（1949 年成立）下属的一个出版社，成立于 1860 年。

尔梅霍见了一面，他建议我出一本书。他问我有没有什么想法，我便把自己所知道的关于雕塑的一切告诉他。"是个好故事。"他说道。我一直想通过各种办法了解案情，结果直到最后才打电话给负责调查此案的阿尔甘达·德尔·雷伊法院。一步错，步步错，固执的法官一开始就持反对立场，他只要一反对，一切都完了。

我向马德里高等法院的新闻主管路易斯·萨拉斯·费尔南德斯寻求帮助。为了不让他觉得我讨人嫌，在几个星期的时间里，我一共给他写了三封邮件。他一直都没有回复。从某种程度上来说，我觉得这很正常。埃拉迪奥·古铁雷斯是一位乐于助人的好友，也曾试图联系他，但没有成功。"我原谅他。他可能正忙着试图用自己的职权杀死窗边的一只苍蝇。"他对我说道。

刚一接触这些事情我就没了信心，而贝伦·贝尔梅霍似乎却有用不完的热情，于是我便把工作方向交给他，而我则按照自己的思路去撰写小说。我再次爱上了这本书的创作。但随着时间的流逝，我忽然觉得，我和这本书的关系忽远忽近。

没过多久，贝伦就拿到了法庭案件的编号：183/06，我最终也将其文在了胳膊上。他还发现，法院院长已不再是当年审理此案的法官玛利亚·洛佩斯·查孔，现在由玛利亚·梅塞德斯·布兰德斯·桑切斯·卡拉莱罗负责。曾几何时，我认为好名字就是一切，它必须映入你的眼帘。例如，你不能自称为玛利亚·德尔·罗萨里奥·卡耶塔纳·帕洛玛·阿方莎·维多利亚·尤金妮亚·费尔南达·特蕾莎·弗朗西斯卡·德·保拉·卢尔德·安东尼娅·约瑟法·福斯塔·丽塔·卡斯特·多罗特亚·圣·埃斯佩兰萨·菲茨-詹姆斯·斯图尔特·伊·德·席尔瓦·法尔科·古尔图巴伊。不过，找个短点的名字，比如阿尔巴公爵夫人，也是可以的。单从名字来看，玛利亚·梅赛德斯·布兰德斯·桑切斯·卡拉莱罗完全可以认为自己是个重要人物。时间会证明一切。事实上，她不过是个单纯、懦弱、自负的人，和她的许多同事一样普通，但她的情况实际上更糟，因为担心上级法院会否定自己的意见，她甚至都做不出勇敢或过于大胆的决定。对于这类法官来说，最让他们信心受挫的事情莫过于他们的审理结果被纠正。她总是采取防守态度，把自己的利益看得高于一切。

与此同时，我鼓起勇气探索新的途径。我觉得现在还不是前往法院的时候。例如，我联系了巴利亚多利德的一位检察官朋友索菲亚·普恩特斯，她主动提出咨询阿尔卡拉·德·埃纳雷斯的首席检察官，看看向阿尔甘达登记处申请初步查阅是否合适。经过两周的考虑，她认为不合适。索菲亚没有放弃，她与阿尔甘达的首席法官进行了交谈，但收效甚微。"你为什么不去马德里高等法院新闻办公室，告诉他们你想要什么呢？"她建议道。我笑了笑，向她提到了路易斯·萨拉斯·费尔南德斯，以及他办公室里苍蝇成灾、忙得不可开交的事。与此同时，我的记者朋友玛尔塔·费尔南德斯给我寄来了一份《阿贝赛报》，上面刊登有赫苏斯·马卡隆 2011 年 6 月 16 日逝世的讣告。这对我非常有用，因为我一直认为马卡隆还活着。

挫败感突然向我袭来。有一天，我躺在家里的沙发上，意识到自己在浪费时间。几乎是同一时间，我开始构思另一部小说。我已经和埃斯帕萨出版社签了合同，想要尽快开始写作。此外，我当即决定，这部小说将长达八百页。我不时地告诉自己，这是每个作家一生中必须做的事情，这也是我为自己的疯狂找到的借口。

在接下来的两年里，我一直忙于新小说的创作。在此期间，我的女儿出生了。当我把最终的初稿交给贝伦·贝尔梅霍时，注定要发生的事发生了：我再次爱上了丢失雕塑的故事。我找到前司法部部长，我曾为他写过一年半的演讲稿。和其他所有听说过雕塑的人一样，他被雕塑的故事所吸引，主动提出做一些安排来试探一下。"这不是一朝一夕的事。"他提醒我说，"正义在各个方面都很缓慢。"尽管有他的提醒，但每隔两个月我还是会给他写封信，看看是否有何进展或者消息。他的回信不那么自信但却总带着某种乐观。有一天，他开心地告诉了我一些细节，说是他已经与司法权总委员会的最高法院院长进行了交流，法院院长已经要求自己的办公室主管关注案件的进展情况。

日复一日，月复一月。新小说不再是新小说，与其说是逐渐变成了一本无字传记，倒不如说是逐渐变成了一个标题，因为无字书通常都是没有字的。前部长的斡旋还未见效的那段时间，我突然对雕塑又有了另外的想法。在一个夏天的三十四天时间里……我完成了另一部小说的初稿！自然而然，接下来便是一连数月的不断、艰难的修改。之后，甚至是前往马德里，坐在贝伦面前，向他宣布，我不会在他的出版社出版这部小说的时候，我还在不断地、艰难地进行着修改。

在等待出版这本书的日子里，为了不让自己无所事事，我觉得申请莱昂纳多基金是个不错的想法。我确信，如果我获得了这笔资助，无论我是否能够获得法庭案件的查阅权限，我都会有无尽的动力写完这本该死的书。不管是纪实还是虚构，无论如何我都要把它写出来。我准备了一份详尽的申请报告，制定了一年半的执行计划，包括收集证词、走访、调查，当然，还有写作。当我知道自己没有中选时，感觉就像有一扇门为我关上那样，我甚至都没有感到沮丧。生活似乎有时候也觉得有必要弥补太多的失望，几周后，我接到了前部长的电话："你可以联系最高法院副院长。两天后，阿尔甘达第二法院将会收到一份案件复印件。你得告诉他你的选择，是去现场查阅，还是复印，还是别的什么。"

我简直不敢相信自己的耳朵。当天上午，我给最高法院副院长打了电话。他非常细心地向我解释说，他已经和法院院长谈过，要求院长将此案存档，因为此案很久之前已被驳回，院长也同意了。剩下就是提交申请查阅案件的手续。他给了我一位官员的姓名和联系方式，说是官员会告诉我下一步该怎么做。第二天，他帮我联系上了官员。她叫玛丽索尔，非常友善。"你必须向法院书记员提出申请，她会对申请进行评估，然后决定是否允许你查阅。"她向我解释道。这让我大惑不解。我以为申请只是走个过场，不可能接触到案件。我把这归结为玛丽索尔可能对最高法院副院长的安排理解有误。

我在申请书中写道，我有兴趣查询此案完全是出于文学方面的原因，我打算写一本书，重构理查德·塞拉雕塑丢失的过程。为此，"了解所采取的不同调查途径和了解收集到的证词一样，都至关重要。这就是为什么我要请求现场查询法律案件，而且您也可以随时对我的文学创作提出意见。"我的妹妹帮我把理由用法律形式表达了出来，两天后，我通过电子邮件将申请发给了法院。我已经可以想象自己正在阿尔甘达找酒店，准备在那里待一周时间来查阅案卷。

法院书记员玛尔塔·卡莫纳·博雷戈本应在两天之内进行答复。为了避免打扰她，我等了一个星期，然后联系了玛丽索尔，她把决议文件给了我。我觉得这份文件很好，好就好在它写得好糟糕，好繁琐，好难以理解。如果把它揉成一团，都可以砸烂法院的窗户。在引用相关条例和法律的八个段落之后，书记员指出："鉴于当事人塔隆先生要求查阅的特殊目的，我已与司法权总委员会的数据保管部门取得联系，以了解是否有有关类似案件的先例，但他们未能在规定期限内给我答复，"因此，"经审核，尽管该案件已于2009

年 1 月 23 日结案，但鉴于案件涉及个人隐私权等基本权利，我必须拒绝调阅案卷的请求。该案涉及大量个人资料，本法院和许多其他法院一样，由于缺乏人力和物力，无法专门重新整理这些资料，以删除部分信息来满足查阅的请求。"

我就像一只受惊的兔子，不知所措地呆站了几分钟。发生了什么事？我错过了什么吗？查阅这个案卷不安全吗？不是已经完成了吗？如果还没有结案为什么要收起来呢？我把决议又读了四遍，结果是越读越不明白。我唯一明白的是，我有三天时间要求法官对书记员的决议进行复议。我着急地给前司法部部长打了电话，然后又给妹妹打了电话。也有可能是先打给妹妹，后打给前司法部部长。两天后，在他的帮助下，我准备好了复议申请，在申请书中，我们认为书记员拒绝我的请求"并不是基于法律依据，而是基于与我的诉求完全无关的纯事实情况"。法院缺乏人力或物力资源，都可以解释，甚至也可以为推迟查阅申请做辩解，但"从法律角度来说，绝不都能成为拒绝行使宪法承认的公民权利的理由"。所出具的决议在形式上是合理的，"但缺乏相关法律依据，这显然违背了获得合理和有根据的司法决议的基本权利"，更不用说"它不仅侵犯了公民享有获取公共信息的权利，也侵犯了获得有效司法保护的权利，因为，正如前文所证，拒绝申请并不是基于法律规范或任何法律依据，而只是基于一些间接因素"。从而使得该决议"从技术层面来说具有任意性"。

星期一的时候，我将复议申请呈交给了法院法官。两个星期过去了，我一直在等消息。因为没有任何消息，我便打电话询问玛丽索尔，看她有没有什么要告诉我的。她的一位同事告诉我说："她在开庭。"第二天我又打了电话，第三天、第四天也一样，但都无济于事，因为那几天玛丽索尔都在开庭。以防出现门坏了这种简单而粗俗的事情，他们走不出法庭，我便又等了一个星期。这次我终于和她通上话了，她非常友好。"有新决议了吗？"我直截了当地问她。"我还没问过法官，但我觉得不会有。"我们约好几天后再看看。说得大方一点，我的几天就是一周。当我再次联系她时，她告诉我她已经把我的复议申请放在法官的桌子上了。"希望她能看到。"一周后，玛丽索尔开庭去了。再次交谈时，我问她法官最终是否做出了决定，她的回答让我措手不及："法官在度假。"我认命了。就这样又过了几乎一个月。"我今天亲眼看到了，复议申请还在她的桌上。"她在接下来的交谈中对我说。我在想，也许复议申请第一次被放在法官的办公桌上后，就被扔进了废纸篓，然后又奇迹般地回到了桌上。有时，我甚至会有这样的念头：请玛丽索尔帮我接通法官的电话，让我和她说几句话。但我也能想象着她面前有一张纸，她会在上面写下无数条借口来进行推托，也许包括"她正在拉屎，这会儿不行"这样的借口。

　　圣诞节到了。我叔叔因呼吸道疾病恶化，在三王节当天夜里去世了，他曾在维戈的一家造船厂工作过多年。有两个星期的时间，我甚至都不记得案件，不记得法官，也不记得理查德·塞拉。好像写那部小说的雄心壮志忽然变得荒唐可笑。几天过去了，我也喝醉了好几次，我再次和玛丽索尔取得了联系，我越来越觉得她像是玛丽索尔阿姨，一个总愿意为你做点事情的近亲，前提是只要不是什么重要的事情，或者不是你想让她去做而是她愿意去做的事情。她告诉我说："正好我昨天又提醒过她。"就在我打电话的前夕，她又提醒了法官这件事，我一点儿都不觉得这是一个巧合。"我下周再打给你。"我对她说。

　　不过，几天后我还是联系了文物大队。我以前曾多次想过这么做，但不知道为什么一直拖着。几经辗转，我接到了一位警察的回电，我向她表达了结案后想了解警方报告的意愿。"我觉得没有任何问题，"她对我说，"只要阿尔甘达法院院长授权给我们。"又要经过那个该死的法官的同意。我告诉警察这是小事一桩，然后挂断了电话。

　　几个月前，莱昂纳多基金拒绝了我的申请，但一个偶然的机会，我发现文化部刚刚宣布了一项对文学创作的资助，我决定申请。虽然规则要求附上小说的前二十五页，但我还是申请了。我有十五天的时间来写，然后连同其他文件一起提交。起初我认为这对我来说是不可能的。在我告诉贝伦·贝尔梅霍这件事时，他鼓励我说："来吧，认真完成那二十五页吧。"我犹豫了。我的朋友安娜·里贝拉告诉我说："一周内你就能写完二十五页。想想看，他们甚至都没有要求是终稿，肯定能写完。"我做到了。事实上，我竟然只用了六天就写完了，而在这之前，我一直觉得自己不可能完成，于是我便决定不停下来庆祝，而是继续写下去。说都不用说，文化部最终也没有给我资助。

当然，我继续给玛丽索尔打电话，这几乎快成了我的一项运动。令我惊讶的是，她一直在开庭。那一周我只打了一次电话。又过了两个星期，当我终于联系上她时，她告诉我法官因为压力过大请了几天假。从那时起，或许在那之前，我都没有意识到，我已经不再连续打电话询问复议申请的进展情况了。我都是想起来了才打，甚至有时想起来了，但却又忘了，直到下次想起再打。

我这种冷漠的状态，得以让自己全情投入写作。我以每天三页的速度进行写作，直到有天早上，我收到一封邮件。是玛丽索尔发来的，她在邮件中附上了法官的决议，拒绝我查阅案卷。我觉得这是一个可悲但完美的结局。相反，我们决定不放弃任何争取查阅案卷的机会。我和妹妹着手准备向司法权总委员会提交意见书。我开始对查阅案件不那么感兴趣了，转而对如何迫使那位固执己见、自以为是的法官改变主意更感兴趣。司法权总委员会启动了相应程序，并任命阿尔瓦罗·奎斯塔·马丁内斯为负责人，规定从那时起，他们最多有三个月的时间来发布和通知决议。如果逾期还没有收到决议，就说明我的复议申请可能又要被驳回了。

我习惯了每天看看日历，并在每天结束的时候告诉自己

"今天没有决议"，三个月期满后，我陷入了绝望之中。就像风中的塑料袋，飘来飘去，无人理睬。但三个星期后，我收到了司法权总委员会的一封邮件。总委员会的常设委员会支持我的请求，并要求阿尔甘达法院向我提供一份法庭案件的复印件！激动得我心跳加速。我把手放在胸前，感受一下心跳，然后开心地想着我会不会突发心肌梗死。尽管如此，我还是拿起电话给妹妹打了过去，给她大声朗读了决议中最有诗意的部分："根据上述法院司法行政律师的意见，我们同意再对所有涉及诉讼当事人或在司法裁决中被简单引用的个人数据进行分离和匿名化处理后，应向申请人出具经认证的上述法庭案件的复印件。"

按照我的计划，我告诉自己可以等上几周，以便让法官注意到司法权总委员会的决定。然而最终却等了一个月。由于没有人与我联系，我便写信要求告知我执行司法权总委员会命令的日期和方式。生活仿佛就是重复和等待。两个月后，我收到了法院的匿名答复："早上好！关于 183/06 号案件，我写信通知您可以在 3 月 9 日上午十点来法院进行查阅。"那是四天以后的事了。

在乘坐了长途火车和地铁后，我来到了阿尔甘达·德尔·雷伊。我提前四十五分钟到达了。命中注定就是玛丽索尔在法院的接待窗口等我。我本想告诉她我爱她，但还是忍住了。她让我等两分钟，刚好两分钟后，她让我跟着她走。她把我带到一个单独的房间，中间有一张巨大的桌子，桌子两边放着几十个彩色文件夹。"书记员马上就来。"她说。我把装有笔记本和六支笔的背包放在椅子上，站在原地环顾了一下四周。

"您好！"书记员玛尔塔·卡莫纳·博雷戈说道。"这是给您的。如您所见，这不是什么大案子。我们没有装订，这样您处理起来也方便一些。如果弄乱了，您也不用担心。因为都有编号，一共一百五十七页。"她一边补充说，一边把它们放在桌子上。我也回了句"您好"，然后带着欣赏的目光看着用橡皮筋扎起来的文件。"这是一份经过匿名处理的复印件。"她向我解释道。"那我能带走它吗？"我问。"嗯，这不可能。您必须提交申请。"我笑了。"那我觉得就没有必要了。我已经向这个法院提交了太多申请，而且需要等很长时间才能做出决定，这不值得。"如同那些喜欢捉弄别人并乐在其中的人，我笑着说道。"好吧，那我就不打扰您研究案情了。"说完，她就离开了。

取下文件夹上的橡皮筋，抚摸着里面的文件，我感慨万千。我已经不太在乎会发现什么。这些文件来得太过不易，以至于我不再关心内容，而更注重摆在我面前这个事实。这就是胜利。我花了几分钟享受着它们的陪伴，然后开始工作：一页一页地拍照。不到半个小时就拍完了。没有人打扰我。胜利的最高境界就是我可以把文件带回家。回到家后，我就立即把它们打印出来，这样我就拥有了他们曾经拒绝给我的案件卷宗。能说一句"这是我的了"让我的情绪久久不能平静。

结束后，我给玛尔塔·卡莫纳·博雷戈打了电话。她问我："完了吗？您已经看完了吗？"我点了点头。"我想让您知道，不让您查阅这个案件并不是针对您个人，我们只是想保护自己。"她说。我傲慢地笑了笑，说道："当然。向司法权总委员会申诉你们的固执也不是针对个人，这一点很好。"然后我就离开了法院，离开了阿尔甘达·德尔·雷伊。

马蒂亚斯·阿马里洛，索菲亚王后博物馆安保负责人。2019年10月。手表上显示的时间是上午九点五十四分。在这十分钟的宁静时光里，我有时听不到对讲机和电话铃响，甚至连隔壁办公室有人因剧烈腹痛而喊我名字的声音也听不到。可能因为人在问清楚需要做什么事情以及如何做之前，什么都不想做。以防出现意外，或许最好的选择就是什么都不做。在这段时间里，我趁机在小会议室里快速浏览了一遍《国家报》，与其说是会议室，不如说是一个应有尽有的房间。这里有微波炉、饼干、办公用品、一些文件、一张圆桌和三把椅子。我们五六个人时不时地就在这里小聚一下。

我的周末过得很闲适，还打了一场高尔夫球，到了周一，我又开始沉浸在十分钟的宁静当中。埃内斯托就在我旁边做填字游戏。这也是属于他的十分钟的宁静。如果不算上皇家马德里队的话，填字游戏就是这个男人所拥有的最神圣的东西。这是他独有的填字游戏。我惊讶于他填字的熟练程度。他的书写飘逸，甚至都不会停下来思考，这让我怀疑他在家里就已经背下了正确答案。他总是用一支红笔写字。在我看来，那支笔似乎从来都没有墨水，而且总是不停地喊着"救命，救命"。

这几乎是田园诗般的情景，但非常短暂。转瞬之间，一切都被打破了。美好的场景总是这样轻易幻灭，往往连十分钟都用不上。没人会提前告知你平静即将被打破，你只听到"砰"的一声，它就已经被打破了。"马蒂亚斯，梅科[1]国民警卫队的电话。"安娜贝尔在隔壁房间喊道。我想了想自己在梅科可能认识的人，两个我至少有二三十年都没见过的人浮现在脑海里，但我记得他们都不是国民警卫队的。接下来我又觉得，或许是我认识的某个人在梅科，或者在经过梅科的途中，或者在梅科附近遇上了什么事。思索间，我已经把听筒握在手里，贴在耳朵上，嘴里说了一句"马蒂亚斯"。我接电话时从来不说"请讲""你好"或"喂"。我只说我的名字。

通话持续了两分二十秒。出于职业习惯，我接电话时会看一次表，通话结束后会再看一次。不论事情重要与否，我喜欢知道它发生的时间。例如，我需要确认我刚和富拉尼托在十点〇三分通了电话，或者在十四点三十六分吃了午饭，或者在十九点二十九分拐进阿尔卡拉并打开收音机之前，在

1　西班牙马德里自治区的一个市镇。

普林西比·德·贝尔加拉街的红灯前停了下来。

挂断电话后，我不知道是该激动还是该愤怒，还是因为觉得自己成了一个离谱恶作剧的受害者而感到有点可笑。我只知道，我杵在那里，在房间中央，就像大海中的一座孤岛，又像一个傻瓜，站在刚刚挂断的电话旁边，每隔几分钟就要看一眼手表。我把兄弟们召集过来之后，用低沉的声音说道："兄弟们，我刚刚和梅科的国民警卫队队长通了电话。他说他们找到了理查德·塞拉的雕塑，我不知道这到底是个玩笑还是真的，又或是我理解错了。"那件作品就像一个幽灵，博物馆里的每个人都不愿谈论它。我们认为这只是一个悬而未决的问题，而且已经被人们淡忘。2009 年 1 月，调查此案的法官本人已经同意暂停审理并结案。

大家眉头紧锁、面面相觑、鸦雀无声，然后又集体看向我，好像我是巴拉克·奥巴马，要宣布什么重大消息似的。然而，我只是看了一下时间：十点〇四分。隔壁传来了"呃呃呃"的声音，埃内斯托还在玩他的填字游戏。埃内斯托不会轻易相信别人说的话，所以你和他说什么，他都一副无所谓的样子。他问你现在几点，如果你说十一点了，他就会露出嘲讽的笑容。"十一点？你确定吗？"他一问就是十一点，这也太巧了吧。于是他就会小心地起身，好像自己要去做什么别的事情，然后用眼角的余光瞥一眼大厅里时钟上的时间。如此反复。他从不让自己第一次就被说服。如果你说"开始下雨了，兄弟"，他就得站起来看看窗外。"是的，开始下雨了。"他只相信自己。

他倚在门框上，探出头来，手中拿着报纸，上面的填字游戏几乎已经完成。"给我两分钟。"他说，然后回到了小会议室。当时是上午十点〇六分。不一会儿，他拿着一张纸出来了，手里的纸像扇子一样在空中摇来摇去。他拿起一部电话，拨通了纸上的号码。"是梅科国民警卫队指挥部吗？"他一边问，一边冲我眨了眨眼睛，然后解释说他是索菲亚王后博物馆打来的电话，想确认一下国民警卫队是否刚刚给我们打过电话。挂断电话后，他说道："嗯，是的。"听到他肯定的语气后，我们所有在场的人都开始变得兴奋起来。"梅科国民警卫队的一些警官，既能开超速罚单，也能协助兽医为母牛接生，如果他们能找到我们找了十三年之久都毫无线索的雕塑，那再好不过了。"他说。

我出去找特蕾莎·庞斯。她和我一样，从 1986 年起就一直在索菲亚王后博物馆工作。有人告诉我她在格尔尼卡厅。"你今天下午有什么安排？"我问她。"没什么安排。读读胡安·贝内特[1]的书，洗洗衣服。"她用严肃但又不失轻松的语气回答我。"你能和我一起去梅科吗？我们得去看看是不是真的找到了查德·塞拉的雕塑。"她吃惊地看着我。"千万别告诉任何人，谁都不行！"我嘱咐道。当时是十点二十七分。我不想惊扰到博物馆的管理层，万一那不是理查

1　1927—1993 年，西班牙作家。

德·塞拉的雕塑呢？没必要让自己冒着被嘲笑的风险。特蕾莎有能力分辨出这件雕塑的真假，因为她每周都会花很长时间来观察这个复制品。

下午五点〇一分，我们来到了梅科国民警卫队的驻地，内心焦躁不安。"你想过这事儿会是真的吗？"来的路上，特蕾莎每隔十分钟，更确切地说是每隔五分钟，就会这样问我一遍。"我从来没有这样期待过，这根本就是浪费时间，因为这在我看来是完全不可能的，所以我并没有在内心期盼着它的出现，这太幼稚了。你等着看嘛。"她毫不掩饰自己的情绪说道。特蕾莎比我更紧张，但在她看来，我比她还要紧张得多。十三年过去了，我觉得这次，雕像是真的要盛大登场了。我第一次发现自己开始相信鬼魂的存在，即使是在孩提时代，我也从未被鬼魂之说所蛊惑。我开始觉得鬼魂是真实存在的生物，他们只是喜欢若隐若现，在一些极特殊的时刻，就像这座雕塑一样，它们会突然出现并大声宣布："好了，游戏结束了。我在这里！"

我们向中士自报家门，中士叫来两位同事，让他们带我们去"雕塑家的工作室"。我没敢问是哪位雕塑家。我宁愿让自己沉浸在惊喜和未知中。我们回到车上，跟着警察的车开了十五分钟，先是公路，然后是土路，一直开到郊区的一个仓库附近。我们把车停在离仓库大约一百米远的地方，然后下了车。"就在那儿，雕塑家的工作室。"其中一名警察告诉我们道，他个子最矮，胡子刮得很干净，干净到让人不敢直视。"哪位雕塑家？"我最后问道。"梅科只有一位雕塑家。还是个酒鬼。"他说。

我们踏上了一条崎岖不平、尘土飞扬的小路。"我们是偶然发现这件雕塑的。"矮个子的警察一路上解释道，"几周前，离这儿不远的一条二级公路上发生了一起交通事故，一辆汽车撞上了公共汽车站的候车亭。那是个玻璃候车亭，直接被汽车撞得粉碎。那个候车亭……司机却逃之夭夭。但我们通过其中一盏车头灯的残骸，查明了汽车的型号，然后四处打听，最后找到了雕塑家的这间仓库。"他的车就藏在里面。"我们发现车头损伤严重，于是便开始收集证据。在这方面，我的同事可是个行家。"他一边说，一边指了指走在他身旁的、完全沉默不语的警察，"他站在路边扫了一眼仓库，便注意到了那件雕塑，而且一眼就认出是那件失踪的艺术品。太厉害了。"说完，他拍了拍那位警察的后背，但那位警察却始终保持着沉默和谦逊。在我看来，他是个很内敛的人。

当我们快走到仓库时，一个戴着老旧绿色毡帽的中年男子走了出来。"这就是那个雕塑家。"领头的警察说。这位雕塑家一只手的四根手指塞在裤腰带里，就像是从塞尔焦·莱昂内[1]的电影里走出来的演员。看到他，仿佛就能听到口哨声和恩尼奥·莫里科内[2]的配乐。他用拎着一罐啤酒的另一

---

1 1929—1989 年，意大利导演、编剧、制片人。

2 1928—2020 年，意大利作曲家。

只手向我们打了打招呼。

"我没再出事故了。"他说。在我看来，警察们都发自内心地露出了笑容。"但愿如此。"胡子刮得干干净净的警察说道。"不过今天我们不是因为这个来的，这两位先生想看看你的作品。"他用大拇指指着我们说道。我们握了握手，他还想请我们喝一杯。"我这里有冰箱。"他点着头说，就好像不论命运中出现多大的曲折和意外，他都能泰然自若地面对。我们婉言谢绝了他的好意，并急切地走进了仓库，我感到我们正处在意识模糊并出现幻觉的边缘。仓库里面弥漫着焊接的味道，但这气味并不难闻。我们环顾四周，发现这里有成百上千件物品，很多都还没有明确、完整的形状，也没有名称。它们是被抛弃的半成品。里面还有数不胜数的工具，散发着某种令人心动的美感。从某种意义上来说，这里面住着成群的生命，仔细观察这些物品并将它们分门别类会是一项艰巨的任务。到处都是的铁器、塑料、木头以及半成品严丝合缝地堆叠在一起，当然还有令人难以想象的脏乱，使得仓库的气氛令人窒息。一不小心，你就可能像陷入流沙一样，被吞噬殆尽。

就好像被一种无法控制的强大力量驱使一样，特蕾莎·庞斯匆匆走向仓库深处，有几块钢板一块挨着一块地堆在那里，锈迹斑斑。尽管从我站的位置只能瞥见一角，但我还是对自己说道："就是它，就是那件雕塑。"我紧跟在特蕾莎身后，警察们则在和雕塑家闲聊。有那么一个瞬间，我站在原地一动不动，看着她的移动变成了慢动作，周围似乎都闪耀着光芒，让我紧张无比。只有伟大的、不可复制的、让你永生难忘的事情即将发生时，才会有这样的感觉。

"就是这个？"特蕾莎走到雕塑跟前，转身问我道，脸上露出了意外的不悦，几乎是厌恶的表情。一绺头发滑过她的脸庞，就像剧终落下帷幕时那样，她的表情黯淡下来。"就是这个？"我一边指着钢块，一边问警察。他们点了点头。"你们是认真的吗？你们这是在开玩笑吧。"特蕾莎低声说着，一脸嫌弃地走到钢块前伸手摸了摸它们。摸完之后，她又做了一件特别的事，用指关节敲了敲。我们面面相觑。我感到一种窒息般的恐惧，就像黑暗中孩子们对眼前鬼怪感到的恐惧一样。"你听到了吗，马蒂亚斯？你知道那是什么声音吗？"她一脸疑惑地问我。"好像是空心的。"我垂头丧气地回答道，然后看了看时间：下午五点四十四分。"准确地说，我不知道这是什么破铜烂铁，但肯定不是塞拉的雕塑，塞拉的雕塑是实心的，重达近四十吨。更不用说，这和原作的尺寸、表面、颜色……都不一样。太可怕了。"她断言道。

回马德里的路上，气氛就像是在举行一场葬礼。我们几乎没有任何交流，只是在不要将此事告诉博物馆的领导层上达成了一致。没有必要这样做，这件事又不是我们搞砸的，的确不是我们。显然，我们做了该做的事，做了任何人都会做的事，那就是，核实一下国民警卫队是对是错。特蕾莎对我说："如果你傲慢地无视他们的电话，到头来却发现他们是对的，你能想象这个后果吗？"特雷莎这么说，只是想让我振作起来。实际上，让我感到好笑的并不是没有找到这件消失已久的作品，而是我居然曾经相信这次会找到它。过去的几个小时里，我都相信这次是真的。去的路上，当我在车里听到特蕾莎一遍又一遍地问"你想过这事儿会是真的吗？你想过这事儿会是真的吗？"时，我都非常确信，我们会找到真品。

比拉尔德沃斯[1]，2021 年 9 月 4 日

---

1 西班牙加利西亚自治区奥伦塞省的一个市镇。

作者后记

　　《大师之作》是一部想象与现实不断交融的小说，没有这两个要素，这本书无法完成。这就意味着，这部小说除了要感谢小说之外，还要感谢无数的人、机构、媒体和书籍。多年的创作过程中，与他人的合作至关重要，这不仅包括整部作品中提到的人物，同时也包括：卡洛斯·桑多瓦尔、罗莎·塔隆、弗兰·卡马尼奥、马塞利诺、托马斯·安东、洛伦佐·蒙特罗、帕尔米拉·马尔克斯、米格尔·穆纳里兹、玛尔塔·巴斯克斯、路易斯·里贝拉、何塞·路易斯·迪阿诺、卡洛斯·罗德里格斯、安娜·里贝拉、伯格·斯坦巴克、弗里德里希·特贾·巴赫、多雷斯·坦布拉斯、马科斯·吉拉尔特、埃拉迪奥·古铁雷斯、安德里亚·阿吉拉尔、安妮·哈伯、卡洛塔·阿尔瓦雷斯、索菲亚·普恩特斯、吉列尔莫·罗兹、查理·罗斯、米格尔·鲁伊斯、丽莎·贝尔、玛尔塔费尔南德斯、孔恰·伊格莱西亚斯、安妮特·迈科尔森、凯娜斯顿·麦克夏恩、安赫尔·胡安内斯、玛丽索尔、帕特里夏·比克斯、文森特·卡茨、阿德里安·塞尔、安东尼·哈登－盖斯特、加布里埃尔·因绍斯蒂、西尔维娅·塞塞和伊莎贝尔·奥比奥尔斯。而索菲亚王后博物馆、古根海姆美术馆、纽约现代艺术博物馆、毕尔巴鄂艺术博物馆、《国家报》《纽约时报》《纽约客》《邮报》《先锋报》《阿贝赛报》、美国广播公司、《艺术作品》《美国艺术》《艺术月刊》《十月》《艺术新闻》、国家警察局、审计法院、国际刑警组织、纳瓦拉公立大学、豪尔赫·奥特伊萨主教以及公共图书馆等都是宝贵的信息来源。

（京权）图字：01-2024-3484

图书在版编目（CIP）数据

大师之作／（西班牙）胡安·塔隆著；申义兵译．--北京：作家出版社，2024.11. -- ISBN 978-7-5212-2990-5

Ⅰ．Ⅰ551.45

中国国家版本馆 CIP 数据核字第 2024GS9702 号

大师之作

作　　者：（西班牙）胡安·塔隆
译　　者：申义兵
责任编辑：赵　超
封面设计：吴元瑛
出版发行：作家出版社有限公司
社　　址：北京农展馆南里 10 号　　　　邮　　编：100125
电话传真：86-10-65067186（发行中心）
　　　　　86-10-65004079（总编室）
E-mail: zuojia@zuojia.net.cn
http://www.zuojiachubanshe.com
印　　刷：河北京平诚乾印刷有限公司
成品尺寸：130×185
字　　数：196 千
印　　张：10.5
版　　次：2024 年 11 月第 1 版
印　　次：2024 年 11 月第 1 次印刷
ISBN　978-7-5212-2990-5
定　　价：65.00 元